인어공주

NINGYOHIME TANTEI GRIMM NO SHUKO
BY TAKEKUNI KITAYAMA

First published in Japan by Tokuma Shoten Publishing Co., Ltd., Tokyo
This Korean edition is published by arrangement with Tokuma Shoten Publishing Co., Ltd., Tokyo in care of Tuttle-Mori Agency, Inc., Tokyo through Danny Hong Agency, Seoul.

이 도서의 국립중앙도서관 출판예정도서목록(CIP)은 서지정보유통지원시스템 홈페이지(http://seoji.nl.go.kr)와 국가자료공동목록시스템(http://www.nl.go.kr/kolisnet)에서 이용하실 수 있습니다.
(CIP제어번호 : CIP2015032166)

탐정 그림의 수기

인어공주

기타야마 다케쿠니 지음

김은모 옮김

엘릭시르

차례

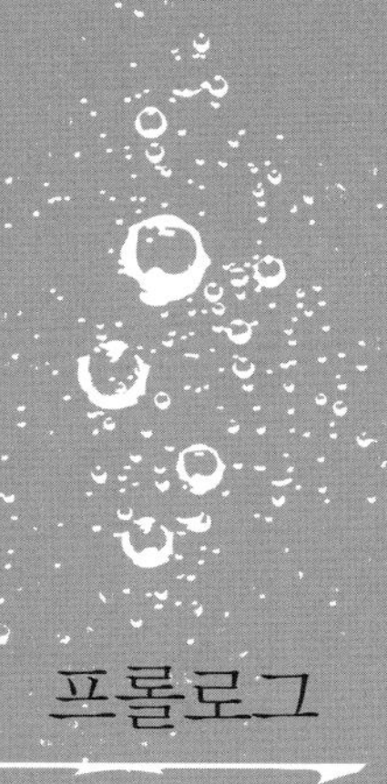

프롤로그

1793년 – 지중해

그것은 처음부터 끝이 정해진 사랑이었습니다.

인어공주가 인간 청년을 만났을 때 이루어지지 않을 사랑은 시작되고 말았습니다.

해질녘 해변에서 개밥바라기별을 올려다보는 청년의 옆얼굴이 감색 하늘에 그려낸 윤곽은 마치 새로운 별자리 같았습니다. 바다에 있는 인어공주에게 그것은 손이 닿지 않는 육지의 별자리가 틀림없었습니다. 그녀가 인어고 청년이 인간인 이상 두 사람의 거리는 좁혀질 리 없었습니다.

하지만 운명의 장난일까요. 원래는 서로 마주칠 일 없는 두 사람이 어느 날 기적적으로 상봉합니다.

폭풍우가 치는 유월 어느 밤이었습니다.

청년이 탄 배가 거센 파도를 견디지 못하고 우지끈 소리를 내며 부서졌을 때 인어공주는 우연히도 근처 바다를 헤엄치고 있었습니다. 그리고 바다로 떨어진 청년을 발견했습니다. 청년은 의식을 잃었는지 어두운 바다 아래로 가라앉고 있었습니다. 바닷속에는 부서진 배의 잔해가 어지러이 널려 있어 인어공주는 금세 청년의 모습을 놓칠 것 같았습니다. 인어공주에게도 위험할 만큼 그날 밤 바다는 거칠었습니다. 인어공주는 배의 파편을 피하며 춤추듯이 바다를 헤엄쳐 간신히 청년을 붙잡았습니다.

인어공주는 청년의 머리를 물 밖으로 밀어올린 채 육지로 향했습니다. 청년은 정신이 몽롱하고 힘없이 축 늘어진 상태였지만, 살기 위해 인어공주를 꽉 부둥켜안았습니다. 인어공주는 아주 기뻤습니다. 자신만이 청년을 구할 수 있다는 사실이 자랑스러웠습니다.

이윽고 바다 저편으로 후미진 해변의 하얀 모래밭이 보였습니다. 인어공주는 청년을 모래밭으로 옮겨서 살짝 뉘었습니다. 인어공주가 할 수 있는 일은 그게 다였습니다. 자리에서 떠나기 전에 꼭 살아나라는 소원을 담아 청년의 아름다운 이마에 다정하게 입을 맞추었습니다.

모래밭에서 멀어진 인어공주는 물결 사이를 떠다니며 멀리서 청년을 지켜보았습니다. 얼마 지나지 않아 바다는 잔잔해지고 하늘은 동쪽 수평선에서부터 천천히 조금씩 밤의 빛깔을 잃어갔습니다.

그러자 어디선가 교회의 종소리가 들려왔습니다. 그리고 잠시 후 해변으로 여자가 내려왔습니다.

여자는 파도가 철썩이는 바닷가에 누워 있는 청년을 보고 달려왔습니다.

아아, 이제 청년은 살 수 있겠구나. 인어공주는 그렇게 생각했지만 동시에 말로는 형언할 수 없는 불안에 휩싸였습니다.

여자는 청년의 어깨를 살짝 흔들며 깨우려고 했습니다.

마침내 청년은 눈을 뜨고 옆에 있는 여자를 올려다보았습니다.

청년의 눈동자는 마치 그 어떤 산호나 진주보다도 반짝반짝 빛나는 보석 같았습니다. 하지만 청년의 시선은 인어공주가 아니라 여자에게 못박혀 있었습니다. 청년의 미소는 결코 인어공주를 향하지 않았습니다. 인어공주가 품은 불안감은 가슴속에서 점차 커졌습니다. 청년은 일어서서 여자에게 뭐라고 말했습니다. 이윽고 두 사람은 바싹 붙어 서서 파도가 치는 바닷가에서 뭍으로 올라갔습니다.

바다에 홀로 남겨진 인어공주는 어찌할 바를 모르고 그저 두 사람의 뒷모습만 바라보았습니다. 몸을 불태울 만큼 격렬한 감정이 가슴속에서 소용돌이쳤지만 정작 인어공주는 그것이 무엇인지 잘 몰랐습니다.

얼마 후 인어공주는 아침 햇빛이 닿지 않는 바닷속으로 돌아갔습니다.

그렇습니다. 바다는 넓고 한없이 깊습니다.

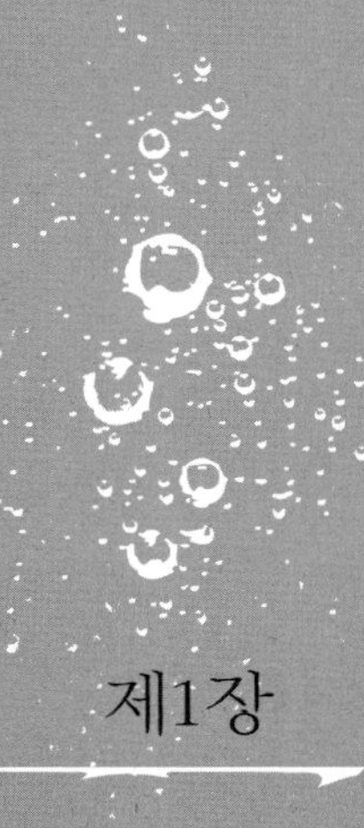

제1장

1816년 – 덴마크 오덴세

1

“돌아갈 때는 강변길로 걸어가렴. 혹시 누군가와 스쳐지나가더라도 눈을 마주치면 안 돼. 네 아버지의 혼을 빼앗으러 온 사신일지도 모르니까. 만약 그 녀석이 진짜 사신이라면 네 아버지에게 남은 명은 그리 길지 않을 게다.”

옛 도읍 오덴세의 교외에 사는 점쟁이 노파는 소년에게 그렇게 일러주었다. 소년은 점괘를 어머니에게 알리기 위해 황혼이 드리우는 강변길을 종종걸음으로 바삐 걸었다.

강변길 바로 옆에 펼쳐져 있는 살풍경한 숲속에서 낡은 물레방아가 삐걱대는 소리가 들려왔다. 으스름한 어둠이 소년을 쫓아오듯이 숲에서 강으로 번지자 수많은 귀뚜라미들이 소년의 등뒤에서 일제히 울기 시작했다.

집에 거의 다 와갈 무렵 길 정면에서 거무스름한 사람 형체가 다가왔다.

소년은 저도 모르게 걸음을 멈추고 어둠 속으로 시선을 모았다.

사람이 분명했다. 검은 모자를 깊숙이 눌러쓰고 검정색 넥타이를 맸으며 검은색 조끼에 까만 외투를 겹쳐 입었다. 외투 자락은 침침한 어둠에 녹아들어 잘 보이지 않았다.

저 녀석은 분명 사신이다.

소년은 점쟁이 노파의 말이 떠올라 고개를 푹 숙이고 발걸음을 빨리했다. 눈을 마주치면 안 된다. 소년은 꽉 움켜쥔 손에 땀이 잔뜩 배어나는 것을 느꼈다. 갑자기 몸이 싸늘하게 식었고 다리가 꼬여 넘어질 것만 같았다.

마침내 거무스름한 사람 형체와 스쳐지나갔다.

그 순간 차가운 공기가 뺨에 닿았다.

소년은 돌아보지 않고 집을 향해 달렸다.

등에 꽂히는 듯한 시선을 느끼며 소년은 드디어 뭉케묄레 거리에 다다랐다. 가난한 사람들이 사는 거리지만 그래도 창문에서 불빛이 새어 나오는 광경에 안도했다.

조심조심 뒤를 돌아보았지만 아무도 없었다. 마음을 놓은 소년은 가슴을 쓸어내리고 집으로 향했다.

빈민가의 공동주택이 소년의 집이다.

집에서는 어머니가 소년을 기다리고 있었다.

점괘를 알려주자 어머니는 얼굴이 창백해져 정성을 다해 신에게 기도를 드리기 시작했다. 어머니는 신심이 깊어 이 세상 모든 일은 신이 좌지우지한다고 믿는 사람이었다. 그런 어머니가 마지막으로 의지한 사람은 의사가 아니라 점쟁이였다. 소년은 그 사실이 몹시 불합리하게 느껴졌다.

소년은 침대에 누워 있는 아버지의 상태를 살폈다. 아버지는 몹시 수척해진데다 피부가 바싹 말라 마치 고목이 누워 있는 것처럼 보였다. 그러나 가끔 떨듯이 몸을 뒤척이므로 생명이 깃들어 있음은 분명했다. 하지만 소년은 아버지 몸에서 풍기는 이상한 악취야말로 죽음 그 자체라는 것을 알고 있었다.

—그 녀석이 진짜 사신이라면 네 아버지에게 남은 명은 그리 길지 않을 게다.

점쟁이 노파의 말이 다시 떠올랐다.

아버지는 언젠가 사신이 자신을 찾아와 혼을 빼앗아 갈 것이라고 자주 말했다. 아버지는 사신을 '얼음 공주'라고 불렀다. 기온이 영하로 떨어지는 밤이 오면 아버지는 밖에서 집안을 들여다보는 얼음 공주를 바라보듯이 창문으로 고개를 돌리고 생각에 잠길 때가 많았다. 어쩌면 아버지는 얼음 공주를 너무 많이 쳐다봤는지도 모른다.

얼음 공주라고 했으니까 사신은 분명 여자 모습일 것이라고 소년은 상상했다. 하지만 강변길에서 스쳐지나간 사람은 복장으로 보건대 여자가 아니다. 사신은 여자라도 남자 차림을 하는 걸까.

소년은 머지않아 아버지가 눈을 감을 날이 오리라고 예감했다.

그리고 예상대로 아버지는 사흘 후에 세상을 떠났다.

열한 살 소년, 한스 크리스티안 안데르센. 아버지와 너무 이른 이별을 한 탓에 그의 인생에는 절망적인 검은 그림자가 드리워졌다.

하지만 그 일이 소년에게 운명적인 만남을 가져다주었다는 사실을 역사는 모른다.

2

아버지의 장례식이 끝나 관을 묻는 것을 보고 나서 한스는 어머니와 함께 묘지를 뒤로했다. 돌아오는 길에 어머니와 헤어져 오덴세 강가에 앉아 수면에 비치는 나무들이 흔들리는 모습을 바라보았다. 사월이 되어 바깥 날씨는 완전히 풀렸다.

한스는 손에 볼품없는 나무 인형을 쥐고 있었다. 아버지의 유품이다. 인형극을 좋아한 아버지는 눈동냥으로 흉내내 만든 인형을 한스에게 주었다. 아버지는 그리 많은 것을 주지는 않았지만 인형만은 예외였다. 듣기로는 할아버지 역시 인형 만들기를 좋아해서 아버지에게 자주 인형을 만들어주었다고 한다.

멍하니 인형을 보고 있자니 갑자기 수면에 검은 형체가 비쳤다.

검은 형체는 한스 바로 뒤에 서 있었다.

마치 한스를 들여다보듯이.

어딘가에서 본 기억이 있는 검은 형체.

사신이다!

한스는 자기도 모르게 비명을 지르며 일어서서 재빨리 달아나려 했다. 하지만 허둥댄 나머지 중심을 잃고 눈앞에 있는 강으로 굴러떨어지고 말았다.

강은 얕고 유속도 느렸지만 한스는 완전히 혼란에 빠져 물속에서 버둥거렸다.

"———!"

머리 위에서 사신의 목소리가 들렸다.

기묘한 말이라서 한스는 무슨 소리인지 전혀 이해하지 못했다.

한스는 낚싯바늘에 걸린 물고기처럼 웃옷 옷깃을 붙잡혀 강기슭으로 끌려 올라오고 나서야 제정신을 차렸다. 워낙 순식간이어서 도대체 무슨 일이 일어났는지 영문을 알 수가 없었다. 한스는 얼떨떨해하며 주변을 둘러보았다. 바로 등뒤에서 검정색 일색으로 차려입은 남자가 한스를 들여다보고 있었다. 창백한 얼굴의 낯선 남자였다.

"으악!"

한스는 소리를 지르며 도망쳤다.

사신이 끝내 내 목숨까지 빼앗으러 왔다!

한스는 흠뻑 젖은 채로 죽어라 거리를 내달려 집안으로 뛰어들었다.

"엄마, 큰일났어. 마을에 사신이 있어!"

"무슨 일이니, 그 꼴은 또 뭐야."

한스는 어머니에게 호되게 야단맞았다. 사신을 봤다고 했지만 들은 척도 하지 않았다. 오히려 신앙심이 모자라기 때문에 그런 사악한 환영을 보는 거라며 오래도록 설교를 늘어놓았다.

어머니는 사신을 본 적이 없으니까 내가 하는 말을 이해하지 못하는 것이다. 사신은 아버지의 혼만으로는 만족하지 못하고 아직도 마을을 어슬렁거리고 있는 것이 분명하다. 한스는 그렇게 확신하고 사신을 막기 위한 비법을 쓰기로 했다.

예전에 아버지에게 들은 적이 있었다. 집안 물건을 거꾸로 뒤집어놓으면 사신은 그 집에 접근하지 않는다고 한다.

한스는 어머니가 잠든 후에 의자와 책상, 컵과 빗자루, 벽에 걸어놓은 판화까지 전부 다 뒤집었다. 내친김에 한스는 침대 아래에서 자기로 했다. 모조리 거꾸로 뒤집어야 한다면 자신의 잠자리까지 반대로 할 필요가 있다. 그제야 한스는 마음놓고 잠을 청할 수 있었다.

다음날 아침 한스는 어머니의 비명을 듣고 잠에서 깼다.

"무슨 짓을 한 거니, 한스!"

바닥에서 자고 있는 한스를 보고 어머니는 신경질적으로 소리를 질렀다.

"그게, 사신이……."

"허튼소리 집어치우고 빨리 원래대로 되돌려놔!"

한스는 하는 수 없이 어머니가 시킨 대로 집을 정리했다.

뒤집어놓은 물건을 하나하나 원래대로 되돌려놓고 있자니 자기도 모르는 사이에 눈물이 흘렀다. 이제 아버지는 이 세상에 없다는 사실이 갑자기 실감으로 다가왔다. 너무나 구슬프고 고독한 기분이 들었다.

그러는 사이에 학교에 갈 시간이 돼서 쫓겨나듯이 집을 나섰다.

한스는 눈물을 뚝뚝 흘리며 등교했다.

산수 수업중 한스는 문득 아버지의 유품인 인형이 없어졌다는 사실을 알아차렸다.

맞다, 강에 떨어졌을 때 깜빡하고 손에서 놓친 것이다. 사신이 나타났다고 부산을 떨다 보니 지금까지 없어진지도 몰랐다.

어떻게 하지.

아버지의 인형은 한스에게 수호신과 다를 바 없었다. 친구이자 이야기 상대이기도 했다. 혹은 아버지 그 자체였는지도 모른다. 분명 인형이 없어지고 나서 고독감이 마음을 좀먹기 시작한 것이다.

쉬는 시간이 되자 한스는 밖에서 조그만 고목을 주워 와서 아버지가 만들어준 인형을 떠올리며 그 모습을 본떠서 인형을 만들었다. 다음 수업이 시작된 뒤에도 한스는 선생님의 눈을 피해 계속해서 몰래 인형을 만들었다.

그 모습을 이상하게 여긴 여학생이 한스의 이름을 대며 선생님에게 고자질했다.

"선생님, 한스가 아까부터 계속 이상한 걸 만들고 있어요."

한스는 자신이 고자질당한 줄 몰랐다. 온 정신을 집중하여 인형을 만들고 있었기 때문이다. 묵묵히 칼을 움직이던 한스는 교실이 쥐죽은듯 고요해지고 나서야 분위기가 이상하다는 걸 깨달았다. 고개를 홱 들자 모두가 한스를 보고 있었다.

"한스, 그게 뭐니?"

선생님이 한스 자리로 다가왔다.

한스는 냉큼 인형을 숨기려고 했지만 이미 늦었다. 선생님에게 미처 완성하지 못한 인형을 빼앗기고 말았다. 인형을 본 반 아이들이 숨을 삼키고 눈을 동그랗게 떴다. 인형은 덜 완성된 탓인지 괴상한 우상처럼 보였다.

"기분 나빠……."

한 여학생이 중얼거리는 목소리가 들렸다.

한스는 더이상 견디지 못하고 새빨갛게 달아오른 얼굴로 교실에서 뛰쳐나왔다.

그가 교실에서 도망친 것은 처음이 아니다. 여태껏 몇 번인가 달아난 적이 있었다. 한스는 성격이 예민한데다 부끄러움을 많이 타서 창피한 일을 당하면 그 자리에 버티고 있지 못한다.

집으로 돌아가자 아니나 다를까 어머니는 화를 냈다. 한스는 어머니에게 팔을 붙들려 다시 학교로 끌려갔다.

선생님은 여느 때처럼 난감하다는 표정으로 두 사람을 맞이했다.

"아버님이 돌아가신 지 얼마 되지 않아서 정신적으로 불안정한 건 이해하지만, 한스는 평소에도 망상벽이라고 할까 다른 아이들과는 다른 세상을 보고 있는 듯한 구석이 있어요. 그게 나쁘다는 건 아니지만 학교는 협조성을 배우는 곳이기도 하니까요. 다른 아이들과 사이좋게 지낼 수 있게 아무쪼록 집에서 신경을 써주셨으면 합니다."

선생님은 그렇게 말했다. 어머니는 선생님에게 침이 마르도록 사과하고 한스도 억지로 고개를 숙이게 했다. 어머니는 한스를 교실로 돌려보낸 후 집으로 돌아갔다.

다음 수업을 들은 한스는 그다음 수업을 빼먹고 학교를 빠져나왔다. 아버지가 남겨준 인형이 마음에 걸렸다.

빠졌던 곳으로 가서 주변을 둘러보았다. 하지만 인형은 눈에 띄지 않았다. 역시 강에 떨어뜨린 걸까. 그렇다면 떠내려갔을 가능성도 있다.

한스는 풀이 죽어 어깨를 축 늘어뜨리고 그 자리에 주저앉았다.

모든 걸 잃어버린 기분이었다. 실제로 아버지를 잃었고 유품인 인형도 잃어버렸다. 어른들의 신뢰도 잃었고 친구도 잃었다. 뭐, 친구는 처음부터 없었지만.

무릎을 끌어안고 공상의 세계로 달아났다. 한스의 상상력은 혼자 시간을 때울 때 큰 활약을 펼쳤다. 눈에 푸른 하늘로 뻗은 투명한 계단이 보였다. 새가 계단이 어디 있는지 가르쳐준다. 눈을 감고 계단을 올라가자 구름 위 세상이 나왔다. 구름 위에는 아버지가 있었다. 아버지는 덴마크군 군복을 입고 묵직한 군용 배낭을 메고 있었다. 아버지가 품에 안고 있는 것은 가족의 편지가 아니라 나폴레옹이 그려진 판화였다. 나폴레옹 숭배자였던 아버지는 궁지에 몰린 프랑스를 돕기 위해 전쟁터로 향했지만 전장에 서기도 전에 전쟁은 끝나고 말았다. 오덴세로 돌아왔을 때 아버지는 이미 지치고 허약해져 빈껍데기가 되어 있었다. 정신적으로 의지할 곳을 잃었기 때문일까. 그 후 아버지는 병마에 시달리다 전쟁에서 돌아온 지 고작 이 년 만에 기력이 쇠해 세상을 떠났다. 구름 위를 용맹스럽게 행진하는 아버지는 손에 나무 인형을 쥐고 있었다.

맞다, 아버지의 유품을 찾아야지.

한스는 제정신을 차리고 자리에서 일어났다. 인형이 강에 떠내려갔다면 하류로 가야 찾을 수 있을지도 모른다.

강을 따라 걷는 한스를 뒤에서 누가 불러 세웠다.

"얘야, 인형을 찾고 있지?"

한스는 그 목소리에 뒤를 돌아다보았다.

바로 뒤에 사신이 서 있었다.

"힉."

"어이쿠, 이번에도 빠지면 안 되지."

한스가 펄쩍 뛰어 달아나려고 하자 검정색 일색으로 차려입은 남자가 팔을 잡고 끌어당겼다. 한스는 가느다랗고 서늘한 사신의 손을 느끼고 이제 죽었구나, 하고 체념했다.

"뭔가 착각한 모양인데, 난 너한테 해를 끼칠 생각 없어."

남자가 빠르게 말했다. 외국어의 억양이 묻어나는 말투였다.

남자는 한스가 진정되기를 기다렸다가 말을 이었다.

"아니면 네 악몽에 나오는 괴물은 나 같은 차림을 하고 있니? 아하, 그것참 세련되고 신사적인 괴물이로구나!" 남자는 과장된 몸짓으로 모자를 벗고 양팔을 벌렸다. "안심하렴, 안데르센. 이제 그런 악몽은 꾸지 않을 거야. 보다시피 괴물의 정체가 평범한 여행자에 지나지 않는다는 걸 알았을 테니까."

"여행자……?"

"그럼. 얼마 전까지는 이탈리아를 여행했지. 로마, 피렌체, 베네치아……. 예술의 도시, 르네상스의 꽃이 핀 곳을 수도 없이 돌아다녔지. 그거 아니? 이탈리아에서는 낙엽 한 장 한 장마다 시가 씌어 있고, 겨울에는 그림물감을 머금은 가지각색의 눈이 내린단다."

"……정말요?"

한스는 고개를 갸웃거리며 의심스럽다는 듯이 남자를 올려다보았다. 남자의 말이 진짜라면 이탈리아라는 나라는 이상야릇한 곳이 틀림없다.

"암, 내게는 그렇게 보였다는 의미에서 말하자면 거짓말이 아니지. 너도 언젠가 어른이 되면 이탈리아로 여행을 가보렴. 이 세상의 진실이 거기 있어. 모든 길은 로마로 통한다고 하잖니." 남자는 자세를 낮춰서 한스와 눈높이를 맞추더니 한쪽 눈을 깜박여 이국적인 인사를 했다. "그런데 안데르센, 감기에 걸리지는 않았니? 어제 흠뻑 젖은 채로 돌아갔잖아."

"예……. 몸은 괜찮아요. 옷을 더럽혀서 엄마한테 혼났지만요."

"어제는 미안했다. 몹시 놀랐던 모양이로구나. 인형, 소중한 물건이었지? 나 때문에 잃어버렸네."

"아니요, 그…… 아저씨 탓은……."

"그래, 그래. 내 탓은 아니지."

"예?"

"어, 아니, 일단 책임 문제는 제쳐두자. 중요한 건 인형이 어디로 갔느냐야. 어제부터 계속 강가를 돌아다니면서 찾아봤는데 없더라고. 어쩌면 더 하류까지 떠내려갔을지도 모르겠어. 나무로 만든 인형이라면 물살에 휩쓸려 떠내려가기 쉬웠을 테니 말이다."

"그럼 이제 못 찾겠네요."

한스는 어깨를 늘어뜨리고 포기한 듯이 말했다.

"어린아이가 그렇게 말귀를 잘 알아들어서 어떻게 할래? 이봐, 소년. 넌 아직 손을 뻗으면 달에 닿을 나이잖아? 그렇다면 잃어버린 소중한 물건도……."

"아니요. 달은 저 하늘 높은 곳에 있어서 손이 닿지 않는다는 거 알아요."

"하지만 밤하늘에 닿는 사다리가 이 세상 어딘가에 있다고 넌 믿고 있어." 남자는 한스의 기운을 북돋아주려는 듯이 그의 어깨를 두드렸다. "물론 나도 마찬가지야. 자, 함께 네 소중한 인형을 찾으러 가자."

"찾으러 가다니요……. 어디로?"

"물론 바다지."

남자는 다시 모자를 쓰고 손가락으로 강 아래를 가리키더니 성큼성큼 걷기 시작했다.

한스는 남자를 따라가지 않고 그 자리에 가만히 있었다. 사신이라고 믿었던 사람과 느닷없이 사이좋게 걸어갈 수는 없었다. 한스는 아직 남자를 믿지 않았다.

"어, 왜 우두커니 서 있어?" 남자는 한스가 따라오지 않는 것을 알아차리고 뒤돌아보았다. "네가 안 가면 나 혼자서라도 갈 거야. 만약 인형을 찾으면 내가 가질지도 모르는데, 후후, 그래도 괜찮겠어, 안데르센?"

"아까부터 마음에 걸렸는데 어떻게 제 이름을 아세요?"

한스는 도발하는 듯한 눈빛을 던지며 물었다.

"네 아버지 무덤을 봤거든." 그는 갑자기 진지한 표정으로 말했다. "네가 어제 입고 있던 옷은 상복 대신 입은 단벌 예복이지? 요즘 시기에 어린아이가 한 벌뿐인 예복을 입을 이유는 예배나 장례식 정도밖에 없어. 어제는 예배일이 아니었으니 장례식이었을 테지. 그래서 묘지를 찾아가봤어. 네가 도대체 누굴 잃었는지 조금 신경이 쓰여서 말이야. 그 사람이 네게 아주 소중한 사람이었는지, 아니면 한 주에 한 번 얼굴을 마주하는 정도의 사람이었는지."

"그런 게 신경쓰였다고요?"

"강가에서 무릎을 끌어안고 있는 네 얼굴이 너무 어른스러워 보였어. 그 이유를 알고 싶더구나. 눈에 비치는 것의 형태에는 그것이 그렇게 될 만한 이유가 있다, 그게 내 철학이거든. 사람의 표정도 마찬가지야."

남자의 말투는 세상을 달관한 듯하면서도 방정스러웠다.

한스는 고개를 갸우뚱하며 수상하다는 듯이 남자를 쳐다보았다.

"……아무튼 묘지에 가보니 새 무덤이 하나 있더구나. 곁에는 네 신발과 똑같은 크기의 발자국이 있었고, 묘비에는 고인의 약력과 안데르센이라는 이름이 새겨져 있었지. 그래서 그간의 사정을 대충 이해한 거야."

"왜 절 못살게 구시는 건가요?"

한스는 고집스럽게 다리를 땅에 붙박아두고 움직이지 않았다.

"못살게 굴다니." 뜻밖이라는 듯이 남자의 어깨가 축 처졌다. "난 네 인형을 찾아주려는 것뿐인데."

"인형은 혼자서 찾을게요."

한스가 그렇게 말하고 달아나듯이 걸음을 옮기려는 순간이었다.

"잠깐만." 남자는 허둥지둥 한스를 불러 세웠다. "네 그림을 좀 그리면 안 될까?"

"……제 그림요?"

"네가 보고 있는 세상을 그려보고 싶어. 강가에 있는 널 봤을 때 그런 마음이 들었지. 네 기쁨과 절망……."

남자는 외투 호주머니에서 큼지막한 수첩 같은 것을 꺼냈다. 그리고 수첩을 펼쳐 한스에게 보여주었다. 거기에는 묘비와 무덤에 바쳐진 꽃들이 연필로 그려져 있었다. 틀림없이 한스 아버지 무덤이었다. 한눈에 알아볼 수 있는 그림이었다.

"……이 꽃은?"

한스가 물었다.

"내가 바친 꽃이야."

"그런가요……."

한스는 긴 침묵을 지키다가 고개를 들어 남자를 보았다.

"고맙습니다."

"응? 뭐가?"

"꽃을 챙겨주셔서……. 아버지는 꽃을 좋아하셨어요."

"그러니. 뭐, 별것 아니야."

"하나 물어봐도 될까요?"

"그러렴."

"아저씨는 도대체 누구신가요?"

"자기소개가 늦었군. 난 여행하는 화가, 루트비히 에밀 그림이란다."

3

바다로 이어지는 강변길을 걸으며 루트비히는 계속 떠들었다. 덕분에 한스는 지금 필시 이 마을에서 루트비히에 관해 제일 잘 아는 사람일 것이다.

그는 독일 출생으로 스물여섯 살이다. 예술을 공부하고자 이탈리아로 여행을 떠났지만 이곳저곳을 한차례 둘러보고 이번에는 덴마크 북쪽 지방을 목표로 삼았다. 그의 흥미를 끈 것은 도시라는 거대한 예술이었다. 덴마크에는 예로부터 왕국이 존재했고 역사적인 건조물도 적지 않다. 옛 도읍인 오덴세도 역사가의 눈으로 보면 매력적인 도시의 하나이리라. 오덴세라는 이름은 당시 신성로마제국의 황제가 북구신화에 등장하는 신, 오딘의 이름을 따서 지었다고 한다. 한스는 천 년 이상 지속되어 온 이 도시가 일찍이 신들이 살던 시대에 마법처럼 하룻밤 만에 지어졌다는 이야기를 믿었다. 루트비히 역시 오덴세의 역사에 흥미를 품고 있는 사람들 가운데 한 명인 듯했다.

루트비히는 다섯 형제 중 막내였다. 외동아들인 한스는 그런 가정에서 어떤 일상을 보낼지 상상도 가지 않았다.

“지금은 대학교에서 교편을 잡고 있는 형도 있어. 훌륭한 형들이지. 그런데 막내인 너는 무사태평하게 여행이나 다니며 그림 가문의 평판을 떨어뜨리느냐고 주변에서 이만저만 잔소리를 하는 게 아니야. 하지만 내가 보기에는 형들이야말로 자유라는 말을 멸시하는 굴욕적인 인생을 살고 있는 것 같거든. 그게 실은 요전에 말이야…….”

루트비히는 음침한 겉모습과 깐깐해 보이는 표정과는 달리 붙임성 있고 쾌활하게 수다를 떠는 신사였다. 소년인 한스는 루트비히가 이야기하는 내용의 절반쯤은 제대로 알아듣지 못했지만, 그래도 그의 싹싹한 성격이 마음에 들었다.

그렇다고 해서 그가 그림을 그려주기를 바라는 것은 아니다. 지금은 함께 인형을 찾아주겠다고 하니까 힘을 빌릴 뿐이다. 가능하다면 그다지 얽히고 싶지 않다는 것이 본심이었다.

인형을 찾으며 강가를 천천히 걸어가자 얼마 지나지 않아 오덴세 강의 모습이 바뀌었다. 강기슭은 좌우로 크게 벌어져 부드러운 곡선을 그리는 만으로 변한다. 바다다. 그 일대는 빙하의 침식으로 만들어진 피오르지만 가파른 절벽이나 험준한 곳은 보이지 않는다. 해안선은 극히 평평하고 모래밭까지 펼쳐져 있었다.

“경치 참 좋다!” 루트비히는 먼 곳을 두루두루 바라보며 말했다. “언덕 위로 올라가면 만 전체가 다 보이겠어. 잠깐만 기다려, 안데르센.”

루트비히는 언덕 위로 달려가더니 바람을 맞으며 잠시 바다 쪽을 향해 우뚝 서 있었다. 그리고 문득 생각났다는 듯이 수첩을 펼치고 연필을 움직였다.

"어이, 안데르센. 너도 이쪽으로 와봐."

루트비히는 자신의 시야에 한스를 세우려고 했다. 아무래도 이 풍경을 그리려는 모양이었다.

"그것보다 빨리 가죠." 한스는 달갑지 않다는 듯한 표정으로 말했다. "해가 진다고요."

"아참, 그렇지."

루트비히는 순순히 언덕에서 뛰어 내려왔다. 한스보다 몇 살이나 나이를 더 먹은 것이 느껴지지 않을 만큼 천진난만했다.

"네 소중한 인형은 도대체 어디로 갔는지, 원. 하지만 낙담하기는 아직 일러. 만약 바다까지 떠내려갔다면 분명 파도가 해안으로 실어 왔을 거야."

루트비히와 한스는 나란히 모래밭으로 향했다.

도중에 루트비히가 알아차렸다.

"어, 모래밭에 뭔가 떨어져 있는데." 그는 모래밭에 시선을 모았다. "상당히 큰 인형 같은데…… 설마하니 인형이 물을 먹어서 커졌나?"

"아니에요! 사람이 쓰러져 있어요!"

사람 모양으로 모래밭에 쓰러져 있는 것은 손안에 들어갈 만큼 작지 않았다. 분명 사람만큼 컸다.

그것은 인형보다 혹은 인형처럼 아름다웠다. 고운 비단처럼 뽀얀 살결을 고스란히 드러내고 젖은 머리카락을 치렁치렁 늘어뜨린 채 파도가 밀려오는 해변에 숨이 끊어진 것처럼 엎드려 있었다. 모습으로 보건대 확실히 여자였다.

한스가 보기에 여자는 이미 죽은 것 같았다. 금색으로 빛나는 머리카락 사이로 눈처럼 하얗고 차갑게 느껴지는 어깨의 부드러운 곡선이 보였지만, 절망스럽게도 거기에 피가 통하지 않는다는 것을 한눈에 알아볼 수 있었다. 철썩이는 파도에 떠밀린 것처럼 아무렇게나 뻗은 여자의 가느다란 두 다리를 보자 뭍으로 밀려 올라온 물고기의 사체가 연상됐다.

그래도 한스는 해변에 누운 여자가 아름답게 느껴졌다. 그것은 태초부터 아름다운 생명체가 죽음이라는 종말을 접하여 한없이 완성에 가까워진 모습이었다. 루트비히도 그러한 구조적인 아름다움에 숨을 삼켰지만 금세 정신을 차렸는지 여자 곁으로 달려갔다.

"아가씨, 정신 차려."

루트비히가 여자의 어깨를 흔들었다. 한스도 모래를 박차고 여자에게 뛰어갔다. 여자 바로 옆에 아버지의 유품인 인형이 떨어져 있는 것을 알아차렸지만 지금 그건 문제가 아니었다.

루트비히는 여자의 목에 손을 대더니 몹시 낙담한 것처럼 고개를 저었다.

"틀렸어, 이미 죽었……."

그렇게 말했을 때 여자가 어깨를 떨었다.

루트비히는 깜짝 놀라서 몸을 뒤로 물렸다.

여자의 젖은 머리카락 한 타래가 어깨에서 모래로 떨어져 내렸다. 그리고 천천히 상반신을 일으켰다.

여자는 멍하니 눈을 깜박이며 눈물을 닦아내듯이 손을 움직여 뺨에 묻은 모래를 털어냈다.

"이봐, 괜찮아?"

루트비히는 당황한 투로 말하며 외투를 벗어서 여자에게 걸쳐주었다.

여자는 아직 꿈을 꾸고 있는 듯한 표정으로 한스와 루트비히를 번갈아 쳐다보았다. 한참 시간을 들여 번갈아 본 후에야 비로소 의식을 되찾은 것처럼 여자는 탐스러운 머리카락과 루트비히의 외투로 알몸을 감추었다. 순간 한스는 여자의 왼쪽 가슴께에 커다란 상처 자국이 있다는 것을 알아차렸다.

"괜찮아."

여자는 고개를 약간 숙인 채 밭게 숨을 쉬며 대답했다. 그 목소리는 한스가 지금까지 들어본 그 어떤 목소리보다, 심지어 세상의 온갖 소리보다도 아름다웠다.

"그거 다행이네. 해수욕을 하기에는 좀 일렀던 모양이야. 아직 몸 상태가 별로인 것 같은데. 빨리 몸을 덥히는 편이 좋겠군. 일어설 수 있겠어?"

루트비히는 여자에게 손을 내밀었다.

여자는 고개를 살짝 젓더니 모래밭에 손을 짚고 자기 힘으로 일어서려고 했다. 하지만 몸을 지탱하지 못하고 이내 앞으로 고꾸라졌다. 한스와 루트비히는 황급히 여자를 부축했다.

"봐, 무리하지 말라니까."

여자는 단념한 듯이 한스와 루트비히의 어깨를 빌려서 비틀비틀 일어선 후 걸음을 떼기 시작했다. 다리를 다쳤는지 한 발짝 디딜 때마다 얼굴을 찡그리고 펄쩍 뛰어오를 것처럼 몸을 떨었다.

"인간의 다리는 이렇게 불편한 건가."

여자는 어금니를 악문 것처럼 힘이 들어간 목소리로 중얼거렸다. 영문을 알 수 없는 말에 한스는 고개를 갸웃거렸지만 무슨 뜻인지 캐묻지는 않았다.

"이 앞에 병원이 있을 거예요. 서두르죠."

한스는 언덕을 가리켰다.

"병원?" 여자가 반응했다. "몸을 치료하는 곳이야? 안 돼, 안 돼."

여자는 떼를 쓰는 어린아이처럼 고개를 저었다.

"하, 하지만……."

"내가 묵는 숙소로 가자." 루트비히가 제안했다. "몸을 덥히는 정도라면 거기로도 충분해. 남의 눈을 신경쓸 필요도 없어."

한스와 루트비히는 걸음걸이가 불안한 여자를 부축하여 마을 여관으로 향했다. 지나가던 사람들이 무슨 일인가 싶어 휘둥그레진 눈으로 그들을 바라보았다. 어쩌면 남자들 대부분은 여자의 미모에 넋을 잃었는지도 모른다.

여관에 도착하자 세 사람은 루트비히가 머무는 방으로 들어갔다. 실내는 그림 그리는 도구가 마구 흩어져 있었고 안료 냄새가 진하게 감돌았다. 벽에는 이젤이 기대어 세워져 있고 방 여기저기에 캔버스가 아무렇게나 널려 있었다. 대부분이 완성되지 않은 그림이었다.

루트비히는 여자를 바닥에 앉히고 난로를 들여다보았다.

"장작이 모자라는군."

루트비히는 그렇게 말하더니 주변에 있던 미완성 상태의 캔버스를 네 조각으로 부수어 난로에 던져 넣었다.

"앗, 아까워라."

"괜찮아. 예술은 이렇게 승화하는 법이야."

루트비히는 난로에 불을 지폈다. 그리고 여관 여주인을 불러서 여자용 옷 한 벌을 가져다달라고 했다. 여주인은 루트비히를 신뢰하는지 의외로 선선히 근처 옷집에서 사 오겠다고 했다.

한스는 여자 옆에 앉아서 물었다.

"이름이 뭐예요?"

"……셀레나."

여자는 무릎을 감싸 안고 희한하다는 듯이 난로를 바라보며 대답했다.

"저는 한스예요. 저 사람은 루트비히 씨."

"그렇구나." 셀레나는 무뚝뚝하게 대답하면서 자기 다리를 문질렀다. "그런데 오늘은 무슨 요일이지?"

"수요일인데요……."

"벌써 하루를 날렸나." 그녀는 아까워죽겠다는 듯한 표정을 지었다. "시간이 없어. 한스, 날 왕실 별궁으로 안내해주지 않겠어? 빨리 가야 해."

셀레나는 일어섰다. 하지만 역시 다리가 아픈지 바로 휘청거리다가 제자리에 주저앉았다.

"자자, 하다못해 옷을 입을 때까지만이라도 얌전히 있는 게 어때?" 난로에서 물러난 루트비히는 가까이 있던 의자를 끌어

당겨 다리를 꼬고 앉았다. “별궁이라면 덴마크 왕가의 왕자가 사는 곳이로군. 그런 곳에 볼일이 있다니, 넌 어느 나라 공주라도 되나?”

“그래. 하지만 너희하고는 상관없는 일이야.” 셀레나는 애가 타는 듯 빠른 어조로 대답했다. “날 별궁에 데려다주기만 하면 돼. 더이상은 바라지 않을게.”

“무슨 볼일인지 모르지만 연줄이 없으면 별궁에는 못 들어가는데.” 루트비히는 어깨를 으쓱했다. “별궁이 어디 있는지도 모르는 벌거숭이 공주에게 덴마크 왕가의 지인이 있을 것 같지는 않고.”

루트비히의 말에 셀레나는 눈살을 찌푸리고 아랫입술을 깨물었다.

“어떻게 하면 되지?”

“별궁은 일반인에게 개방되어 있지 않아. 관계자들만 발을 들여놓을 수 있지. 넌 관계자가 아닌 것 같군. 하지만 누구에게 무슨 볼일이 있어서 찾아왔는지 자세하게 설명해서 승낙을 얻으면 들어갈 수 있을지도 몰라.”

“설명이 필요하다고?”

“물론이지. 다만 내용에 따라서는 문전박대를 당할 수도 있고.”

셀레나는 복잡한 표정으로 입을 다물었다.

여주인이 와서 옷으로 가득찬 바구니를 내밀었다. 루트비히는 여주인에게 돈을 주고 바구니를 받아서 셀레나에게 건넸다.

"자, 안데르센. 밖에 나가 있자."

루트비히는 한스를 쿡쿡 찌르며 말했다.

"어, 앗, 예."

두 사람은 복도로 나가서 셀레나가 옷을 입기를 기다렸다.

"저 사람, 도대체 어디서 왔을까요. 왠지 우리 나라 사람이 아닌 것 같아요."

한스는 그렇게 속삭였다.

한스 입장에서는 루트비히나 셀레나나 둘 다 정체 모를 이방인인 셈이었지만 셀레나에게서는 아예 이 세상 사람이 아닌 듯한 분위기마저 느껴졌다.

오늘은 이상한 날이다. 마치 어제까지와는 다른 세상에 빠져든 것 같았다. 어쩌면 아버지가 돌아가신 탓에 세상에 균열이 생겨 원래의 형태를 유지하지 못하게 됐는지도 모른다. 분명 그렇다. 사람 하나가 이 세상에서 사라지는 일에 그 정도의 영향력쯤은 있을 수 있지 않을까. 그 사람이 자신에게 소중한 사람이라면 더더욱.

"셀레나가 무슨 일을 꾸미고 있는지는 모르겠지만 내버려두면 위험해."

"위험하다고요?" 한스는 고개를 갸우뚱했다. "셀레나 씨가 나쁜 짓이라도 하려고 한다는 건가요?"

"아니……. 그것보다는 셀레나에게 위험이 닥칠 가능성을 걱정해야겠지. 이대로 내버려두면 조만간 좋지 않은 일에 말려들 거야. 셀레나는 세상물정을 모르는 것으로도 모자라 옷을 어떻게 입는지도 제대로 모르는 것 같아."

"설마, 그런 사람이 어디 있겠어요?"

겉모습으로 판단하건대 셀레나는 한스보다 몇 살 많아 보였다. 대화를 나누어보니 최소한의 교육은 받은 것 같았다. 하지만 이 시기에 알몸으로 바닷가에 쓰러져 있다니 과연 상식을 벗어난 사람일지도 모른다.

"아, 참. 안데르센, 이건 너한테 줘야지."

루트비히가 호주머니에서 작은 나무 인형을 꺼냈다.

한스 아버지의 유품이었다.

"가, 감사합니다."

한스는 인형을 받아들었다. 셀레나를 발견하고 정신이 없어서 완전히 잊고 있었는데 루트비히가 빠뜨리지 않고 주워 온 모양이다. 그것만으로도 그를 조금은 믿어도 될 것 같다는 기분이 들었다.

“마치 우리 둘이 인형에게 이끌린 것 같구나.”

루트비히의 말에 한스는 고개를 끄덕였다.

하지만 인형이 끌어당긴 운명의 끈은 저멀리, 아무도 모르는 심연으로 이어져 있는 것 같은 느낌이었다. 그 끝에 무엇이 기다리고 있을지 상상하기는 무서웠지만, 한스는 지금까지 느껴본 적 없는 호기심과 모험심으로 가슴이 두근두근했다.

“음, 이제 됐을까?”

루트비히가 문을 두드렸다.

안에서 셀레나의 대답이 들려와 문을 열었다.

그러자 셀레나는 치마를 목에 두르고 윗도리에 다리를 끼우려고 낑낑대고 있었다.

“이거, 어떻게 입는 거야?”

4

여주인의 도움으로 셀레나는 간신히 옷을 입었다. 결코 고급스러운 옷은 아니었지만 셀레나의 미모에 흠집이 생기지는 않았다. 어딜 가든 셀레나는 제일가는 미인으로 불릴 것이다.

한스와 루트비히는 난로를 둘러싸고 앉아 셀레나에게 이야기를 듣기로 했다. 셀레나는 당장이라도 뛰쳐나가고 싶은 모양이었지만 해변 모래밭에서 구해주고 옷까지 마련해주었으니 자신의 입장을 어느 정도는 밝혀야겠다고 마음먹은 것 같았다.

"자세히는 이야기 못 해." 셀레나는 난로의 불빛에 발갛게 물든 얼굴로 말했다. "분명 내 이야기를 이해하지도 못할걸."

"네가 급한 볼일로 별궁에 가야 한다는 건 알겠어." 루트비히는 팔짱을 끼고 말했다. "뭘 하러 별궁에 가려는 거지?"

"……알아보고 싶은 게 있어."

셀레나는 말을 고르듯이 신중하게 대답했다.

"뭘?"

"그걸 알아서 어쩌려고. 너희하고는 상관없잖아."

"설명해주지 않으면 협력 못 해."

"협력? 협력해줄 거야?"

아래만 내려다보던 셀레나의 눈이 둥그렇게 커졌다. 그때까지 암담했던 표정에 희망의 빛이 비친 것 같았다.

"물론 곤란한 처지에 처한 사람을 야멸차게 못 본 척할 수는 없지. 그렇지, 안데르센?"

"엇, 아, 예." 갑자기 말을 거는 바람에 한스는 저도 모르게 고개를 끄덕였다. "하지만 제가 할 수 있는 일이 있을까요……."

"찬밥 더운밥 가릴 때가 아니야. 도와준다면 누구라도 상관

없어.” 셀레나는 한스의 말을 반쯤 잘라먹으며 말했다. “다만 나와 운명을 함께하겠다는 각오만은 해줬으면 좋겠어.”

“우, 운명이라니……. 그런…….”

한스는 셀레나의 심각한 말에 기가 확 죽었다.

“알았어. 이야기를 계속해.”

루트비히는 그렇게 말했다.

“저기요, 루트비히 씨. 그렇게 경솔하게 받아들이다니 괜찮으시겠어요?”

“혼자서는 버거운 일도 셋이 힘을 합치면 어떻게든 되는 법이야.” 루트비히는 웃는 얼굴로 대답하고 깍지 낀 손을 무릎에 얹었다. “자, 셀레나. 말해봐.”

“이야기를 다 들은 뒤에도 그렇게 자신만만하면 좋으련만.” 셀레나는 난롯불을 바라보며 중얼거리듯이 말했다. “……지금으로부터 반년쯤 전의 일이야. 이 나라 인간이라면 모르는 이가 없을 텐데, 별궁에 살고 있던 왕자가 살해당하는 사건이 벌어졌지.”

“어휴, 그건 몰랐네. 하기야 나는 열흘쯤 전에 이 나라에 왔으니……. 안데르센, 넌 알고 있었니?”

루트비히의 질문에 한스는 고개를 끄덕였다.

이 마을에서 그 일을 모르는 사람은 없다.

오덴세의 별궁에는 몇 년 전부터 덴마크 왕 프레데리크 6세의 둘째 아들 크리스티안 왕자가 살고 있었다. 그는 성인이 되는 것과 동시에 코펜하겐의 왕궁을 떠나 별궁에서 자유로운 나날을 보내고 있었다. 반년 전에는 이웃나라 스웨덴에서 두각을 나타내고 있는 베르나도테 가문의 여식, 루이세를 아내로 맞이했다. 왕자는 명랑하게 웃는 얼굴과 상냥한 인품으로 국민들에게 높은 인기를 얻었지만 그 최후는 너무나도 비극적이었다.

그는 결혼한 지 얼마 지나지 않아 누군가에게 살해당했다.

소문으로는 왕자의 시중을 들던 시녀 한 명이 행방불명되었다고 한다. 많은 어른들이 그 여자가 왕자를 찌르고 달아난 것이 아니겠느냐는 의견을 내놓았다.

하지만 실제로 무슨 일이 있었는지 자세하게 아는 사람은 한 명도 없었다. 그것이 현실이다. 왕가의 내부 사정은 깊이 감추어지는 것이 보통이지만, 어마어마한 사건이 발생했는데도 정보가 너무 없었다. 왕자가 사망했다는 소식이 전해진 뒤로는 종잡을 수 없는 소문만이 도시를 떠돌았다.

"시녀는 아직도 발견되지 않았어."

셀레나가 말을 이었다.

"이야기만 들어보면 그 시녀가 왕자를 죽인 범인 같은데."

"아니야!"

셀레나는 날카로운 말투로 부정했다.

"아니라니……. 그럼 넌 왕자 살해 사건의 진상을 안다는 거야?"

루트비히는 셀레나의 얼굴을 뚫어져라 바라보며 물었다.

"아니, 진상은 나도 몰라. 하지만 시녀가 범인이 아니라는 것만은 내가 보증하지. 시녀는 왕자를 죽이지 않았어."

"그걸 어떻게 알지?"

"내 눈으로 봤으니까." 셀레나는 아름다운 두 눈동자를 강조하듯이 눈을 부릅떴다. "시녀는 분명…… 왕자를 찌르려고 했어. 하지만 찌르지 못했지."

"어, 어떻게 된 건가요?"

한스는 무심코 되물었다.

"행방이 묘연해졌다고 소문난 시녀는 내 동생이야."

"동생……."

"걔는 어떤 이유 때문에 왕자를 죽여야 할 상황에 있었어. 하지만 왕자를 찌르기 직전에 단념하고 단도를 바다에 버렸지. 그리고 본인도 바다에 몸을 던져 물거품이 되어 사라졌어. 우리는 그 모습을 처음부터 끝까지 지켜봤어."

"우리?"

"우리 자매들. 우리 여섯 자매 중에 걔는 막내였어. 우리는 막냇동생의 마지막을 똑똑히 지켜봤다고."

"잠깐만. 너희 자매는 도대체 어디서 그 모습을 본 거야? 별궁이 어디 있는지도 모르는 네가 어떻게 별궁에서 벌어진 일을 목격했지?"

루트비히의 물음에 셀레나는 생각에 잠긴 것처럼 입을 꾹 다물었다. 이야기해야 할지 말아야 할지 망설이는 듯했다.

"너희들이 착각하고 있는 것 같으니까 말할게. 그날 밤, 동생과 왕자는 별궁이 아니라 배를 타고 있었어. 왕자가 시신이 되어 별궁에서 발견된 건 동생이 물거품이 되어 사라진 지 이틀 후야. 그러니까 애당초 동생은 왕자를 살해할 수 없어."

"네 동생이 사라진 밤에 너희 자매 모두 같은 배에 타고 있었어?"

"아니, 우리는 바다에서 상황을 엿보고 있었어."

"바다?"

"그래, 우리는……."

셀레나는 말을 끊더니 새삼스레 한스와 루트비히를 관찰하듯이 바라보았다. 그렇게 오랜 시간을 들여 두 사람을 뜯어본 후에 셀레나는 천천히 이야기를 이어갔다.

"우리는 물거품에 몸을 숨기고 물결 사이를 떠다니며 모든 걸 목격했어. 우리는 몇 시간이라도 바다를 헤엄칠 수 있지. 왜냐하면 우리는 바다에 사는…… 인어거든."

"아하, 과연."

루트비히는 이해했다는 듯이 고개를 끄덕였다.

"엥, 저기, 인어요? 인어라니……." 한스는 두 사람의 대화를 따라가지 못하고 쭈뼛쭈뼛했다. "그 인어요? 바다에 나타나서 노랫소리로 선원들을 홀린다는……. 루트비히 씨는 알고 계셨어요?"

"아니, 지금 알았어."

그는 느릿느릿 고개를 저었다.

"어떻게 그렇게 침착하실 수 있죠? 인어…… 인어라잖아요."

"너야말로 너무 동요한 것 같은데? 셀레나와 우리가 어디가 다르다고 그래. 그리고 지금까지 셀레나가 보여준 모습을 생각하면 오히려 인어라고 해야 이해가 가. 또한 셀레나가 인어인들 악마인들 다른 문화권에서 온 방문자일 뿐이야. 어려운 문제는 하나도 없어."

"아니, 문제투성이지." 셀레나는 치마 끝자락을 잡고 들어올렸다. "이렇게 거추장스러운 걸 입어야 하다니."

"금방 익숙해질 거야." 루트비히는 얄미운 웃음으로 답했다. "그것보다 아득히 먼 바다의 나라에서 여기 온 이유는 뭐지?

역시 동생과 관련된 일인가?"

셀레나는 미간에 주름을 잡고 심각한 표정으로 고개를 끄덕였다.

"난 왕자 살해 사건의 진상을 밝히려고 왔어."

"어째서 네가 그걸 조사할 필요가 있지? 네 동생은 왕자를 죽이려고 했지만 실제로는 죽이지 않았잖아?"

"그걸 믿지 않는 자들도 있어. 그날 이후로 바닷속에 있는 우리 나라에서는 동요와 혼란이 끊이질 않아. 바다를 버리고 인간 왕자와 맺어지려 한 인어공주는 배신자의 대명사가 되고 말았고. 바닷속에 사는 수많은 자들은 아직도 그날 밤의 결말에 의문을 품고 있어."

"즉, 배신자 공주가 인간과의 결혼에 실패한 끝에 왕자를 찌르고 감쪽같이 달아난 것 아니냐. 그렇게 의심받고 있다는 거지?"

"그런 셈이지. 게다가 그렇게 주장하는 자들의 대부분은 우리가 동생을 숨겼다고 생각해. 하지만 아까도 말했듯이 동생은 우리 눈앞에서 물거품이 되어 사라졌고 왕자는 그로부터 이틀 후에 살해당했어. 동생은 왕자를 죽이지 못해. 그렇지만 이 증언조차 가족을 감싸기 위한 거짓말이라고 믿는 자가 있는 판국이라고. 전쟁을 획책하는 자들은 이 상황을 보고 웬 떡이냐 싶겠지."

"전쟁이라고? 일이 커지는 것 같은데."

"우리 자매는 작은 나라 왕가의 핏줄이야. 막냇동생도 물론 마찬가지지고. 우리가 일으킨 불상사는 나라의 불상사야. 배신자라는 오명은 감수할 수밖에 없겠지. 하지만 동생이 선택한 결말은 결코 불명예스러운 짓이 아니었어. 목숨을 내던진 동생의 긍지를 더럽힐 수는 없다고. 그러니까 우리는 동생이 선택한 결말을 증명해야 해. 그러기 위해 크리스티안 왕자를 살해한 진범이 존재한다는 사실을 밝힐 필요가 있어."

셀레나는 조급하게 말을 연거푸 늘어놓았다. 어른스러운 말솜씨와는 달리 차분하지 못한 시선과 허둥대는 몸짓에서 어린티가 느껴졌다.

"진실을 알기 위해서는 사건이 일어난 별궁에 가야만 해. 하지만 바다에 사는 자들은 인간 세상에 나가기를 싫어하지. 행동에 나서는 자는 한 명도 없었어. 오히려 이번 일을 계기로 역시 인간과는 접촉을 금해야 한다고 생각하게 된 자들이 많아졌어."

"그래서 네가 손을 들었다."

"아무도 하지 않는다면……." 셀레나는 갑자기 태도를 확 바꾸어서 약한 목소리로 말했다. "내가 하는 수밖에 없지."

"무슨 사정인지는 알겠는데, 그렇게 간단히 해결할 수 있는 문제는 아닌 것 같아. 별궁에서 일어난 일은 서민들이 간섭할 수 있는 범주에 속하지 않아. 예를 들자면 별궁은 하늘이지. 우리는 땅에서 하늘을 올려다볼 뿐이야. 너희가 바다에서 땅을 보고 있던 것처럼 말이야. 하물며 이방인인 너로서는 도저히 감당할 수 없겠지."

루트비히가 그렇게 말하자 셀레나는 몹시 낙담한 듯이 어깨를 축 늘어뜨렸다.

"하지만 왕자 살해 사건에 대해서는 개인적으로 흥미가 있어. 아니, 좀더 정확하게 말하자면 그 사건에 네가 관여했을 때의 풍경에 흥미가 있지."

루트비히의 말에 셀레나는 고개를 갸웃거렸다. 그리고 설명해달라는 듯이 한스를 보았다.

한스는 어깨를 살짝 으쓱했다.

"저도 무슨 말인지 잘 모르겠지만 아마도 그림을 그리고 싶다는 뜻이 아닐까 해요."

"바로 그거야, 안데르센. 넌 머리가 잘 돌아가서 좋다니까. 정말로 영리해. 아, 그래! 마침 잘됐군, 안데르센도 그 그림에 더해야겠다. 어떤 그림이 나올지 벌써부터 기대되는걸."

"풍경이든 그림이든 내가 알 게 뭐람!" 셀레나는 미간에 주름을 더 깊게 잡고 언성을 높였다. "난 왕자 살해 사건의 진상을 알아내기 위해서 왔어. 그림이나 얻어 가려고 온 게 아니라고."

"안심해, 바다 공주님. 난 진실만을 그리는 화가야. 모순이 남아 있는 풍경을 그릴 생각은 없어. 결국 넌 캔버스 속에서 웃는 얼굴로 이쪽을 보게 될걸. 그렇게 뾰로통한 얼굴이 아니라."

셀레나는 더더욱 화난 듯한 표정을 지었지만 그러한 얼굴을 보여주기 싫은지 벽 쪽으로 고개를 돌렸다.

5

해거름이 되어 창밖이 귤색으로 물들기 시작했다.

학교를 도중에 빠져나온 한스는 갑자기 불안해졌다. 여기서 이러고 있어도 될까. 집에 돌아가면 또 엄마에게 혼나지 않을까.

"빨리 별궁으로 가자." 셀레나는 다리가 아파서 얼굴을 찡그리면서도 일어섰다. "도와줄 거지? 해가 지기 전에 안내해줘. 그것 말고는 특별히 바라지 않을 테니까."

"유감스럽지만 서두른다고 해서 사태가 진전되지는 않아." 루트비히가 셀레나를 만류하며 말했다. "상황을 파악해두고 싶어. 그렇지……. 처음부터. 일단 네 동생 이야기부터 들려줬으면 하는데."

셀레나는 창밖을 바라보다 원망스러운 표정으로 주저앉았다. 상당히 초조해 보였다. 뭐가 그녀를 그렇게까지 몰아붙이는 걸까.

"처음부터 이룰 수 없는 사랑이었어." 셀레나는 한스와 루트비히로부터 눈을 돌린 채 말을 꺼냈다. "우리 인어공주는 열다섯 살이 되면 해수면까지 올라가는 게 허용돼. 그제야 바람과 녹음 냄새를 맡고 해와 달, 그리고 인간들이 사는 도시와 배를 구경하러 갈 수 있지. 언니와 동생 들은 열다섯 살이 되는 날을 고대했고, 큰언니가 그날을 맞이했을 때는 모두 언니 곁에 모여들어 언니가 풀어놓는 이야기에 귀를 기울였어. 언니와 동생들은 인간의 생활에 많은 흥미를 보였지."

"넌 자매 가운데 위에서 몇 번째야?"

루트비히가 물었다.

"네 번째. 내 밑으로 여동생이 두 명 있어. 모두 연년생이라서 바깥세상 견학은 일 년마다 되풀이됐지."

"흠. 계속해."

"난 인간에 별로 흥미가 없었고 바깥세상을 보러 가고 싶은 마음도 없었어. 바닷속의 작은 화단에 꽃을 키우는 것만으로 충분했지. 하지만 누군가의 생일이 찾아오면 모두가 생일의 주인공에게 바깥세상 이야기를 해달라고 조르는 게 습관이 되는 바람에 나도 열다섯 살 때는 주인공으로서 의무를 다할 필요가 있었어. 싫었지만 어쩔 수 없었지. 바깥세상으로 여행을 떠나기로 했어. 해수면까지 올라간 후에 그저 널찍한 바다 한가운데 오도카니 자리를 잡고 물고기들이 헤엄치는 모습을 보다가 돌아왔지. 그래도 동생은 내 이야기를 즐겁게 들어줬어. 자매들 중에서도 바깥세상에 가장 강한 동경을 품고 있던 건 막냇동생이었거든."

"그게 문제의 막냇동생이로군."

"막냇동생이 열다섯 살이 되어 바깥세상으로 여행을 떠나는 날이 찾아왔어. 동생은 그날이 오기를 오래전부터 고대하고 있었지. 동생은 성인이 되었다는 증표인 화관을 쓰고 커다란 굴 브로치를 달고 바다 위로 올라갔어. 걔가 기쁘게 바다 위로 올라가던 모습이 지금도 생생히 기억나. 그런데 딱하게도 동생은 바다 위에서 마주친 인간에게 홀딱 반하고 말았어."

셀레나는 가엽다는 듯이 말했다.

비극이라는 것을 알면서 듣는 사랑 이야기는 마치 힘없이 떨어지는 낙숫물처럼 서글프고 어슴푸레한 꿈처럼 덧없었다.

"그날 밤 바다에는 폭풍우가 몰아쳤어. 인간들이 탄 배는 난파됐고 동생이 사랑한 남자는 바다에 떨어졌지. 우연히 곁에 있던 동생은 물에 빠져죽을 뻔한 남자를 구해서 해안으로 옮겼어."

"그 남자가 크리스티안 왕자야?"

"그래." 셀레나는 이마에 늘어진 자기 머리카락을 성가시다는 듯이 쓸어넘겼다. "하필이면 상대가 인간 나라의 왕자라니. 만약 시간을 되돌릴 수 있다면 동생에게 충고할 거야. 그 남자를 좋아하면 안 된다고. 설령 좋아한다고 해도 구해서는 안 된다고."

"충고를 받아도 멈출 수 없는 게 사랑이지."

"글쎄……." 셀레나는 싸늘한 어투로 말했다. "결국 동생은 왕자를 잊지 못했어. 일종의 병 같기도 했지. 동생은 말괄량이인데다 이따금 생각이 얕기도 했지만, 그래도 올바르게 행동할 줄 아는 애였어. 그런데 왕자만 관련됐다 하면 정상적인 판단력을 잃어버렸지. 무엇보다도 왕자가 자신의 존재를 전혀 몰라서 애가 탔을 거야. 운이 나쁘게도 왕자는 내 동생이 아니라 다른 인간 여자가 자신을 구해줬다고 착각했어. 인간 여자는 우연히 해변 모래밭에 쓰러져 있는 왕자를 발견했을 뿐이지만."

"네 동생 입장에서는 답답해서 죽을 지경이었겠군."

"결국 동생은 우리 몰래 왕궁을 나섰지. 바다와 가족과 나라를 버리고 인간이 되는 길을 선택했어."

"인간이 되다니……. 그게 가능한가요?"

한스는 머뭇머뭇 물었다.

"마녀의 힘을 빌렸어."

"마녀?"

"깊은 바닷속에 사는 추악한 주술사지. 마녀가 언제부터 거기 살았고, 평소에 뭘 하는지는 아무도 몰라. 인간인지 인어인지, 젊은지 늙었는지, 모든 것이 수수께끼에 감싸여 있는 무시무시한 존재야. 하지만 마녀라면 인간이 되는 방법을 알고 있을 거라고 동생은 판단했겠지. 실제로 마녀는 굉장한 마법을 알고 있었어. 인간의 다리가 자라나게 하는 약을 만들 줄 알았거든."

"그래서 인간이 되었다면 다행 아닌가요?"

"다행은 무슨." 셀레나는 눈초리를 치켜 올렸다. "마녀는 동생을 인간으로 만들어주는 대신에 아름다운 목소리를 빼앗았어. 바다에서 제일 아름답다고 칭송받는 목소리를 말이야. 그게 교환 조건이었어. 게다가 약의 효과에는 제약이 있었어. 만약 사랑을 이루지 못하면 동생은 물거품이 되어 사라지고 마는 거야. 그래도 동생은 조건을 받아들이고 인간으로 만들어주는 약을 받았지. 두 번 다시 인어로 돌아올 수 없다는 걸 알면서……."

그 정도로 그녀의 바람이 절실했다는 뜻이리라.

그 연심은 마치 바닷속에서 불타오르는 화염 같았다. 과연 셀레나와 가족들은 그녀의 마음을 이해할 수 있었을까.

"이윽고 비극의 막이 올랐지." 셀레나는 난롯불을 바라보았다. "동생이 해변 모래밭에서 눈을 뜨자 우연인지 아니면 운명인지, 크리스티안 왕자가 곁에 있었어. 동생이 인간이 되어 처음으로 만난 인간이 사랑하는 남자였던 거야. 하지만 동생은 마녀에게 목소리를 빼앗겨서 왕자에게 자기 이야기를 할 수 없었지. 왕자는 동생의 아름다운 미모를 눈여겨보고 별궁으로 데려가서 시녀로 삼았어."

마침내 별궁이 등장했다. 동화 같은 이야기가 한스의 현실과 이어진 순간이었다. 바닷속에서 올라온 인어는 한스가 모르는 사이에 오덴세의 별궁에 살고 있었다.

"별궁에서는 인간의 시간으로 석 달 정도 생활한 것 같아. 왕자는 동생이 마음에 들어서 늘 곁에 두었지만 그건 사랑과는 거리가 멀었지. 분명 길 잃은 돌고래…… 길 잃은 고양이를 귀여워하는 것과 별다를 바 없는 감정이었을걸. 한편 동생은 그래도 상관없다고 생각했어. 그런 관계가 유지된다면 왕자와 맺어지지는 못해도 헤어지지는 않을 테고, 물거품이 될 일도 없을 테니까. 하지만 그런 환상은 얼마 지나지 않아서 깨졌어. 왕자가 이웃나라의 아가씨와 결혼하게 됐거든."

크리스티안 왕자는 1815년 10월에 베르나도테 가문의 루이세와 결혼했다. 지금으로부터 반년 전이다. 온 도시가 축제 분위기로 들썩거렸고 모두 행복해 보였던 것을 한스는 기억하고 있었다.

"그날 별궁에서 배를 출항시킨 왕자는 루이세를 맞이하러 스웨덴까지 갔어. 왕자는 결혼이 결정되고 나서 처음으로 루이세를 만났는데, 보자마자 '당신이야말로 내 운명의 사람이오'라고 외쳤대."

"설마 그 루이세라는 아가씨가 예전에 모래밭에 쓰러져 있던 왕자를 구한 여자야?"

"그래."

셀레나는 고개를 끄덕였다.

루트비히는 어느 틈엔가 수첩을 펼치고 연필로 뭔가 적어넣고 있었다. 한스가 옆에서 들여다보자 수첩에는 글자가 아니라 그림이 그려져 있었다. 아무래도 셀레나의 이야기에 나오는 정경을 재빨리 그림으로 그리고 있는 모양이었다.

"그런 우연이 있다고?"

"그게 운명이란 걸지도 모르지. 왕자는 루이세와 재회한 걸 기적으로 여겼어. 바로 그날 결혼식을 올렸고 신랑과 신부는 배를 타고 별궁으로 돌아왔지."

셀레나는 잠깐 말을 끊었다가 이야기를 이어나갔다.

"그날 밤이 동생의 마지막 밤이었어. 왕자가 다른 여자와 영원히 함께하겠다는 서약을 맺은 순간 동생의 사랑은 끝났으니 해가 뜨면 바다의 물거품이 되고 말아."

"네 동생은 왕자와 같은 배에 타고 있었군."

"그래. 그 무렵 바닷속에서 우리는 위기에 빠진 동생을 구할 방법을 찾고 있었어. 동생이 바다를 버리고 사라진 건 오래전부터 알고 있었지. 그리고 마침내 동생에게 마지막이 왔음을 알고 어떻게든 구해내고자 온 바닷속을 구석구석까지 헤집으며 방법을 찾았어. 우리 자매는 다시 마녀의 힘을 빌리기로 했지. 동생을 구할 방법은 없겠느냐고 마녀와 교섭하자 단도 한 자루를 주더군. 그 단도로 왕자의 심장을 찔러 흘러나오는 피로 다리를 적시면 동생은 다시 인어로 변해 바다로 돌아올 수 있다고 했어. 우리는 각자 탐스러운 머리카락을 마녀에게 주는 대가로 단도를 받아왔어."

셀레나는 자기 머리를 슬쩍 만졌다. 지금은 꽤 많이 자랐다.

"동생을 구하기 위해 우리는 몰래 배로 다가갔지. 물거품이 되도록 그냥 내버려둘 수는 없잖아. 동생이 바다를 버리고 인간이 됐다는 소문은 이미 온 나라에 퍼진 뒤였어. 일의 결과 여하에 따라 더 큰 동요가 일어날지도 몰라. 우리는 동생에게 단도를 건네고 어떻게 해야 하는지 설명했어. 해가 뜨기 전에 왕자를 죽이면 동생은 살 수 있지. 설령 다시 인어가 된다 해도 돌아올 곳은 없을지도 모르지만…… 그래도 물거품이 되어 사라지는 것보다는 낫잖아. 우리는 동생의 결단을 지켜봤어. 하지만…… 동생은 왕자를 찌르지 못했어. 동생은 해가 떠오르기 전에 단도를 바다에 내던지고 뒤를 쫓듯이 스스로 몸을 던졌지."

날이 밝았다.

자매들은 바다에 떠올라 크리스티안 왕자와 루이세가 정답게 배에서 내려 별궁으로 돌아가는 모습을 지켜보았다고 한다.

"왕자는 아침에 배에서 내리기 직전까지 사라진 동생을 찾았어. 그만큼 소중했다면 동생의 사랑에 응했어야지. 사랑해줄 수 없다면 동생 손에 죽어야 마땅했어."

한스에게 셀레나의 말은 조금 기묘하게 들렸다.

마치 동생이 왕자를 죽였어도 상관없다는 듯한 말투였다.

아니, 생각해보면 왕자를 살해하기 위해 단도를 동생에게 건넨 것은 언니들이었다. 셀레나 입장에서는 동생이 왕자를 찔러야 했다.

하지만 왕자는 살아남았고, 어째서인지 이틀 후에 누군가에게 살해당했다.

도대체 크리스티안 왕자에게 무슨 일이 일어난 걸까.

누가 죽였을까.

무엇 때문에.

진실을 알고 싶다는 마음이 한스의 마음속에도 조금씩 싹텄다.

"사실은 나도 동생이 의심스러워. 걔가 무슨 방법을 써서 왕자를 죽이는 데 성공해서 지금도 어디 살아 있는 것 아닐까……. 차라리 그랬기를 바라. 누가 뭐래도 걔는 내 동생이야. 설령 배신자라 해도 미워할 수는 없어."

"하지만 네 동생은 물거품이 되어 사라졌어." 루트비히는 말을 이었다. "비유가 아니라 진짜 물거품이 되었다는 뜻이지? 이제야 나도 사정이 이해가 되는군. 즉, 네게는 '왕자를 죽인 진범이 누구인지'를 찾는 것보다 '동생은 물거품이 되어 사라졌다'는 사실을 증명하는 게 더 중요해."

"난 처음부터 그렇게 설명했는데."

셀레나는 화가 난 것처럼 입술을 삐죽 내밀었다.

"아니 그게, 우리는 마녀의 조건에 관해서 못 들었으니까. 이건 논리상 짚고 넘어가야 할 중요한 점이야. 그 조건이 없다면 네 동생은 이틀간 어딘가에 몸을 숨기고 있다가 왕자를 찌를 수도 있었어. 하지만 그 조건이 있으니 네 동생은 범인이 아니야."

루트비히는 수첩을 집어넣고 앉음새를 바로 하더니 무릎 위에다 깍지를 꼈다. 한스도 괜히 그 모습을 흉내내 자세를 고쳤다.

"그럼 잠시 정리해보자. 너희 자매가 동생에게 단도를 건네준 밤, 동생이 왕자를 찌르지 않으면 그녀는 동이 트는 것과 동시에 사라질 운명이었어. 그게 마녀가 건 조건이었으니까. 동생은 두 가지 선택지를 두고 고민하다가 결국 물거품이 되는 쪽을 선택했지. 그런데 이틀 후에 왕자가 누군가에게 살해당하는 바람에 동생의 선택을 의심하는 자들이 나오기 시작했어. 그리고 너희 자매가 동생을 숨긴 것 아니냐는 억측까지 나돌았지."

"배신자를 내놓으라고 몰려온 자들도 있었어."

셀레나는 지친 것처럼 눈을 감고 말했다.

"동생이 물거품이 되어 사라졌다는 사실을 증명한다면 적어도 너희 자매가 동생을 숨겼다는 소문은 부정할 수 있지. 그러기 위해서는 왕자를 살해한 진범을 찾아야 해. 동생 말고 다른 사람이 왕자를 살해했다고 증명한다. 그제야 비로소 동생이 관여했다는 의혹을 벗을 수 있다."

그리하여 셀레나는 진상을 알아내기 위해 인어들의 나라에서 뭍으로 올라왔다.

크리스티안 왕자 살해 사건의 진상이 셀레나 나라의 앞날을 좌우할지도 모른다면 그녀가 필사적으로 애를 쓰는 것도 이해가 간다.

하지만 한스는 셀레나가 걱정이었다.

셀레나의 굳센 태도는 팽팽하게 당겨진 실로 지탱되는 것만 같이 보였다. 언제 끊어질지 모르는 위태로운 실이다. 그리고 셀레나의 마음을 굳게 다지고 있는 것은 용기가 아니라 현실에서 눈을 돌려서는 안 된다는 사명감임을 한스는 알고 있었다. 셀레나는 목숨을 바칠 각오를 하고 현실에 맞서는 길을 선택한 것이 틀림없었다.

그렇게까지 해서 맞서야 하는 현실이 제대로 된 것일 리 없다. 한스는 늘 그렇게 생각하고 현실을 도피해왔다. 이렇게 지저분한 곳에는 존재하지 않는 아름다운 환상을 찾았다. 눈을 감으면 언제나 아름다운 곳이 한스를 맞이해주었다.

어쩌면 두 사람이 만난 것은 필연이었을지도 모른다.

현실에 맞서려는 소녀와 환상을 찾아헤매는 소년.

현실과 환상의 틈에서 둘은 서로 마주쳤다.

6

“다음으로 왕자 살해 사건을 검토해볼까.” 루트비히는 이야기를 이어나갔다. “난 그 사건에 대해 전혀 모르는데 너희는 얼마나 알고 있니?”

한스는 고개를 휘휘 저었다.

결혼식을 치른 지 이틀 만에 왕자가 살해당했다는 이야기는 당시 어딜 가나 사람들 입에 오르내렸지만 한스는 일부러 소문에 귀를 기울이지 않았다. 엄격한 어머니가 송구스러운 짓 하지 말라며 주의를 주었기 때문이다.

“나도 마찬가지야. 정보가 거의 없어.”

셀레나가 고개를 움츠리고 말했다.

“흐음, 너무 막연하군. 골치 아픈데. 애당초 크리스티안 왕자를 살해한 범인은 너희 자매하고 아무 상관 없는 암살자일 가능성도 있다고.”

“아니, 그건 아니야.”

셀레나는 고개를 들고 딱 잘라 말했다.

“어째서 그렇게 단정하는 거지?”

“왕자를 죽이는 데 사용된 흉기가 마녀의 단도였으니까.”

“뭐라고?” 루트비히는 흥분한 기색으로 물었다. “그거야말로 중요한 정보잖아. 왜 지금까지 잠자코 있었던 거야."

"누가 잠자코 있었다고 그래."

셀레나는 난감한 듯한 표정으로 말했다. 루트비히가 매섭게 따지자 셀레나는 무심코 몸을 뒤로 물리고 어깨를 살짝 움츠렸다.

"틀림없어? 어떻게 그걸 알았지?"

"내 바로 위 언니가 별궁의 해자 바닥에서 마녀의 단도를 발견했어. 거무튀튀한 피가 묻어 있었는데 바닷속 유모 할멈이 고귀한 인간의 피가 틀림없다고 가르쳐줬어. 왕자의 시체는 단도가 있었던 해자 바로 근처의 방에서 발견된 모양이야."

"네 동생이 바다에 버린 단도가 왜 별궁의 해자에서 발견된 거지?"

"몰라."

"과연 그래서 네 동생이 의심받는 거로구나. 네 동생이 그랬다고 볼 수밖에 없는 상황이야."

"하지만 걔는……."

"알아." 루트비히는 생각에 잠긴 것처럼 관자놀이를 눌렀다. "그렇다면 마녀가 내건 조건이 절대적이냐 그렇지 않느냐가 문제로군. 예를 들어 네 여동생은 날이 밝는 것과 동시에 물거품이 될 예정이었지만 실제로는 며칠의 유예 기간이 있었다면?

단도를 주워서 이틀 후에 다시 왕자를 죽이러 갈 수 있었을지도 몰라.”

“마녀가 내건 조건을 의심하는 건 무의미해. 만약 조건이 이랬다저랬다 제멋대로라면 마법 자체가 성립하지 않았을걸. 동생은 ‘왕자와의 사랑을 이루지 못하면 물거품이 된다’는 조건으로 인간이 될 수 있었어. 그 조건은 ‘크리스티안 왕자와 루이세가 정식으로 결혼한다’는 형태로 끝을 맞이했지. 그러니까 동생에게는 그날 밤이 분명 마지막 밤이었다고.”

“그렇다면…… 네 동생이 아니라 다른 누군가 마녀의 단도를 손에 넣어 별궁에서 왕자를 찔렀다는 건데. 왜 바다에 버린 단도를 굳이 흉기로 골랐을까? 아니면 우연히 단도가 범인 손에 들어왔나…….”

루트비히는 자문하듯이 중얼거렸다.

한스와 셀레나는 중얼거리며 생각을 정리하는 그를 그저 바라보고 있을 수밖에 없었다.

그러는 사이 창밖으로 밤이 다가오는 조짐이 보였다. 숲 너머에서 일등성이 반짝였고 벌레 울음소리가 정적을 깨고 메아리쳤다. 난로 속에서 장작이 탁탁 타오르는 소리마저 하루의 끝을 알리는 신호로 들렸다.

루트비히는 뭔가에 생각이 미친 듯 갑자기 고개를 들고 셀레나를 보았다.

"그러고 보니 넌 어떻게 인간의 다리를 얻었지?"

루트비히는 난롯불이 비쳐서 빨갛게 보이는 셀레나의 다리를 가리키며 물었다.

"네가 짐작한 대로야." 셀레나는 다리를 문지르며 말했다. "마녀의 힘을 빌렸지."

"조건은? 설마 사랑의 성취는 아니겠지?"

"내가 인간을 사랑할 것 같아? 말도 안 돼. 내 조건은 다른 거야."

"도대체 어떤 조건인가요?"

한스가 옆에서 물었다.

"크리스티안 왕자 살해 사건의 진범을 밝혀내지 못하면 물거품이 되어 사라진다."

셀레나는 담담하게 털어놓았다.

할말을 잃은 한스는 무릎을 감싸 안고 앉아 있는 셀레나의 다리를 눈으로 더듬었다. 그것이 환상이 아니라는 것을 확인하듯이. 혹은 언젠가 이 다리가 사라진다고 생각하니 아깝다는 듯이.

"루트비히, 아까 '왕자를 죽인 진범이 누구냐'는 문제는 내게 중요하지 않다고 말했지. 맞아. 그건 '동생은 물거품이 되어 사라졌다'는 사실을 증명하기 위해 필요한 요소 중 하나에 불과했어. 하지만 이제는 내가 살아남기 위해 빠뜨릴 수 없는 조건이 되고 말았지."

셀레나는 루트비히를 똑바로 쳐다보며 말했다.

"하지만…… '언제까지'라는 조건은 없잖아요?" 한스는 화들짝 놀라서 물었다. "그럼 물거품이 될 걱정은 안 해도 되는 거죠? 왜, 동생분은 왕자님을 빼앗기면 끝이었지만 셀레나 씨는 그런 식으로 끝나지는 않을 테니……."

"아니, 안타깝게도 난 동생보다 시간이 더 없어."

"어째서……?"

"마녀는 마법을 사용할 때 조건을 달 뿐만 아니라 반드시 담보를 요구해. 동생에게는 목소리를 요구했지. 단도를 빌리러 갔을 때는 머리카락이었고. 내가 인간이 되는 약을 받으러 갔을 때는……."

셀레나는 자기 왼쪽 가슴 언저리를 살며시 만졌다.

거기에 커다란 상처 자국이 있었다는 것이 떠오른 한스는 소름이 끼쳐 몸을 움츠렸다.

"심장이었어."

"말도 안 돼!"

한스는 무심코 소리를 질렀다.

루트비히도 이번에는 아무 말도 하지 못했다.

"인어가 장수한다는 건 너희 인간도 알 거야. 생피를 마시면 영원히 살 수 있다고 믿고 인어를 잡으러 오는 녀석들도 있을 정도지. 영생까지 운운하는 건 과장이 지나치지만, 우리가 인간보다 훨씬 오래 사는 건 확실해. 그만큼 인어의 심장은 튼튼하지. 그 증거로 내 심장은 현재 마녀가 가지고 있지만 아직 멎지 않았어."

"그럼 심장을 원래대로 되돌려놓을 수도……."

"불가능하지는 않지." 셀레나는 고개를 끄덕이고 가슴께에 눈길을 떨어뜨렸다. "하지만 몸에서 떼어낸 심장은 이레밖에 버티지 못해."

"이레?"

"그래, 그러니까 난 심장이 고동을 멈추기 전에 진범을 찾아내서 마녀에게 되돌아가야 해."

"만약 늦으면……."

"죽는 거지."

셀레나는 마치 남의 일처럼 말했다.

하지만 한스는 셀레나가 그 사실을 냉정하게 받아들였다고는 생각지 않았다. 셀레나가 어깨를 바르르 떨고 있는 것을 눈치챘기 때문이다.

이레 남은 목숨.

서두르는 것도 당연하다. 만약 자신이 이레 후에 죽는다는 사실을 알고 있다면 다급할 수밖에 없을 것이다. 해야 할 일이 있다면 더더욱 그렇다.

"언제 마녀에게 심장을 줬지?"

루트비히가 진지한 표정으로 물었다.

"인간의 날짜로 치면 화요일. 바닷속이랑 인간들의 나라는 시간의 흐름이 약간 달라. 그 점에 대해서는 마녀가 설명해줬어. 오차를 포함해서 인간 시간으로 이레, 즉 화요일부터 헤아려서 다음주 월요일이 지나고 날이 샐 때까지가 내게 남은 시간이야."

오늘은 수요일, 그것도 벌써 다 저물어간다.

"시간이 너무 모자라요! 오늘을 포함해서 앞으로 엿새……. 그사이에 크리스티안 왕자님을 죽인 범인을 밝혀내야 하다니……."

"할 수 있느냐 없느냐를 따질 시기는 지났어. 다음으로 무엇을 하느냐가 문제지."

"하지만……."

"한스, 난 이미 돌이킬 수 없는 선택을 했어. 갈등은 바닷속에 버려두고 왔다고. 지금은 앞으로 나아가는 수밖에 없어."

셀레나는 굳게 결의한 듯했다. 하지만 그녀의 얼굴에는 패기가 없었고, 오히려 체념 어린 표정을 짓고 있는 것처럼도 보였다.

한스는 동요했다. 마치 천천히 죽어가는 사람을 보고 있는 것 같은 기분이었다.

아버지가 그랬던 것처럼.

"그렇게 단단히 결심해놓고 별궁이 어딘지도 모르다니 준비가 너무 부족한 것 아니야?" 루트비히가 우스갯소리하듯이 말했다. "이대로는 길 잃은 고양이가 아니라 길 잃은 인어인데."

"그런 건 나도 알아!" 셀레나는 화난 것처럼 대꾸했다. "바다에서 가는 방법은 안다고. 그런데 너희가 이런 곳에 데려와서 어디가 어딘지 완전히 뒤죽박죽됐어. 육지에서는 어떻게 가야 하는지 통……. 한스, 너까지 날 비웃는 거야?"

"아, 안 웃었어요."

"별궁까지는 우리가 안내해줄게." 루트비히가 제안했다. "그건 그렇고 최악의 경우 넌 해변에서 정신을 잃은 채 3박 4일을 보냈을 가능성도 있어. 안데르센이 거기까지 인도해주었으니 고마운 줄 알라고."

"알아……. 고마워, 한스."

셀레나는 한스를 향해 몸을 돌려 순순히 감사를 표했다.

"아니요, 저는 특별히 한 게……."

셀레나의 눈빛을 받자 한스는 쑥스러워서 고개를 돌렸다.

"그런데 너희들, 지금까지 내가 한 이야기를 믿어?"

셀레나가 갑자기 묘한 질문을 했다.

"엇, 혹시 전부 거짓말이었나요?"

한스는 물었다.

"거짓말이라고는 안 했어." 셀레나는 당황한 표정으로 대답했다. "인간이 우리 인어의 존재를 이렇게 쉽사리 믿을까 싶어서……."

"셀레나 씨는 인어가 아닌가요?"

"인어라고 했잖아."

"그럼 믿을게요." 한스는 똑 부러지게 말했다. "믿을 뿐만 아니라 인어인 셀레나 씨를 만나서 기뻐요. 동화 같은 세계가 이 세상에 정말로 있다는 걸 셀레나 씨가 가르쳐줬으니까."

외롭고 지루한 현실 바로 옆에 꿈을 꾸는 듯한 동화의 세계가 펼쳐져 있다. 그 세계를 상상하는 것은 한스가 지금까지 살아온 원동력이었다. 언젠가 그 세계를 두 눈으로 보는 것이 꿈이었다. 말하자면 셀레나는 한스가 사랑해 마지않는 세계에 사는 존재였다.

처음에는 놀랐지만 한스는 인어의 존재를 의심하지 않았다. 의심하기는커녕 언젠가 셀레나 같은 존재와 만날 날이 오리라고 믿었다.

"그렇구나……. 처음으로 만난 인간이 너처럼 단순한 아이라서 다행이야."

셀레나는 표정 변화 하나 없이 태연하게 말했다. 한스를 받아들이겠다는 의미로 한 말인 듯했지만 한스는 기분이 복잡했다.

"그쪽 어른은 본심을 모르겠지만."

셀레나는 의심하는 눈빛으로 루트비히를 보았다.

루트비히는 창문 쪽을 보고 있다가 셀레나에게 시선을 돌리고 고개를 갸웃했다.

"내가 뭘 어쨌기에?"

"아냐, 됐어." 셀레나는 쌀쌀맞게 내뱉었다. "원래 난 인간을 가까이 할 생각이 없었어. 인간이 내 사정을 이해해줄 것 같지 않았고, 애당초 인간을 어떻게 대해야 하는지도 몰라. 전부 혼자 해결할 작정이었어."

"그게 말처럼 쉽겠어요?"

"할 수 있느냐 없느냐는 문제가 아니라고 했잖아. 해내야만 해." 셀레나는 한스를 곁눈질했다. "하지만 결과적으로 이렇게 됐지. 난 너희가 협력해줬으면 좋겠어. 인간의 힘을 빌리다니 바라는 바는 아니지만 어쩔 수 없지. 난 시간이 없으니까."

셀레나는 못마땅하다는 듯한 표정을 짓더니 다시 한스와 루트비히를 향해 몸을 돌렸다.

"날 도와줘."

"물론이죠!"

한스는 반사적으로 고개를 끄덕였다.

하지만 자신이 뭘 할 수 있을까 생각하자 바로 불안해졌다. 앞으로 맞설 현실이 너무나도 거대한 괴물로 느껴졌다.

"미력하나마 이 루트비히 에밀 그림도 협력하겠소." 루트비히는 일부러 자리에서 일어나서 귀족이 하는 것처럼 예를 갖추었다. "하지만 오늘은 이미 늦어서 할 수 있는 일이 별로 없어. 내일에 대비해서 쉬어야 해."

"무슨 소리야 내게는……."

셀레나는 일어서려고 했지만 다리가 아픈지 비틀거렸다.

"그 다리에 익숙해지는 게 먼저야. 여관에 아직 빈방이 있는 모양이니까 셀레나는 여기를 본거지로 삼도록 해."

"이딴 다리……."

셀레나는 부아가 치미는 듯 주먹을 가볍게 쥐고 자기 다리를 때렸다.

"초조해할 것 없어. 아직 엿새나 남았잖아."

한스는 루트비히의 말이 믿음직하게 들렸다. 셀레나의 이야기를 듣고도 태연자약한 배짱이 든든하게 느껴졌다.

루트비히가 여관 여주인과 이야기를 해서 바로 셀레나가 머물 방을 준비해주었다. 여주인은 루트비히의 갑작스런 요구에도 협조적이었다.

"푹 쉬어. 탐험은 내일부터 시작하면 되니까. 알았지?"

셀레나는 고개를 끄덕이고 얌전하게 방에 들어갔다.

루트비히가 타이르는 대로 따르는 모습은 어린아이와 다를 바 없었다. 셀레나도 몹시 피곤했던 걸까.

복도에 남은 한스는 걱정이 되어 문에 대고 소리쳤다.

"반드시 셀레나 씨에게 힘이 되어줄게요!"

반응은 없었다.

한스는 염려하는 마음으로 옆에 있는 루트비히를 올려다보았다.

"셀레나 씨를 혼자 두어도 괜찮을까요?"

"저 다리로는 멀리 못 가. 스스로도 잘 알 거야."

"그럼 다행이지만……."

셀레나가 얼마나 속을 끓이고 있는지 아는 만큼 한스는 불안했다.

"그것보다 문제는 너야, 안데르센. 학교를 빠져나온 뒤로 아무 기별도 하지 않았지? 집까지 바래다주마. 너희 어머니도 걱정하고 계실 거야."

"그렇……겠죠."

인어공주에 얽힌 문제와 왕자 살해 사건에 직면한 지금, 수업을 빼먹은 것은 매우 사소한 문제로 여겨졌다. 그리고 이제 돌아가야 할 곳이 너무나 현실적이고 멀리 있는 것처럼 느껴졌다.

집에 돌아가면 오늘 있었던 일이 꿈처럼 끝나버리는 것 아닐까.

집은 되풀이되는 지루한 일상의 시작점이다.

한스는 처음으로 집에 돌아가기 싫다는 생각이 들었다.

"자, 가자. 안데르센."

"아, 예."

한스는 망설인 것을 들키지 않도록 루트비히의 뒤를 따라 여관을 나섰다.

하늘에는 어느덧 별이 반짝이고 있었다. 봄철의 따스한 밤바람이 불었다. 뒤돌아 셀레나 방의 창문을 찾았지만 불이 켜져 있는 방은 없었다.

"정말 신기하구나."

루트비히는 한스보다 조금 앞에서 걸으면서 말했다. 그의 검은 옷은 밤의 어둠에 잘 녹아들었다.

"뭐가요?"

"생각해보니 우리는 이상한 곳으로 떠내려온 것 같아. 네 소중한 인형이 그랬던 것처럼."

“그러게요. 어쩐지 큰일에 말려든 것 같네요.”

“너랑 만난 지 얼마 되지 않았지만 마치 옛날부터 알고 지낸 것 같은 기분이야.”

“저도 처음에는 루트비히 씨가 무서운 사람인 줄 알았지만…….”

거기까지 말했을 때 한스는 문득 이런 생각이 들었다.

어쩌다 보니 그와 행동을 함께했지만 한스는 아직도 그를 잘 모른다. 애당초 그는 아버지의 죽음을 알리는 사신이었다. 그리고 지금은 셀레나와의 약속으로 맺어진 운명을 함께하는 관계다. 친구라고 부르기에는 조금 멀고, 지인이라고 부르기에는 너무 가깝다. 기묘한 관계로 맺어진 상대였다.

어둑어둑한 숲의 옆을 따라 두 사람은 한스의 집이 있는 빈민가를 향해 한 줄로 걸었다.

“그런데 루트비히 씨가 셀레나 씨의 말을 믿다니 의외였어요. 인어공주라는 둥, 마녀라는 둥, 바다에서 왔다는 둥 이런 소리를 들으면 어른은 보통 의심할 것 같거든요.”

“대개는 정신이 이상한 사람이라고 생각하겠지.” 루트비히는 돌아다보고 웃었다. “아니면 병에 걸린 것 아니냐고 의심할 거야. 일종의 정신착란에 빠져서 해변에서 졸도한 것 아니냐는 식으로. 셀레나가 인어라고? 요즘은 어린아이도 그런 허무맹랑

한 소리는 안 믿을걸."

"그렇죠……. 그렇다면 어째서 루트비히 씨는 셀레나 씨를 믿으세요?"

"셀레나는 맥이 뛰지 않았어."

"맥?"

"목을 만져보렴. 따뜻한 피가 쿵쿵대며 힘차게 흐르는 감촉이 느껴질 거야. 그게 맥이지. 셀레나를 발견하고 손으로 목을 확인했을 때는 맥이 전혀 뛰지 않았어. 그래서 처음에는 셀레나가 죽은 줄 알았지."

"셀레나 씨한테는 피가 흐르지 않나요?"

"마녀에게 심장을 빼앗겼다는 이야기가 진짜라면 맥이 뛰지 않는 상황도 논리적으로 성립돼. 심장이 없는데도 살아 있는 건 인어의 생명력이 인간보다 훨씬 강하기 때문일 거야. 어쨌거나 셀레나가 인간이 아니라는 건 확실해. 그렇지 않으면 설명이 불가능하지."

"그래서 셀레나 씨가 인어라는 사실을 믿은 거군요."

"그래. 다만 솔직히 털어놓자면 전부 다 믿는 건 아니야."

"어, 그럴싸한 이야기를 하시기에 완전히 믿으시는 줄 알았는데……."

"너만큼 있는 그대로 받아들일 수가 없구나. 난 이래 봬도 어른이니까." 루트비히는 쓴웃음을 지었다. "맥은 어찌됐든 인어나 마녀 이야기는 뭔가의 비유 아닐까 의심스러워."

"비유?"

"밝히기 힘든 사정을 동화로 바꾸어서 설명한 게 아닐까 싶어. 셀레나가 피치 못할 입장에 있는 건 틀림없어. 하지만 대놓고 신분을 밝힐 수는 없으니까 비유로 설명한 거지. 흔한 방법이야."

루트비히의 설명은 그럴듯하게 들렸지만 수긍이 가지 않는 점도 많았다. 셀레나의 심장도 그렇지만, 가령 그녀가 먼 나라의 공주님이라면 그런 사람이 알몸으로 해변에 쓰러져 있을 이유가 있을까.

"어쨌든 셀레나가 중대한 문제에 봉착한 건 사실이야. 도움을 요청하는 소녀를 구하는 건 호의가 아니라 의무야. 그렇지? 너희의 모험은 이미 시작됐어."

"너희? 루트비히 씨도 함께 아닌가요?"

"난 어디까지나 화가니까. 액자 바깥에 있는 사람이지. 너희를 그리는 게 내 모험이야."

루트비히가 하는 말은 이따금 이해가 되지 않았다. 한스는 고개를 갸웃거리면서도 무슨 뜻인지는 굳이 물어보지 않았다.

"그런데 안데르센, 왕자 살해 사건을 조사하려면 앞으로 별궁에 드나들어야 할 거야. 그래서 묻는 건데 네 친척 중에 왕가 사람은 안 계시니?"

"그런 사람이 있겠어요?"

한스는 톡 쏘듯이 말했다.

"그럴 것 같더라. 그럼 왕가에 가까운 사람 중에 아는 사람은?"

"으음……."

한스는 걸으면서 생각에 잠겼다. 결코 유복하지 않은 일반 시민에게 왕가와 접촉할 기회가 있을 리 만무하다.

하지만 셀레나의 문제를 해결하려면 별궁에 발을 들여놓을 필요가 있다…….

"그렇게 심각한 표정 짓지 않아도 돼. 초조해할 필요 없다고. 우리 둘 다 오늘밤에 차분히 생각해서 대책을 강구해보자."

길 앞쪽으로 한스의 집이 보였다.

이대로 집에 돌아가면 오늘 하루가 끝난다.

"저기……." 한스는 머뭇머뭇 물었다. "내일도 루트비히 씨를 뵈러 가도 되나요?"

"물론이지."

"감사합니다."

한스는 집을 향해 걸었다.

"엄마한테 내가 설명해줄까?"

"아니요, 제가 알아서 할게요."

이번 일은 아무에게도 말하고 싶지 않았다. 혼자만의 비밀로 남겨두고 싶었다. 그러지 않으면 루트비히도 셀레나도 사라져 버릴 것 같은 기분이 들었다.

"내일 보자."

루트비히는 작별 인사를 하고 온 길을 되돌아갔다.

어둠 속으로 사라져 보이지 않게 될 때까지 한스는 루트비히를 바라보았다.

period I

1793년 - 지중해

마녀는 해류가 무섭게 소용돌이치는 바닷속 깊은 곳에 살고 있었습니다. 그 일대는 해초도 산호도 없는 황폐한 잿빛 모래땅으로, 길을 잃고 헤매다 들어선 불쌍한 물고기들을 촉수로 붙잡아 먹는 히드라라는 생물이 여기저기에 진을 치고 있었습니다.

하얀 벽돌로 지은 듯한 마녀의 집은 아주 근사했지만, 자세히 보니 그것은 벽돌이 아니라 바다에 빠져 죽은 인간들의 백골이었습니다. 거대한 바다뱀이 마치 집을 지키는 것처럼 커다란 문 앞에 똬리를 틀고 있었습니다. 인어공주가 집으로 다가가자 바다뱀은 입을 벌리고 당장이라도 덤벼들 것처럼 혀를 날름거렸습니다.

"그만!"

집안에서 탁하게 쉰 목소리가 들려왔습니다. 바다뱀은 불만스러운 듯이 보금자리로 돌아갔습니다. 그러자 문이 천천히 열렸습니다.

"네가 여기 올 줄 알고 있었어. 여기 온 이유도 말이야."

인어공주가 어찌할 바를 모르고 망설이자 마녀는 손짓하여 인어공주를 집으로 불러들였습니다. 참으로 무섭고도 상냥한 손짓이었습니다.

"인간이 되고 싶다니 바보 같은 생각은 당장 버려. 옛날부터 인어가 인간 세상에 관여해서 뭐가 제대로 된 적은 한 번도 없었어. 너 때문에 모두가 곤경에 빠질 거다. 바닷속뿐만이 아니야. 인간들의 세상에도 무시무시한 일이 일어날 거라고. 이건 충고가 아니야. 난 보여. 너 때문에 수많은 인간들이 죽을 거야."

마녀는 떨리는 손으로 액체가 든 작은 병을 감추듯이 선반 안쪽으로 밀어넣었습니다. 반짝반짝 빛나는 액체는 인어공주 눈에 아주 매력적으로 비쳤습니다.

"그래, 이 약을 마시면 네 소원대로 참으로 아름다운 그 꼬리 지느러미는 사라지고 참으로 추악한 인간의 다리가 생기지. 하지만 수백 개의 칼로 찌르는 듯한 아픔이 뒤따라. 땅을 디딜 때마다 느껴지는 아픔을 넌 도저히 못 견딜걸. 애당초 넌 인간이 못 돼. 왜냐하면 네게 이 약을 안 줄 거니까. 유감스럽지만 그게 규칙이라는 거야."

마녀는 넝마 같은 두건을 쓰고 있어서 얼굴이 거의 보이지 않았습니다. 하지만 분명 심술궂은 표정을 짓고 있을 것이라고 인어공주는 생각했습니다.

저 약만 마시면 인간이 될 수 있는데.

인간이 되어 그이에게 가고 싶다.

"자, 가족의 품으로 돌아가거라. 지금이라면 아직 늦지 않았어."

마녀는 인어공주를 쫓아내듯이 말한 후 등을 돌려 선반 위에 있는 독살스러운 빛깔의 바다뱀에게 먹이를 주려고 했습니다.

인어공주는 물러갈 수 없었습니다. 그녀에게 망설임은 없었습니다. 돌아갈 수 없다는 것을 알면서도 여기까지 왔습니다.

인어공주는 마녀에게 다가갔습니다.

"어, 아직도 있었니?"

마녀는 뒤돌아보며 말했습니다.

인어공주의 얼굴은 무섭도록 추하게 일그러졌습니다.

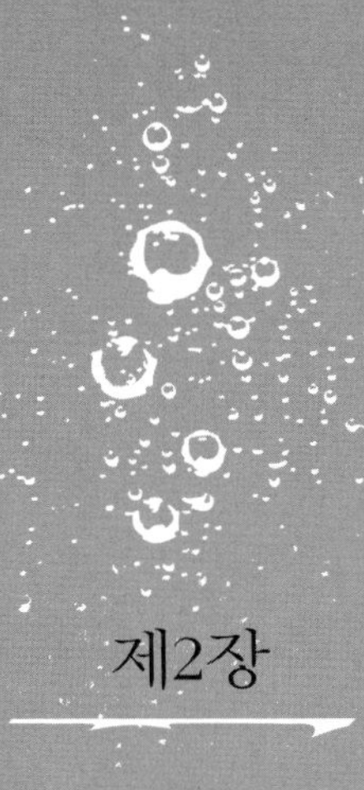

제2장

1816년 –덴마크 오덴세

1

다음날 아침, 한스는 눈을 뜨자마자 아버지의 유품인 인형이 머리맡에 있는지 확인했다.

있다.

인형을 집어 들자 어제의 신기한 만남이 바로 머릿속에 선명하게 떠올랐다.

꿈이 아니다.

설령 꿈이라고 해도 아직 끝난 건 아닌 모양이다. 그렇게 생각하자 몸이 달아서 가만히 있을 수가 없었다. 한스는 낡아빠진 침대에서 뛰어 내려왔다.

한스 어머니는 홀로 창가 의자에 앉아 바깥을 내다보고 있었다. 아버지가 '얼음 공주'를 쳐다보고 있던 때와 눈빛이 똑같았다. 어머니는 한스가 일어난 것을 알아차리고 흘끗 쳐다봤지만 아무 일도 없었다는 듯이 다시 바깥으로 눈을 돌렸다.

묘한 위화감.

마치 어머니가 어머니가 아닌 것 같았다.

어제는 집에 돌아오자마자 불호령이 떨어졌지만 화를 내는 방식이 평소와 다르게 느껴졌다. 어머니는 한스를 통과해 벽을 향해 화를 내는 것 같았다. 한스는 자신이 그곳에 있는데도 마치 없는 것 같은 감각에 휩싸였다.

그래. 달라진 것은 나 자신일지도 모른다.

세상이 뒤틀리면서 내가 먼 곳으로 떠밀려난 것 아닐까.

마치 이국의 노래 같기도 한 어머니의 잔소리를 들으며 한스는 그러한 감각을 피부로 절감했다. 허름한 지붕이 삐걱거리는 소리마저 비밀스러운 속삭임으로 들렸다. 한스가 지금까지 몽상해온 세계가 조금씩 현실을 침식하기 시작한 것 같았다. 그 경계는 이제 희미해지고 있었다.

한스는 아버지의 유품을 움켜쥐고 옷을 갈아입었다.

"좀 이르지만 학교 갔다 올게."

"그래, 다녀오렴."

어머니는 관심도 없다는 듯이 대답했다.

학교에 가기에는 아직 너무 이른 시간이었다. 어머니에게 또 혼나지 않을까 걱정스러웠지만 의외로 선선히 보내주었다. 문을 열던 한스는 저도 모르게 주저하며 뒤돌아보았다. 어머니는 역시 창밖을 보고 있었다. 한스는 달아나듯이 집을 나섰다.

푸르른 새잎의 향기를 머금은 이른 아침 바람이 달콤하게 코에 와 닿았다. 길에는 아무도 없었고, 포석은 어제 지나간 누군가의 그림자가 잔상으로 남은 것처럼 얼룩져 있었다. 그런 얼룩이 소리도 없이 조용하게 거리에 활기를 불어넣고 있었다.

한스는 루트비히가 머무는 여관으로 향했다.

학교에 갈 생각은 처음부터 없었다. 셀레나의 심장이 고동을 멈추기까지 시간이 얼마 남지 않았다. 교실에서 재미도 없는 교과서를 읽고 있을 여유는 없다.

한스는 강변길을 바쁘게 뛰어갔다.

돌다리 옆을 지나쳤을 때 오덴세 강의 잔잔한 수면에서 금색 머리가 불쑥 튀어나왔다. 수면에 퍼진 머리카락이 구름 틈새로 비치는 아침 햇살을 받아 황금으로 된 실처럼 반짝거렸다.

"야, 한스."

그 머리가 이쪽을 향해 소리를 질렀다.

의심할 여지도 없이 셀레나였다.

"그런 곳에서 뭐하시는 거예요?"

한스는 돌다리 한가운데로 달려가서 난간 너머로 몸을 내밀고 소리쳤다.

셀레나는 아무 대답도 없이 강가까지 유유히 헤엄쳤다. 그리고 땅으로 올라와서 덤불에 아무렇게나 벗어둔 옷을 주섬주섬 챙겼다. 멀리서도 셀레나가 알몸이라는 것을 알 수 있었다.

셀레나는 귀찮은 듯이 옷을 입기 시작했다. 한스는 허둥지둥 셀레나가 있는 곳으로 달려갔다.

한스가 도착했을 때 셀레나는 옷을 다 입은 뒤였다. 하지만 리본을 묶은 솜씨는 형편없었고 치마도 앞뒤를 제대로 알고 입었는지 수상했다.

"안녕, 한스."

셀레나는 젖은 머리를 말리지도 않고 길로 나섰다. 하는 짓은 제멋대로지만 행동거지는 공주님 같았다. 한스는 황급히 셀레나를 따라갔다.

"안녕하세요……. 그것보다 괜찮으세요? 무슨 일 있었어요? 어쩌다 강에 빠지셨어요?"

"시끄러워, 빠진 게 아니야." 셀레나는 고개를 돌리고 불쾌한 듯이 눈초리를 치켜 올렸다. "인간의 몸으로 얼마나 잘 헤엄칠 수 있는지 시험해본 거야. 하지만…… 역시 바다에 있을 때처럼 편하지는 않더군. 조금밖에 헤엄치지 않았는데도 폐가 괴로워하며 공기를 요구해. 인간의 몸은 정말로 불편하구나."

"그러고 보니 다리는……? 이제 아무렇지도 않아요?"

"아무렇지도 않기는. 걸을 때마다 아파죽겠어. 동생은 이런 다리로 잘도 춤을 췄군."

셀레나는 얼굴을 찡그리면서 말했다. 하지만 걸음걸이는 상당히 멀쩡해 보였다.

어쩌면 약한 모습을 보여주기 싫어서 무리하고 있는 것인지도 모르겠다고 한스는 짐작했다. 나란히 걷자 셀레나의 키가 조금 더 컸다. 인간 나이로 쳐도 셀레나가 연상일 것이다. 나이도 어리고 키도 더 작을 뿐 아니라 인간인 자신에게 약한 모습을 보이지 않으려는 기분은 이해가 갔다.

"한스, 굳이 말하자면 난 너는 믿지만 루트비히라는 남자는 믿지 않아. 너랑 루트비히는 어떤 관계지?"

"으음……. 어쩌다가 알게 됐고…… 루트비히 씨가 제 그림을 그리겠다고 해서……."

"괴상한 남자로군." 셀레나는 눈을 가느스름하게 떴다. "어쨌든 너희가 깊은 관계가 아니라서 다행이야. 내가 그를 믿지 않는 것처럼 분명 그도 날 믿지 않겠지. 믿어주지 않아도 딱히 상관없어. 설득하는 시간이 아까워."

불신감은 숨겨도 미묘하게 전달되는 법인가 보다.

"분명 셀레나 씨에게 힘이 되어줄 거예요."

"과연 그럴까. 인간은 인어를 붙잡아서 팔아먹는다고 해. 피를 마시려고 말이야. 실제로 잡혀간 친구도 있어. 게다가 인간은 바다를 더럽히지. 전쟁과 개발 때문에 바닷속에는 쓰레기와 뼈, 죽은 물고기들이 가라앉는다고. 난 인간이 싫어. 신용할 수 없어."

셀레나가 힘주어 그렇게 말하자 한스는 자기 책임이 아닌데도 미안한 기분이 들었다.

"하지만 너희 힘을 빌리지 않고서는 아무것도 못 하는 것도 사실이지. 최소한 네 의견은 존중할게, 한스."

"가, 감사합니다."

"녀석의 의견은 반으로 깎아서 들을 생각이야."

루트비히에게는 어지간히 믿음이 가지 않는 모양이었다.

구름 너머에서 아침 햇살의 희미한 빛이 온 하늘로 번져나가는 가운데 한스와 셀레나는 함께 포석 길을 걸었다. 길고양이가 눈앞을 지나간 것을 제외하면 생명의 기척은 어디에서도 느껴지지 않았다. 마치 이 도시에서 인간들이 일제히 자취를 감추기라도 한 것 같았다.

한스는 셀레나와 보조를 맞추어 걸었다. 그런데 셀레나가 여관이 있는 방향과는 다른 길로 나아가기 시작했다.

"그쪽 아니에요."

한스가 알려주자 셀레나는 고개를 살짝 젓고 길 앞쪽을 가리켰다.

"아니라니? 뭐가?"

"그쪽은 여관으로 돌아가는 길이……."

"이대로 별궁에 가자."

"예? 루트비히 씨는요?"

"잠이나 자라 그래."

셀레나가 앞으로 성큼성큼 걸어가는 바람에 한스는 그녀를 따라가는 수밖에 없었다.

"그렇게 루트비히 씨가 싫으세요?"

"싫어. 다른 인간들과 마찬가지로." 셀레나는 딱 잘라 말했다. "날 구해주고 머물 곳을 마련해준 데는 감사하고 있어. 진의는 분명치 않지만 협력하겠다고 나서준 것도 기뻤고. 하지만 그거랑 이건 별개야."

"그거랑 이거?"

"너희의 선의와 내 기분."

"이해가 잘 안 가는데……. 그렇게 인간이 싫은데 인간이 되어 여기까지 오기가 꺼려지지는 않으셨어요?"

"좋고 싫고를 따져서 행동할 만큼 사태는 단순하지 않아, 한스. 이 일을 제대로 처리하지 못하면 바닷속은 난리 법석이 날 거야. 혼란이 몇십 년이나 계속될지도 모른다고. 그러면 인간 세상에도 적지 않은 영향을 미치겠지. 바닷속에서 대규모 전쟁이 벌어지면 바다가 거칠어져서 배는 전복될 테고 물고기들은 씨가 말라서 어업에도 지장이 생길걸. 해안으로 해일이 몰려와서 연안에 있는 집들은 떠내려갈 거야. 인간들은 그런 일이 일어날 조짐도 모르고 있다가 돌이킬 수 없는 재난을 당하겠지."

셀레나의 이야기를 듣자 성서에 적혀 있는 종말의 광경이 떠올랐다. 자신들이 지금 그러한 위기에 직면해 있다니 도무지 믿기지 않았다.

"얄궂게도 슬프게 끝난 동생의 사랑을 증명하는 게 우리가 사는 세상을 구하는 방법이야. 난 그걸 증명하는 역할을 맡았을 뿐이지."

"다섯 자매 중에서 셀레나 씨가 선택된 거로군요. 어떻게 결정했나요?"

"자매가 모두 모여 의논해서 정했어."

셀레나는 걸음을 옮기면서 마치 오래전 옛일을 떠올리기라도 하듯이 하늘을 바라보았다.

"큰언니는 집을 지키기 위해 바다에 남기로 했어. 둘째 언니는 헤엄을 제일 잘 치니까 인간이 되어 육지에 올라가는 것보다 바다에 있는 편이 도움이 될 것 같았고. 셋째 언니는 인간의 생활 영역인 강이나 별궁의 해자에도 드나들 만큼 대담하지. 흉기를 찾아낸 것도 셋째 언니야. 인간이 되어 조사를 하러 가기에는 셋째 언니가 적임자였지만, 셋째 언니는 비장의 무기로 아껴두어야 했어. 다섯째는 여섯째가 없는 지금, 제일 막내야. 제일 어린 동생을 희생시킬 수는 없잖아. 결국 아무 장점도 없는 내가 이 역할에 어울린다는 결론이 난 거지."

"지금 '희생'이라고 하셨는데……."

"말 그대로의 의미야." 셀레나의 옆얼굴에 체념의 그늘이 졌다. "어쨌거나 심장을 내주고 바다에서 나왔으니 죽으러 가는 거나 다를 바 없잖아. 영웅이라기보다는 산 제물이지."

"그런! 제물이라니요."

"내 목숨과 바꾸어 바닷속과 바다 위가 평화로워진다면 싸게 치이는 셈이지." 셀레나는 어깨를 움츠리고 말했다. "하지만 이대로 목숨을 내팽개칠 생각은 없어. 난 반드시 왕자 살해 사건의 진상을 규명할 거야. 그게 내 사명이니까."

셀레나는 자신이 기꺼이 이 역할을 받아들였다고 주장할 것이다. 하지만 사실상 밀지는 역할을 마지못해 떠맡았을 뿐 아닐까.

셀레나는 세계 평화에 흥미가 있는 것 같지 않았다. 특히나 인간들이 어찌되든 상관없다는 것은 본심이리라. 가족과 자매들을 위해서 바다에서 나온 걸까. 아니면 동생의 명예를 지키기 위해서일까, 혹은 진실을 규명해야 한다는 사명감 때문일까.

한스는 셀레나의 옆얼굴을 훔쳐보았지만 마음까지 읽어낼 수는 없었다.

"저기…… 그런데 셀레나 씨……."

"왜, 한스?"

"별궁으로 가는 길은 아세요?"

"아니." 셀레나는 갑자기 멈춰 서더니 한스에게 길을 양보하듯이 옆으로 물러섰다. "안내해줘."

한스는 시키는 대로 걸음을 옮겼다.

하지만 마음을 바꾼 듯이 다시 멈췄다. 하마터면 등에 셀레나가 부딪힐 뻔했다.

"뭐, 뭐야, 왜 그래?"

"이렇게 가봤자 별궁에는 못 들어갈 거예요. 별궁 출입구에는 문지기가 있고 안에는 위병이 있어서 도둑이 숨어들어도 금방 붙잡는대요. 고양이가 쥐를 붙잡는 것처럼요."

"이제 와서 돌아가자고?"

셀레나는 아쉽다는 듯한 표정으로 말했다.

"아니요, 그래서…… 어떻게 하면 별궁에 들어갈 수 있을지 어젯밤부터 계속 생각했는데요……."

"무슨 좋은 방법이 떠올랐어?"

"예, 자신은 없지만……."

한스는 작은 목소리로 설명했다.

빈민가에서 태어난 한스에게 덴마크 왕가와 관계가 깊은 지인은 없었다. 구둣방 집안에서 태어난 아버지와 궁핍한 고아였던 어머니는 왕가의 핏줄과 아무런 상관도 없다. 계급 차별이 심각한 사회에서 사실상 비천한 자는 상류계급 사람들과 접촉할 기회조차 없다.

그러나 한스는 상류계급과 연줄이 있을 법한 사람을 딱 한 명 알고 있었다.

붕케플로드 목사 부인이다.

붕케플로드 목사 부인은 최근 한스와 제일 친하게 지내는 어른이었다. 부인의 집에는 책이 아주 많아서 길에서 창문 너머로도 책들이 보였다. 책을 좋아하는 한스는 창문 옆을 지나칠 때마다 멈춰 서서 책 더미에 동경의 눈길을 던졌다.

어느 날 붕케플로드 목사 부인이 밖으로 나와서 한스에게 말을 걸었다. 부인은 선망의 눈으로 책을 바라보는 한스를 전부터 눈여겨보고 있었던 모양이다. 부인은 한스를 집으로 불러들였다. 그때까지 가지고 있던 책이라고는 아버지의 너덜너덜한 희곡과 시집이 전부였던 한스는 이리하여 문학의 세계로 발을 들여놓을 수 있었다.

한스의 상상력과 글을 읽고 쓰는 능력은 붕케플로드 목사 부인 아래에서 크게 향상되었다고 해도 과언이 아니다.

부인의 남편은 귀족부터 서민까지 평등하게 사랑하는 목사였다. 그는 오덴세에 사는 수많은 사람들에게 세례를 해주었다. 당연히 상류계급과도 밀접한 관계였다고 할 수 있으리라. 목사는 몇 년 전에 세상을 떠나서 부인은 과부가 되었다. 그래도 부인의 집을 방문하는 손님들의 옷차림으로 보건대 부인 또한 상류계급의 한 명으로 인정받고 있음이 분명했다.

"그 과부를 찾아가면 별궁으로 들어갈 수 있어?"

셀레나가 물었다.

"모르겠어요. 하지만 제가 아는 사람 중에 별궁과 관계가 있을 법한 분은 붕케플로드 목사 부인뿐이에요. 부인 힘으로는 무리더라도 왕가와 가까운 사람을 소개해주실지도 모르죠."

"그렇군." 셀레나는 이해했다는 듯이 고개를 끄덕였다. "번거롭기는 하지만 그게 최선일지도 모르겠다."

"가죠. 이쪽이에요."

한스는 자기 생각을 인정받은 것이 기뻐 앞장서서 길을 걸었다.

잠시 후 붕케플로드 목사 부인의 집이 보였다. 한스네 집과는 비교도 되지 않을 만큼 훌륭한 건물이다.

"그런데 어떻게 부탁하려고? 또 내 이야기를 처음부터 들려줘야 해?"

"아, 그렇지. 으음……." 한스는 반사적으로 걸음을 멈추고 생각에 잠겼다. "있는 그대로 이야기한들 제대로 상대해줄지 모르겠네요. 뭔가 다른 핑계를 찾아야……."

무엇보다 이렇게 이른 아침 시간에 만나줄까. 무례한 짓이라 오히려 상대가 경계할지도 모른다.

"적당히 부탁하면 데려가주지 않을까?"

"일이 그렇게 수월하게 풀리면 좋겠지만……. 별궁인 만큼 적절한 이유가 없으면 못 들어갈 거예요."

"왕자 살해 사건의 진상을 조사하는 건 적절한 이유가 아니야?"

"아니, 그런 게 아니라……."

"뭐, 됐어. 가자."

셀레나는 집을 향해 한스의 손목을 잡아끌고 걸어갔다. 셀레나의 손은 작고 몹시 차가웠다. 겨울 바다의 온도에 가까웠다. 셀레나는 당황한 한스를 붙잡고 놓지 않았다.

붕케플로드 목사 부인 집 창문의 얇은 커튼 너머로 안쪽이 어렴풋이 보였다. 책장 앞에 사람이 있었다.

"집에 있는 모양이군." 셀레나가 목소리를 낮추어 귀엣말을 했다. "한스, 날 먼 나라에서 온 친척이라고 소개해. 그다음은 내 이야기에 맞춰주면 돼. 별궁을 견학하고 싶다는 쪽으로 이야기를 끌고 갈 테니까."

"어, 어."

한스가 어찌할 바를 모르고 허둥대는 사이에 셀레나는 현관문을 두드렸다.

"한스와 친하게 지낸다는 과부, 있으면 나와봐. 할 이야기가 있어."

셀레나가 문을 향해 고함을 쳤다.

갑작스레 방자하기 짝이 없는 태도로 나갔다.

한스는 얼굴이 새파랗게 질렸다. 인어니까 어쩔 수 없다는 변명은 상대에게 통하지 않을 것이다.

"셀레나 씨, 말씨가 너무 험해요. 좀더 정중하게……."

"그런 거에 얽매일 생각 없어."

"얽매인다거나 그런 게 아니라……."

"됐으니까 한스 넌 거기 있어."

셀레나는 화난 것처럼 말했다.

"죄송해요……."

"과부, 빨리 나와."

셀레나는 초조한 마음을 퍼붓듯이 문을 세게 두드리기 시작했다. 예민하고 신중한 한편으로 뜻밖에도 다혈질이기도 한 모양이다.

"예, 예. 누구세요?"

마침내 붕케플로드 목사 부인이 고개를 내밀었다. 사람 좋아 보이는 미소를 띤 여자다. 서른 살 전후쯤 됐을까. 아직 젊다. 지적으로 생긴 얼굴에 입고 있는 옷도 타진 곳 하나 없이 깔끔했다.

붕케플로드 목사 부인은 셀레나를 흘끗 쳐다보더니 셀레나의 등뒤에 숨듯이 서 있던 한스에게 시선을 돌렸다.

"어머, 한스. 이렇게 아침 일찍 웬일이니? 학교는?"

"그러니까…… 이제 가려고……."

"이쪽은 누구시고?"

"머, 먼 나라에서 온 셀레나 씨예요."

"먼 나라? 설마 영국은 아니겠지?"

"아니에요. 더 먼 곳에서 왔어요."

"안녕, 붕케플로드 목사 부인."

셀레나는 인사만큼은 꼬박꼬박 했다. 하지만 어딘가 거만한 듯한 태도는 변함없다.

아니나 다를까 붕케플로드 목사 부인은 눈이 휘둥그레져서 셀레나를 바라보았다.

"나랑 한스는 별궁에 볼일이 있어. 그래서 네게 안내를……."

셀레나가 거기까지 말했을 때 한스는 후다닥 끼어들었다.

"저어, 셀레나 씨는 우리 마을에 온 지 얼마 안 됐거든요. 그래서 관광할 만한 곳을 찾고 있는데……."

"관광?"

붕케플로드 목사 부인은 의아하다는 듯이 셀레나를 보았다. 셀레나는 동요하는 기색 없이 가슴을 펴고 서 있었다.

이대로라면 묘한 의혹을 품은 부인에게 거절당한다.

한스는 이마에 땀을 흘리며 할말을 찾았다.

어쩌지…….

그러자 집안에서 누군가의 목소리가 들렸다.

"무슨 일 있습니까, 붕케플로드 부인?"

먼저 온 손님인가?

"아니요, 늘 저희 집에 놀러오는 아이인데……."

붕케플로드 목사 부인은 안쪽을 향해 대답했다.

그때 키가 큰 남자가 모습을 드러냈다.

낯익은 모자에 검은 옷.

건강치 못한 느낌의 외모와 몸놀림.

틀림없이 루트비히였다.

“어째서 루트비히 씨가 여기에?”

“너희야말로 내가 여기 있는 줄 잘도 알았구나.”

한스와 셀레나는 할말을 잃고 얼굴을 마주보았다.

2

“이야, 이 마을에 온 지 얼마 되지 않아 이 앞을 지났는데 길에서 엿보인 집안의 장서가 눈에 아른거려서 말이야. 우리 나라에서는 손에 넣을 수 없는 책도 많더라고. 구경 좀 하면 안 되겠느냐고 부인께 청했더니 흔쾌히 허락해주시기에 넙죽 호의를 받아들였지. 그날부터 여기가 맘에 쏙 들어서 계속 드나들고 있어.”

루트비히는 긴 다리를 꼬고 의자에 앉아 요란한 손짓을 더해가며 설명했다. 책상 위에는 호박색 액체가 담긴 고급스러운 잔이 놓여 있었다.

“너희도 들렴. 아침 홍차야.”

붕케플로드 목사 부인이 한스와 셀레나를 위해서 홍차를 준비해주었다. 한스는 부인이 언제나 차려주는 최상품의 음료와

과자를 아주 좋아했다.

"오늘은 아침 산책 겸 들러봤는데 마침 부인이 계셔서 말이야. 실례지만 안에 들어와서 홍차를 대접받았지."

"그림 씨는 언제라도 환영이에요."

붕케플로드 목사 부인은 다정하게 미소 지으며 말했다.

반면 셀레나는 루트비히를 기분 나쁘다는 듯이 쏘아봤다. 무리도 아니다. 그가 찰거머리 같다는 인상은 한스도 받은 적이 있었다.

"산책이라고? 느긋해서 참 좋겠군."

셀레나가 비꼬듯이 말했다.

"반짝이는 밤이슬이 아침 안개에 아름다운 환영을 비추어준다는 걸 모르는 모양이구나. 난 늘 이 세상의 기적을 찾아 돌아다녀. 물론 그림이라는 마법으로 그 기적을 영원히 보존하기 위해서지."

"도대체 무슨 소리야?"

"그것보다 너희들, 딱 좋을 때 왔어. 부인의 소개로 별궁에 있는 도서실을 방문하려던 참이었거든. 진귀한 책이 많다는 소문을 듣고 전부터 꼭 가보고 싶었는데 말이야. 같이 가지 않을래? 안데르센, 너 책 좋아하지?"

루트비히는 한스에게 의미심장한 웃음을 던졌다.

한스는 사정을 대강 눈치챘다. 분명 그도 자신들과 같은 목적으로 붕케플로드 목사 부인을 찾아온 것이다.

“붕케플로드 부인, 얘들도 데려가도 되죠?”

“그럼요. 그림 씨가 바라신다면야.”

부인은 선선히 승낙했다.

그건 그렇고 부인은 왜 이렇게 루트비히를 전폭적으로 신뢰하는 걸까. 단순히 여행중인 화가를 상대하는 모습이 아니었다. 그야말로 본인과 동등한, 혹은 그 이상의 상류계급을 대하는 듯한 모습이었다.

“그런데 그림 씨와 한스는 무슨 관계인가요? 두 사람이 서로 아는 사이인 줄은 미처 몰랐어요.”

“친구입니다.” 루트비히는 한스에게 눈짓하며 말했다. “지금은 뜻을 같이하는 동료라고나 할까요.”

“그런가요. 그렇다면 좀더 일찍 알려주지 그랬니, 한스. 대접도 변변하게 못해드렸네.”

“아니요, 무슨 말씀을요. 오히려 뜬금없는 부탁을 들어주셔서 감사합니다.” 루트비히는 공손하게 감사를 표했다. “그럼 바로 별궁으로 갈까요. 자, 안데르센, 셀레나. 차 빨리 마셔라. 모든 책이 그러하듯이 중요한 건 눈에는 보이지 않는 부분에 적혀 있어. 이 세상의 진실도 그러하단다. 그리고 진실을 알기에 우리네 인생은 너무나 짧아."

"아까부터 저 녀석 뭐라고 하는 거야?"

셀레나가 한스에게 귓속말로 물었다.

"서두르라고 우리를 재촉하는 것 아닐까요? 일단 얌전히 루트비히 씨의 제안을 따르죠."

"아아, 응." 셀레나는 황급히 홍차에 입을 댔다. "어…… 맛있다."

셀레나가 눈을 반짝였다.

"뒤뜰에서 딴 찻잎을 말려서 우렸단다."

"말려서? 흐음…… 우리 나라에서는 못 마시겠군."

"비가 많은 나라에서 왔니?"

"아니, 난……."

"자, 가자. 셀레나, 안데르센."

루트비히가 불렀다.

한스는 그를 따라 함께 밖으로 나갔다. 셀레나는 뜨거워하면서도 홍차를 허겁지겁 다 마시고 뒤따라 나왔다.

"안데르센, 우리는 정말 호흡이 척척 맞는구나. 부르러 가는 수고를 덜었어."

밖으로 나오자마자 루트비히는 모자를 고쳐 쓰며 한스에게 속삭였다.

"목사님 부인이 별궁과 관계가 있다는 걸 알고 계셨어요?"

"아니. 어느 마을에 대해 알고자 하면 일단 목사부터 공략하는 게 철칙이거든. 이야기를 나누다가 부인이 별궁에 책을 기부하고 있다는 걸 알았지. 그리고 예배일에는 반드시 별궁에 있는 교회에 간다더라고. 그 김에 부인에게 왕자 살해 사건에 관한 정보도 얻어들었어. 나중에 들려주마."

루트비히는 등을 쭉 펴고 외투 옷깃을 가다듬었다. 생각했던 것보다 훨씬 이지적인 사람일지도 모르겠다고 한스는 감탄했다.

붕케플로드 목사 부인이 집에서 나왔다.

"그럼 별궁으로 가시죠."

한스 일행은 부인을 따라 별궁으로 향했다.

오덴세의 별궁은 바이킹 시대였던 9세기 무렵에 세워진 성채를 원형으로 하고 있다. 데인인은 바다에 가까운 성채를 신천지를 개척하기 위한 요지로서 중시했다. 또한 전쟁 시에는 방어 거점의 하나로서 크게 활약했다고 일컬어진다.

이윽고 바이킹 시대가 끝나자 성채는 사람들의 기억 너머로 사라져 오랜 세월 방치됐다. 그러다 17세기에 이르러 명군으로 이름 높던 덴마크 왕 크리스티안 4세가 별궁으로 개축했다. 그 후로는 왕족과 집정관들이 머무는 왕실 저택으로 사용되어왔다.

현재는 셋째 왕자 프레데리크를 중심으로 루이세 왕자비와 지방 집정관 요하네스 등이 주거지로 이용하고 있다.

한스는 몇 년 전에 한번 별궁을 방문한 적이 있었다. 학교에서 교육의 일환으로 실시한 별궁 견학에 한스도 참가한 것이다. 물론 안에 들어가지는 못하고 밖을 빙 돌면서 구경했을 뿐이지만 웅장하고 화려한 탑은 멀리서 보기에도 압권이었으며, 부지가 워낙 넓어서 한숨이 새어 나올 정도였다. 학생들은 성에 창문이 몇 개나 있는지 헤아려보려고 경쟁했지만 너무 많아서 정확하게 헤아린 사람은 한 명도 없었다.

한스는 지금 몇 년 만에 그 건물을 눈앞에 두고 있었다.

느티나무 가로수길 앞에 훌륭한 돌다리가 보였다. 바깥 해자에 걸린 돌다리 너머에는 거대한 궐문이 우뚝 서 있었다. 궐문에는 늘 한 명 이상의 문지기가 경비를 서고 있으며 허가를 받지 않은 사람은 들여보내주지 않는다.

장식이 달린 철 격자 궐문 안쪽에 네모지게 잘라낸 거암처럼 견고해 보이는 성이 자리하고 있었다. 그 풍경 한가운데에 하늘을 찌를 것처럼 드높은 탑이 서 있었다. 성은 대부분 3층이었는데 탑의 높이는 그 두 배쯤 되었다. 지붕까지 르네상스 양식으로 꾸며놓아 건물 전체의 외관은 예술 작품이라고 불러야 걸맞을 법했다.

척 보기에도 고귀해 보이고 존재감이 넘치는 건물이었다. 이른바 서민이라는 이름표를 달고 살아가는 사람들은 다가가기조차 황송한 곳이리라.

한스 일행은 붕케플로드 목사 부인의 안내를 받아 돌다리를 건너 마침내 궐문 앞에 도착했다.

"수고 많으세요, 볼프 씨."

붕케플로드 목사 부인이 문지기에게 말을 걸었다. 위병 차림의 젊은 문지기는 군대식 경례로 부인의 인사를 받았다.

"붕케플로드 부인, 오늘은 무슨 일로 오셨습니까?"

"이분들께 도서관 책을 보여드리고 싶어서요. 들여보내주시겠어요?"

"그게……."

문지기 볼프는 수상하다는 눈으로 한스 일행을 노골적으로 관찰했다.

한스는 루트비히의 등뒤에 숨어서 몸을 움츠렸다. 한스가 빈곤한 계층이라는 것은 옷차림만 보아도 명백하다. 기가 확 죽은 한스는 이 자리에서 달아나고 싶은 기분이었다.

"이분들의 신원은 제가 보증할게요."

"죄송합니다만 왕자님께 허가를 받지 못한 사람은 들여보내지 말라는 지시를 받았습니다. 아무리 부인의 부탁이라고는 하나……."

"볼프 씨, 이분들께 너무 무례를 범해서는 안 돼요."

붕케플로드 목사 부인은 볼프에게 다가가 작은 목소리로 뭐라고 말했다. 문지기는 고개를 갸웃거리며 한스 일행을 흘끔 보더니 쪽문을 통과해 성으로 걸어갔다.

"이런 곳에서 시간을 끌어서 죄송해요, 그림 씨. 반년 전까지는 문지기가 없었는데 그 사건이 일어난 이후로 별궁에 드나드는 사람을 엄하게 감시하고 있어요. 안심하세요. 볼프 씨가 돌아오면 분명 통과시켜줄 테니까요."

붕케플로드 목사 부인은 걱정할 필요 없다는 듯이 차분하게 말했다.

잠시 후 볼프가 돌아왔다. 방금 전과는 완전히 다르게 정신없이 허둥거리는 표정이었다. 그는 돌아오자마자 바로 안쪽에서 궐문을 열었다. 부인이 말한 대로였다.

"실례했습니다." 볼프가 경례했다. "그림 님, 프레데리크 왕자님과 요하네스 집정관님이 안에서 기다리고 계십니다. 꼭 만나 뵙고 싶다고 하십니다."

"그거 영광이로군요."

루트비히는 모자를 벗고 예를 갖추었다.

도대체 어떻게 된 걸까.

한스는 느닷없이 태도가 달라진 문지기와 루트비히를 번갈아 바라보며 고개를 갸우뚱했다.

"저 녀석, 높은 사람이야?"

셀레나가 한스의 손목을 잡아당기며 소곤소곤 물었다.

"아니요, 여행하는 화가라고 했는데……."

복장과 태도로 보건대 루트비히가 고명한 귀족이라고 해도 이상할 것은 없다. 애당초 이탈리아를 거쳐 덴마크를 여행하고 있다면서 고생한 흔적이 그다지 보이지 않는 것은 금전적으로 여유롭기 때문이리라. 그렇지 않다면 셀레나의 숙박비를 대신 내줄 수도 없었을 것이다.

어쩌면 상상했던 것보다 훨씬 고귀한 신분 아닐까.

그래, 틀림없다. 왜냐하면 셋째 왕자와 집정관이 만나고 싶어 할 정도의 사람이니까.

한스는 다시금 루트비히를 올려다보았다. 세상사를 초탈한 듯한 그의 미소에 대체 어떤 의미가 깃들어 있는지 전혀 짐작이 가지 않았다.

"좀 번거로워졌군."

루트비히는 한스와 셀레나에게 속삭였다.

"저기…… 루트비히 씨, 그…… 독일의 귀족이신가요?"

"귀족? 하하, 무슨 터무니없는 소리를. 말했잖아, 난 평범한 여행자야. 여행하는 화가라고."

그의 구김살 없는 표정에 거짓이 숨겨져 있는 것처럼 보이지는 않았다.

한스 일행은 줄줄이 궐문 안으로 들어섰다.

발을 내디딜 때마다 하얀 자갈이 깔린 길에서 신성한 소리가 났다. 궐문 바깥과 안은 공기가 완전히 달랐다. 별궁에 특별히 높은 담은 없으므로 바람도 공기도 바깥과 다를 바 없을 텐데 한스에게는 전혀 다르게 느껴졌다.

한스 일행은 드넓은 정원을 빠져나와 작은 다리를 건넜다. 성 바로 앞에 놓인 폭 십 미터쯤 되는 안쪽 해자에는 물이 남실남실하게 채워져 있었다.

"언니가 숨어든 건 분명 이 해자야."

셀레나가 말했다.

셀레나의 언니는 바다에서 강을 거슬러 올라 이 해자에 숨어든 적이 있다고 한다. 안쪽 해자는 성을 빙그르르 둘러싸고 있는 모양이니 여기까지 오면 성의 동태를 꽤나 자세하게 살필 수 있었을 것이다.

하지만 군데군데 위병이 서 있으므로 숨어들기는 그렇게 쉽지 않았을지도 모른다.

역시 인간이 되어 두 다리로 걸어서 성에 들어가지 않고서는 조사할 수 없는 일도 많을 것이다.

한스 일행은 드디어 성의 정문 앞에 섰다. 여기는 위병이 없어 자유롭게 드나들 수 있는 듯했다.

문에 손을 가져다 대던 붕케플로드 목사 부인이 돌아보았다.

"한스랑…… 으음, 네 이름은……."

"셀레나 씨예요."

한스가 재빨리 나서서 대답했다.

"그랬지. 너희, 왕자님께 실수하지 않도록 얌전히 있어야 한다."

"어린아이 취급하지 마."

대들려는 셀레나를 옆으로 밀어내고 한스는 고개를 끄덕였다.

붕케플로드 목사 부인이 성문을 열었다.

고운 빛깔의 장식 타일이 바닥 전체에 깔려 있고, 벽면은 장식 선반으로 뒤덮여 있었다. 선반에 놓여 있는 도자기와 유리 세공품은 하나만으로도 한스가 일 년 동안 먹고살 수 있을 만큼 가치 있는 물건이었다. 한스는 자신이 분수에 맞지 않는 곳에 와 있다는 생각이 들어 새삼스레 창피해졌다.

두 남자가 빨간 융단이 깔린 계단을 내려왔다. 우아한 행동거지와 품위 있는 복장으로 그들이 이곳의 주인임을 금세 알 수 있었다.

"오오, 당신이 그림 씨입니까." 두 사람 중에 아직 청년이라고 불러도 될 듯한 남자가 기쁜 듯이 입을 열었다. "만나서 영광입니다. 나는 프레데리크라 하고, 이쪽은 요하네스 집정관입니다."

청년 옆에 있는 대머리 남자가 눈인사했다. 얼핏 보기에도 의심이 많아 보이게 생긴 남자였다.

루트비히는 동요하는 기색도 없이 모자를 벗고 정중하게 인사를 올렸다.

"프레데리크 왕자님, 방문을 허락해주셔서 감사합니다."

"이런, 이런, 그렇게 격식 차리실 것 없습니다. 오히려 바쁘실 텐데 방해해서 미안합니다. 그건 그렇고 설마하니 그림 씨가 오덴세에 오실 줄이야 상상도 못 했습니다. 사전에 알고 있었다면 저녁 파티에 초대했을 텐데요."

"말씀만으로도 감사합니다."

프레데리크 왕자와 루트비히는 악수를 나누었다. 나이도 비슷한 두 사람이 훈훈한 모습으로 나란히 서 있으니 참으로 보기에 좋았다.

한스는 다시금 루트비히라는 사람의 매력과 수수께끼를 눈앞에 마주한 기분이었다.

"저희는 먼저 도서관에 가 있을게요." 붕케플로드 목사 부인이 눈치 빠르게 말했다. "자, 가자, 한스, 셀레나. 이쪽이야."

이런 상황에서는 왕자에게 방해가 되지 않도록 자리를 피해 주는 것이 예의인 모양이다. 한스와 셀레나는 붕케플로드 목사 부인을 따라 현관홀에서 복도로 나갔다.

"셋째 왕자님을 이렇게 가까이에서 뵙다니!"

한스는 가슴이 벅차올랐다.

왕족을 알현하는 것은 시민에게 명예스러운 일이다. 셋째 왕자는 사람들 입에 그다지 오르내리지는 않지만 틀림없이 왕족을 대표하는 사람 중 하나다. 평소 그들과 얼굴을 마주할 수 있는 사람은 몇몇에 지나지 않는다. 왕자와 만났다는 것만으로도 바로 학교의 유명인이 될 정도다.

한스는 너무나도 현실과 동떨어진 일을 겪는 바람에 머리가 멍해져서 실감이 나지 않았다. 지금까지의 일상과 비교하면 자신이 있는 곳은 말 그대로 다른 세상이었다.

"저게 셋째 왕자 프레데리크란 말이지." 셀레나는 험악한 표정으로 중얼거렸다. "죽은 왕자의 동생이로군. 형과 비교하면 수수하게 생겼어."

"무례한 소리는 그만두렴, 셀레나." 붕케플로드 목사 부인이 어린아이를 타이르듯이 말했다. "프레데리크 왕자님은 문학과 자유를 사랑하는 분이셔. 오덴세에서 누구보다 교양 있는 분이시란다."

"누구하고도 저렇게 허물없이 만나주시는 건가요?"

한스가 물었다.

"아니, 그렇지는 않아. 왕자님은 그렇게 하고 싶으신 모양이지만 주변에서 자중하라고 당부드리거든. 그런 의미에서는 가여운 분이지. 오늘은 특별해. 그림 씨 덕분에 갑작스레 찾아왔지만 만나 뵐 수 있었던 거야."

"루트비히 씨 덕분에? 그분이 그렇게 대단한 사람이에요?"

"어머, 한스. 친구라면서 그런 것도 몰랐니?" 붕케플로드 부인은 놀란 듯한 표정을 지었다. "마침 잘됐네. 도서실에 가서 가르쳐줄게."

복도를 나아가던 붕케플로드 목사 부인이 멈춰 서서 문을 열었다.

마른 가죽 냄새가 나는 방이었다. 창문으로 비쳐드는 불빛 속에 먼지가 떠다녔다. 한순간 한스 눈에는 먼지가 요정의 반짝이는 날개로 보였다. 한스 일행이 들어오는 바람에 작은 요정들이 놀라서 달아났는지도 모른다. 책이 무수히 많이 쌓여 있는 그 방은 그들의 보금자리가 틀림없었다.

"와, 굉장하네요. 붕케플로드 씨네 댁에도 없는 책이 엄청 많아요!"

한스는 별궁에 온 목적도 잊어버리고 신이 나서 떠들었다.

"난 이곳 장서 관리 담당이란다." 붕케플로드 목사 부인이 자랑스럽게 말했다.

"이미 간행된 책의 신판이 나오면 교체하고, 거풍擧風을 해서 상태를 유지하기도 하면서 정기적으로 들러서 관리하지. 우리 집에서 기증한 책도 많아."

책장을 살펴보자 덴마크어로 된 책뿐만 아니라 라틴어, 독일어, 프랑스어, 영어 등 다양한 언어로 된 책이 죽 꽂혀 있었다.

붕케플로드 목사 부인은 독일어 책을 뽑아서 한스와 셀레나에게 보여주었다.

"이것 좀 보렴. 읽을 수 있겠니? 제목은 『아이와 가정의 옛날이야기』야. 그리고 다음에 이렇게 씌어 있지. '그림 형제가 수집하였음.'"

"그림 형제?"

들어본 적 있는 이름이었다.

틀림없다.

"그래, 네가 아는 그림 씨가 만든 책이야. 이 1권은 사 년 전에 독일에서 출간됐지. 내가 독일어를 공부할 적에 쓰다가 이곳에 기증했는데, 프레데리크 왕자님 마음에 쏙 들어서 지금은 왕자님의 애독서 중 한 권이란다."

그래서 프레데리크 왕자가 루트비히를 그렇게 치켜세우며

반긴 거구나.

교양 있는 사람에게 시인과 문학자는 존경해야 마땅한 대상이다. 하물며 국내외에 명성을 떨치는 문학자라면 국빈급으로 대우해도 이상하지 않다.

루트비히가 그렇게 유명한 사람이었다니. 그의 귀족 같은 태도도, 금전적인 여유도 사회적 지위가 밑바탕이었다.

한스는 루트비히가 점점 더 알쏭달쏭해졌다. 그만한 지위에 있는 사람이라면 처음부터 신분을 유용하게 써먹어야 하는 것 아닌가. 무엇보다 그는 화가가 아니었나.

"그런데 부탁이 있어, 한스. 『아이와 가정의 옛날이야기』 2권이 작년에 출판되었는데 아직 구하지를 못해서 말이야. 한스 넌 그림 씨랑 친구지? 괜찮다면 2권을 기증해달라고 부탁 좀 해주면 안 되겠니?"

"……예, 물어볼게요."

한스는 난처한 얼굴로 고개를 끄덕였다.

"고마워! 잘 부탁해."

붕케플로드 목사 부인은 진심으로 기쁜 듯이 말했다.

그때 도서실 문을 두드리는 소리가 들리더니 몸집이 작은 중년 남자가 고개를 들이밀었다.

요하네스 집정관이었다.

“붕케플로드 부인, 잠깐만 좀.”

그는 주의깊게 주위를 둘러보며 말했다. 이어서 그는 한스에게 시선을 고정했다.

한스는 겁을 먹고 책장 뒤로 숨었다.

붕케플로드 목사 부인은 요하네스의 부름을 받고 도서실 입구로 갔다. 두 사람은 문간에서 서로 얼굴을 가까이 하고 소곤소곤 이야기를 나누었다. 잠시 후 붕케플로드 목사 부인이 방으로 돌아와서 한스와 셀레나에게 말했다.

“볼일이 생겨서 잠깐 자리를 비워야겠구나. 내가 돌아올 때까지 기다리고 있으렴. 조금 더 있으면 그림 씨도 여기로 오실 거야.”

한스는 고개를 끄덕였다.

붕케플로드 목사 부인은 요하네스와 함께 복도 안쪽으로 사라졌다.

천장까지 닿을 듯한 책장이 줄줄이 서 있는 도서실에 한스와 셀레나 둘만 남았다. 창밖으로 보이는 해가 옅은 막 같은 구름 뒤편에서 뜨뜻미지근한 햇살을 책 사이로 던지고 있었다. 해의 위치를 보니 귀중한 시간이 또 잔뜩 흘러갔다는 사실이 다시금 실감으로 와 닿았다.

셀레나는 창가에서 심심풀이 삼아 집어 든 책을 펄럭펄럭 넘기고 있었다. 지금도 계속 흘러가는 시간은 그녀의 생명이나 다를 바 없다. 이러는 동안에도 셀레나의 존재가 이 세상에서 지워지고 있는 것이다.

"셀레나 씨." 한스는 참지 못하고 말을 걸었다. "크리스티안 왕자님의 시신이 발견된 방이 어딘지 아세요?"

"응?" 셀레나는 들고 있던 책을 창턱에 내려놓았다. "알긴 아는데. 하지만 밖에서 본 위치밖에 몰라."

"지금 그 방을 조사하러 가지 않으실래요?" 한스는 혈기가 시키는 대로 말을 꺼냈다. "간신히 별궁에 들어왔으니 할 수 있는 일을 해야 하지 않겠어요? 방을 조사하면 뭔가 발견될지도 모르잖아요."

한스는 말을 하면서 후회했다.

별궁을 멋대로 돌아다니다니 도둑이나 마찬가지다. 범죄나 다름없는 비도덕적인 행동이다. 한스에게는 너무나 무거운 짐이었다.

"한스, 난 너라는 인간이 이해가 잘 안 된다." 셀레나는 창가에 몸을 기대더니 팔짱을 끼고 말했다. "성실하고 품행 방정해 보이지만 본질은 엉뚱하고 될 대로 되라는 식이지. 만약 멋대로 행동하다가 위병에게 붙잡히면 남아 있는 귀중한 시간을 더 낭비하게 될지도 몰라."

"미안해요. 역시 얌전히 있는 편이 낫겠군요……."

"아니, 네가 말을 꺼내지 않으면 내가 제안하려고 했어."

셀레나는 창문을 활짝 열어젖혔다.

"자, 갈까."

셀레나는 창문에서 밖으로 뛰어내렸다.

도서실이 1층이라서 다행이었다.

"셀레나 씨! 다리, 괜찮아요?"

셀레나는 뒤돌아보지 않고 다리를 끌며 걸어갔다.

한스는 문 쪽을 살펴보았다.

좋아, 보는 사람은 없다.

가려면 지금뿐이다.

한스는 결심하고 창밖으로 뛰쳐나갔다.

3

창밖으로 나가자 바로 눈앞에 안쪽 해자가 있었다. 좌우로 뻗은 해자를 따라 산울타리가 심어져 있었다. 산울타리는 몸을 숨겨가며 행동하기에 안성맞춤이었다.

"방의 위치는 언니한테 들었어. 도개교가 표시물이지. 도개교 정면의 2층. 해자를 따라 계속 걸으면 보일 거야."

셀레나는 몸을 웅크려 산울타리에 몸을 숨겨가며 이동했다. 한스도 그 모습을 흉내내어 뒤를 따랐다.

주변에 위병은 없었다. 하지만 한스는 심장이 아플 만큼 쿵쿵 뛰는 것을 느꼈다. 학교 수업을 빼먹었을 때와는 비교도 되지 않을 만큼 긴장됐다. 누군가에게 들키면 모조리 끝나버릴 가능성도 있기 때문이다.

셀레나가 갑자기 멈추더니 제자리에 쪼그리고 앉았다.

그 앞쪽은 산울타리가 없어서 정원에서 훤히 보이는 상태였다.

정원을 살피자 위병 두 명과 작업복을 입은 남자의 모습이 보였다. 서서 뭐라고 이야기를 나누고 있었다.

“더이상은 못 가겠는데요.”

한스와 셀레나는 몸을 작게 움츠리고 서로 얼굴을 바싹 붙였다.

“저길 봐, 한스.” 셀레나가 나아가던 방향을 가리켰다. “도개교가 있어. 도개교 앞에 성의 뒷문이 있고. 문이 보이지?”

“예.” 한스는 셀레나가 가리키는 곳을 유심히 바라보았다. “그 위쪽 방이 왕자님이 살해당한 곳인가요?”

“아마도.”

문 위에는 반원형 발코니가 튀어나와 있었다. 딱 도개교 정면에 해당할까. 도개교의 기둥이 발코니 지척에 서 있었다.

"뒷문은 성의 관계자가 드나들 때 사용하는 모양이야. 예를 들어 고용인이나 위병들. 근처에 말 매어두는 곳이 있어서 왕자들도 뒷문을 사용하고는 한다나 봐."

"왕자님을 찌른 사람도 뒷문으로 드나들었을까요?"

"글쎄." 셀레나는 냉랭하게 말했다. "애당초 안에 있던 인간이 범인일지도 모르잖아?"

"아, 그렇구나……."

"우리도 뒷문으로 안에 들어가자."

"예?"

"안으로 들어가야 살해 현장에 갈 수 있잖아."

"그야 그렇지만……."

정원에서는 여전히 남자들이 담소를 나누고 있었다. 그들과 해자를 사이에 끼고 수십 미터 정도 떨어져 있기는 하지만 그들의 눈을 피하기는 어렵다.

"되돌아가는 편이 낫지 않을까요? 여기를 지나가면 단박에 들킬 거라고요."

"여기까지 와서 돌아갈 수는 없어."

셀레나는 진지한 눈으로 말했다. 아무래도 셀레나는 물러날 때라는 말도 바닷속에 놓아두고 온 모양이었다. 앞으로 나아가려는 생각밖에 없는 듯했다.

“어딘지는 대충 알았으니까 일단 다시 도서실로 돌아가서 성 안에서 이동하는 게 어떨까요?”

한스의 제안에 셀레나는 눈을 내리깔고 생각에 잠겼다. 잠시 낑낑대며 고민한 끝에 마지못해 결단을 내렸다는 듯이 고개를 끄덕였다.

“빙 둘러가야 하지만 어쩔 수 없지……. 돌아가자.”

셀레나가 쪼그리고 앉은 채로 방향을 바꾸려는 찰나였다. 두 위병이 움직이는 모습이 한스의 시야에 들어왔다. 담소를 마치고 담당 구역으로 돌아가려는지 도개교 쪽으로 걸어왔다.

“셀레나 씨, 위병들이 성으로 돌아오려나 봐요.”

“여기 있다가는 들켜. 뒤로 더 물러나서 엎드려.”

두 사람은 소리가 나지 않도록 뒤로 물러나서 옷이 더러워지는 것도 개의치 않고 산울타리 아래쪽에 엎드려서 몸을 숨겼다.

한스와 셀레나가 있는 곳에서 도개교까지는 꽤 멀다. 어지간히 주의깊은 사람이 아니라면 두 사람이 한껏 웅크리고 있는 모습이 시야에 들어와도 알아차리지 못할 것이다.

도개교를 건넌 위병들이 한스와 셀레나의 정면을 가로질러 성으로 들어갔다.

한스와 셀레나는 엎드린 채 바람에 산울타리 잎이 흔들리는 소리가 멈출 때까지 가만히 있었다.

이윽고 주변이 고요해졌다.

"갔다." 셀레나는 몸을 일으켜 말했다. "뒷문을 잠근 것 같지는 않아. 들어갈 수 있겠어."

"저, 정말로 가려고요?"

"서두르자. 망설일 시간 없어."

셀레나는 다리가 아파서 얼굴을 찡그리면서도 걸음을 옮겼다.

한스도 서둘러 셀레나를 따라갔다.

두 사람은 도개교 앞에 도착했다. 낡은 목조 도개교가 해자에 걸쳐 있었다. 성 쪽, 그러니까 한스와 셀레나가 있는 쪽에 도개교를 들어올릴 수 있도록 쇠사슬을 감는 기구가 설치되어 있었다.

한스는 건물을 향해 서서 머리 위를 올려다보았다.

하얀 난간이 달린 발코니가 보였다. 다행히 인기척은 없었다. 난간까지는 높이가 십 미터쯤 될까. 당연히 손을 뻗어도 닿지 않는다.

셀레나는 뒷문에 다가서서 귀를 기울여 안쪽 상황을 살폈다. 그리고 뭔가를 확신한 듯이 고개를 끄덕이더니 손잡이를 잡았다.

"여기서부터는 감에 의지해 나아가는 수밖에 없어. 일단 2층으로 가자."

셀레나는 그렇게 말하며 한스에게 고개를 돌렸다.

난데없이 셀레나의 표정이 얼어붙었다.

셀레나는 한스 어깨 너머로 뒤편을 보고 있었다.

한스가 돌아다보자 작업복을 입은 남자가 도개교를 건너서 이쪽으로 다가오는 모습이 눈에 들어왔다. 조금 전에 정원에서 위병과 이야기를 나누던 남자다. 흰머리가 섞인 머리에 모자를 쓰고 하얀 수염을 기른 초로 신사였다. 한손에 손도끼를, 다른 손에는 잘라낸 정원수 가지를 들고 있었다. 정원사일까. 옷차림이 위병과 전혀 다르므로 한스와 셀레나가 그의 존재를 제때 알아차리지 못한 것도 무리는 아니다.

"두 분, 이런 곳에서 뭘 하시오?"

남자는 한스와 셀레나를 이상하다는 듯이 바라보며 물었다. 경계하는 눈치는 아니었다. 한스와 셀레나가 아이가 아니었다면 그도 이렇게 태평하게 굴지는 않았을 것이다.

"그게, 길을 잃어버려서……."

한스는 누군가에게 들키면 하려고 했던 말을 바로 꺼냈다.

"아아, 그러신가요. 부모님을 놓치셨습니까. 때때로 그런 분들이 정원을 헤매는 바람에 큰 소동이 벌어지고는 하지요. 미아를 찾아내는 건 늘 제 역할입니다. 저는 이 정원에 관해서는 뭐든지 다 알거든요."

남자는 상냥한 미소를 띠며 말했다.

아무래도 나쁜 사람은 아닌 것 같았다.

"이 위로 가야 해."

셀레나는 머리 위쪽 방을 가리키며 말했다. 셀레나는 겁을 먹기는커녕 남자에게 안내를 받으려는 모양이었다.

"그러신가요. 그럼 이 아저씨가 모셔다드리겠습니다."

남자는 뒷문을 열더니 한스와 셀레나의 등을 다정하게 밀어 안으로 들여보냈다.

이리하여 두 사람은 뜻밖에도 싱겁게 뒷문으로 성에 들어오는 데 성공했다.

"귀여우신 두 분, 이름은?"

"한스예요. 이쪽은 셀레나."

"남매신가요?"

"아니요……."

"아아, 그렇군요. 확실히 별로 닮지는 않았어요. 그런데 그쪽 아가씨, 여기 처음 오셨습니까? 전에도 여기서 뵌 적이 있는 것 같은데……."

"아니, 처음인데." 셀레나는 달갑지 않다는 표정으로 대답했다. "넌 여기서 일하나?"

"예. 대대로 별궁의 정원사로 일해왔죠. 철들었을 무렵부터 별궁의 정원을 맡아 일했어요." 남자는 자랑스러운 듯이 말하고 뒤돌아보았다. "저는 라르센이라고 합니다. 다음에 보면 알은척해주시기 바랍니다."

라르센은 고개를 살짝 숙이고 말했다.

뒷문에서 좁은 한줄기 복도를 빠져나가자 조그마한 홀이 나왔다. 피처럼 새빨간 융단이 인상적이었다. 오른쪽에 위로 올라갈 수 있는 계단이 있었다.

"라르센, 크리스티안 왕자가 살해당한 날을 기억하나?"

셀레나가 대뜸 단도직입적으로 질문했다.

순순하던 라르센도 이 질문에는 떨떠름한 표정을 지었지만 철이 덜 든 아이를 다루는 데는 이골이 났는지 부드러운 눈빛을 던지며 고개를 끄덕였다.

"예, 기억하고말고요."

"그날 무슨 일이 있었는지 가르쳐주지 않겠어?" 셀레나는 애원하듯이 말했다. "네가 아는 것만 말해주면 돼. 어차피 입막음을 당해서 많은 이야기는 못 하겠지. 네가 아는 것, 네가 본 사실만 이야기해줘."

셀레나의 진지한 눈빛을 보고 라르센은 난감한 듯한 얼굴로 고개를 저었다.

“여기서 그 이야기는 금기입니다.”

“어째서? 한 나라의 왕자가 죽었어. 국민은 아무것도 모르는 채 넘어가라는 거야? 아니면 이야기할 수 없는 이유가 있나?”

“집정관님이 그 이야기는 해서는 안 된다고…….”

“요하네스 집정관이?”

셀레나는 아랫입술을 깨물며 고개를 푹 숙였다.

“과연, 어디서 본 얼굴이다 싶더니만…….” 라르센은 뭔가 알아차린 것처럼 말했다. “아가씨, 어쩐지 반년 전에 사라진 그 아이와 닮았군요. 혹시…….”

“닮았을 뿐이야. 그 증거로 걔는 말을 못 했지?”

“아아, 확실히.” 라르센은 과거를 회상하듯이 시선을 돌렸다. “그 아이를 아십니까? 흐음, 아무래도 무슨 사연이 있는 모양이로군요. 아니, 아니, 꼬치꼬치 캐물을 생각은 없습니다. 그게 가훈이거든요. 가훈을 지킨 덕분에 대대로 이곳에서 정원사로 일할 수 있는 거죠.”

“누가 왕자를 죽였는지 알아?”

“거 무슨 말씀을!” 라르센은 깜짝 놀란 것처럼 말했다. “그건 아무도 모릅니다. 아무도요. 여기 사는 몇몇 사람은 반년 전에 사라진 아름다운 시녀가 크리스티안 왕자님을 칼로 찔렀다고 수군댑니다만, 그건 사정을 모르는 사람들의 허튼소립니다.

왜냐하면 그 아이는 왕자님이 돌아가시기 전에 이미 사라졌거든요. 그 아이는 왕자님이 칼에 찔리기 이틀 전, 왕자님이 스웨덴에서 돌아오시는 날에 배에서 몸을 던져 죽었습니다."

라르센은 혼잣말처럼 중얼거렸다.

그의 이야기는 셀레나에게 들은 사실과 일치했다.

"그 시녀가 몸을 던져서 죽은 걸 어떻게 알지? 넌 정원사잖아. 배를 타고 있지는 않았을 텐데?"

셀레나가 물었다.

"그야 이야기를 주워들었을 뿐이지요. 그 아이가 배를 타는 모습을 본 사람은 있지만, 내리는 모습을 본 사람은 없습니다. 도중에 바다에 떨어졌다고 생각하는 편이 이치에 맞죠. 사고인지 고의인지는 모르겠지만요. 적어도 크리스티안 왕자님은 그렇게 생각하신 모양입니다."

"왕자 말고 다른 사람은 시녀가 사라진 일에 관해 뭐라고 했지?"

"대부분은 그 아이가 사랑에 실패해 바다에 몸을 던졌다고 여긴 것 같습니다. 저도 그중 하나고요. 사랑을 고백하는 말은 없었지만 그 아이가 왕자님에게 바친 연심은 어둠을 밝히는 불빛만큼 뚜렷했으니까요. 그 아이의 행동거지와 표정에, 그리고 무엇보다 춤추는 모습에 제일 잘 드러났습니다. 그래서 그 아이가 왕자님이 결혼하신 날 밤에 몸을 던졌다는 이야기를 듣고도 이상하다는 생각은 들지 않았어요. 그 아이는 출신, 신원, 미모까지 모든 것이 다 수수께끼였지만 유일하게 그 아이가 선택한 결말만은 명료했습니다."

라르센의 말을 듣고도 셀레나의 표정에는 별다른 변화가 없었다.

"자, 귀여우신 두 분. 2층으로 간다고 하셨죠?"

라르센은 한스와 셀레나를 계단으로 이끌었다.

계단을 올라 2층 복도에 발을 디디자 매끄러운 타일로 된 바닥에 세 사람의 모습이 비쳤다. 마치 거울처럼 위아래가 뒤집힌 세상에서 또 한 명의 한스가 이쪽을 바라보고 있었다.

"아까 말씀하신 방은 이 복도를 끝까지 똑바로 나아가면 나옵니다. 묘하게도 그 방은 크리스티안 왕자님이 무참한 시신으로 발견된 방이기도 하지요. 지금은 아무도 가까이 가지 않습니다. 귀여운 두 분의 아버님과 어머님이 거기서 뭘 하시는지는 모르겠습니다만……."

"안내해주셔서 감사합니다. 이제 저희끼리 갈게요."

한스는 그렇게 말했다.

"아니요, 천만에요. 두 분이 누구신지는 구태여 추측하지 않겠습니다. 그저 뚜껑을 단단히 닫아놓은 관은 열지 않는 편이 낫다는 충고만 해드리지요. 그건 고귀하신 분들 밑에서 일하는 사람들이 무엇보다도 유념해두어야 할 교훈입니다. 무슨 뜻인지 아시려나요."

"충고 고맙게 받아둘게."

셀레나는 쌀쌀맞게 대꾸했다.

라르센은 빙긋 웃더니 오른손에 든 도끼를 흔들흔들 흔들며 복도를 되짚어가려고 했다. 하지만 바로 뭔가 떠오른 것처럼 뒤돌아보았다.

"크리스티안 왕자님은 다정한 분이셨습니다. 저희 같은 사람에게도 평등하게 대해주셨죠. 왕자님이 돌아가신 지 반년이 지난 지금, 저희는 슬픔에 젖어 살고 있습니다. 하지만 슬픔보다 더 많은 의문과 불합리성이 저희를 좀먹고 있어요. 도대체 누구에게 왕자님을 살해할 이유가 있다는 말입니까?"

라르센은 자기 자신에게 묻듯이 이야기했다.

왕자 살해 사건은 그들 사이에서도 완전히 꺼지지 않은 잔불로 남아 있는 모양이었다.

"저희는 아무것도 모릅니다. 살인자가 어디서 와서, 어떤 식으로 왕자님께 접근하여, 어떻게 칼로 찌르고, 어디로 사라졌는지 말입니다. 고용인들 사이에서는 그 아름다운 시녀가 왕자님을 죽였다는 것이 기정사실처럼 통해 아니, 아니, 그 아이가 바다에 몸을 던졌다는 건 모두 다 알지요. 그래도 그 아이가 그랬다고 여기는 겁니다."

"그게 무슨 소리야."

셀레나가 라르센에게 따지고 들었다.

"그 아이가 망령이 되어 돌아와서 왕자님을 죽인 게 아닐까……. 그렇게 믿는 사람이 꽤 많다는 말씀입니다. 왕자님이 돌아가신 정황으로 보아 망령이 아니고서는 그렇게 살해하기가 불가능하거든요."

"망령이 아니고서는 불가능……?"

"조심하십시오. 역사가 긴 장소일수록 망령을 끌어들인다고 하니까요……."

라르센은 이제 말을 아끼겠다는 듯이 갑자기 입을 다물고 계단을 내려갔다.

남겨진 한스와 셀레나는 창백해진 얼굴을 마주보았다. 한스는 망령이라는 말에 유별나게 반응했다. 요 며칠 느낀 기묘한 위화감은 한스가 망령의 존재마저 인정하게끔 만들었다.

"셀레나 씨, 돌아가죠……. 망령이 나온다잖아요……."

"동생의 망령이라. 만날 수 있다면 만나보고 싶군." 셀레나는 강한 척하며 말했다. "난 안 믿어. 망령의 짓이라니 설명이 전혀 안 되잖아."

"하, 하지만, 일리 있잖아요? 그도 그럴 것이…… 크리스티안 왕자님을 죽일 이유가 있는 건 셀레나 씨의 동생뿐인걸요."

"일리가 있기는 뭐가 있어. 동생은 물거품이 되어 사라졌다고."

셀레나는 목소리를 높여 반박했다.

"정말로…… 완전히 사라졌어요? 사라지지 못하고 망령이 된 것 아닐까요?"

한스는 지지 않고 받아쳤다.

"말도 안 되는 소리 하지 마. 망령이라고? 인어가 있으니 망령도 있다는 거야? 좋아, 죽은 자가 실체 없는 망령이 되어 나타날 수도 있다고 치자. 하지만 내 동생만은 그럴 리 없어. 애당초 걔는 죽은 게 아니라고. 망령으로 나타날 수조차 없게 물거품이 되어 사라졌단 말이야."

셀레나는 아득바득 부정했다.

그럼에도 한스는 망령이 왕자를 죽였다는 이야기에서 신빙성을 느꼈다.

역시 셀레나의 여동생, 인어공주가 왕자를 죽인 게 아닐까.

"셀레나 씨……. 만약 동생이 범인이라면 그 답을 받아들일 수 있겠어요?" 한스는 냉정하게 물었다. "동생이 범인이라는 사실을 알고 나서도 계속 다른 답을 찾으려는 거 아니죠?"

그 질문에 셀레나는 당황한 듯이 시선을 이리저리 돌렸다.

"그, 그런 짓은 안 해."

"정말요?"

"나한테도 생각이 있어. 아무 근거도 없이 반박하는 게 아니야."

"여동생은 망령이 아니라는 말이에요?"

"그래." 마음을 다잡은 듯이 셀레나가 야무진 표정으로 돌아왔다. "설령 동생이 망령이 되었다고 해도 왕자를 죽일 리 없어. 망령이 되어서까지 죽이러 올 정도라면 살아 있을 때 배에서 죽였겠지. 그럴 기회는 얼마든지 있었으니까."

"본인의 의사와는 상관없이 망령이 될 수도 있잖아요. 예를 들어 왕자님에게 강한 원한을 품고 있었다면……."

"원한? 동생이 왕자를 원망했다는 거야?" 셀레나는 생각을 곱씹듯이 중얼거렸다. "한스, 넌 어떻게 생각해?"

"으음……."

이야기만 들어보면 그녀가 왕자를 원망했던 것 같지는 않다. 만약 사랑을 이루지 못해 원한을 품었다면 셀레나 말대로 배에서 왕자를 죽였을 것이다.

"동생은 마지막 순간에 뭘 느꼈을까. 난 지금까지 계속 그게 궁금했어. 슬픔일까. 후회나 원한일까. 아니면 행복? 전부 아닌 것 같아. 인간하고 누구에게도 축복받지 못할 사랑에 빠진 끝에 자신이 소멸되는 순간 도대체 뭘 느낀단 말이야."

셀레나는 질문을 던지듯이 한스를 보았다.

한스는 고개를 갸웃거리는 것이 고작이었다.

"내가 이런 곳까지 온 건 결국 그걸 알고 싶었기 때문인지도 모르겠어."

한스와 셀레나는 마침내 문제의 방 앞에 다다랐다.

두꺼워 보이는 나무문에는 장엄한 꽃 모양이 섬세하게 조각되어 있었다.

셀레나는 망설이지 않고 문손잡이를 잡았다.

문은 열리지 않았다.

"잠겨 있는 것 같아."

세레나는 낙심한 얼굴로 말했다.

문에는 열쇠 구멍이 있어서 안쪽을 들여다볼 수 있었다.

한스는 문에 다가가서 열쇠 구멍에 얼굴을 가까이 대고 머뭇머뭇 들여다보았다.

침실일까. 납작하지만 푹신푹신한 느낌이 드는 커다란 물체는 아마도 침대일 것이다. 한스가 평소 잠잘 때 사용하는 꾀죄죄한 접이식 침대와는 비교도 되지 않았다. 침대에 깐 새하얀 시트가 참으로 청결해 보였다.

침대 건너편으로 창문이 보였다. 창밖은 발코니일 것이다. 커튼이 쳐져 있어서 바깥은 보이지 않았다.

살펴보았지만 왕자 살해 사건을 연상시킬 만한 물건은 전혀 남아 있지 않았다.

"교대하자."

셀레나가 한스의 어깨를 두드렸다. 한스가 문 앞에서 물러나자 이번에는 셀레나가 열쇠 구멍을 들여다보았다.

셀레나가 방을 관찰하는 동안 한스는 복도를 둘러보았다. 언제 어디서 고용인이나 위병이 나타날지 모른다.

갑자기 문 하나가 열렸다.

방에서 훌륭한 드레스를 입은 여자가 스르르 나왔다. 마치 새벽녘 달처럼 살빛이 파리하니 서늘함이 느껴지는 여자였다. 죽음이 임박한 듯한 표정과 생기 없는 걸음걸이 때문에 한스는 망령이 나타났구나 싶었다.

여자가 이쪽으로 돌아섰다.

눈이 마주쳤다.

한스는 저도 모르게 비명을 지를 뻔했다. 비명을 겨우 참으며 셀레나의 어깨를 두드렸다. 셀레나는 열쇠 구멍을 들여다보는 데 정신이 팔려서 여자가 나타난 줄도 모르는 것 같았다.

"세, 셀레나 씨!"

"뭐야, 기다려."

셀레나는 방해하지 말라는 듯이 말하고 한스를 노려보았다. 그리고 다시 열쇠 구멍을 들여다보려다가 옆방 문이 열려 있다는 것을 알아차렸다.

셀레나는 그제야 여자가 있다는 것을 알았다.

"누, 누구야?"

웬일로 셀레나는 겁에 질린 듯이 소리를 질렀다.

"그건 내가 하고 싶은 말인데……." 여자는 속삭이는 목소리로 말했다. "너희…… 누구니? 이런 데서 뭐하는 거야……?"

"어, 그러니까, 길을 잃어버려서……."

한스는 아까 전과 똑같은 방법을 사용했다.

"그래……."

여자는 별다른 반응도 없이 고개를 끄덕였다. 몹시 기운이 없는 모양이었다. 마치 알맹이가 없는 빈껍데기 같았다.

"한스." 셀레나가 소리를 낮추어 말하며 한스의 옷을 잡아당겼다. "생각났어. 이 여자가 루이세야."

결혼한 지 이틀 만에 남편을 잃은 여자. 이웃나라 스웨덴의 귀족 베르나도테 가문의 딸이다. 루이세는 크리스티안 왕자와 사별한 후에도 계속 별궁에 살았다.

"왕자비님을 뵙게 되어 영광입니다." 셀레나는 감정이 전혀 깃들지 않은 목소리로 인사했다. "이 방에서 크리스티안 왕자님이 누군가의 칼을 맞았다고 들었습니다. 루이세 왕자비님은 별일 없었습니까?"

셀레나는 여전히 아무런 거리낌 없이 질문했다.

"응……. 난 괜찮아……. 걱정해줘서 고마워……."

루이세는 살짝 떨리는 가녀린 몸을 양팔로 감싸 안았다. 당시 일이 떠오른 걸까. 사건이 일어난 지 반년이 지났지만 아직 마음의 상처는 낫지 않았으리라. 수척해진 루이세를 보자 한스는 마음이 아팠다.

"왕자님이 살해당했을 때의 상황을 자세하게 듣고 싶은……."

셀레나가 루이세에게 사건의 상황을 캐물으려고 할 때였다. 한스와 셀레나 뒤에서 두 사람을 제지하는 목소리가 쩌렁쩌렁 울려 퍼졌다.

"너희들, 뭘 하는 거냐!"

부산한 발소리가 부리나케 다가왔다.

고개를 돌리자 매우 힘이 세 보이는 위병 둘과 요하네스 집정관이 보였다.

"이런 데 있었느냐, 요 말썽쟁이 녀석들. 왕자비님 앞에 얼쩡거리다니 썩 물러나거라!"

요하네스가 숨을 헐떡대며 다가와 셀레나를 붙잡으려고 했다.

셀레나는 재빨리 피해서 요하네스와 위병들로부터 거리를 두었다. 그리고 한스의 팔을 잡고 말했다.

"달아나자, 한스."

"예?"

남자들의 우악스러운 목소리를 등으로 받으며 셀레나와 한스는 복도를 달음박질쳤다.

4

한스와 셀레나는 뒷문을 열고 밖으로 뛰쳐나와 도개교를 건넜다. 꽃으로 된 아치를 통과해 정원으로 뛰어들었다. 뒤에서 도개교를 건너는 남자들의 발소리가 들려왔다.

한스와 셀레나는 울타리에 몸을 숨기고 남자들이 지나가기를 기다렸다.

"도망치길 잘한 걸까요……."

한스는 더럭 겁이 났다.

"결국 이렇게 될 거라고 각오하고 있었어. 애초에 해변에 다다랐을 때부터 인간에게 쫓기는 몸이 되었어도 이상할 것 없었으니까. 오히려 지금부터가 진짜 싸움이지."

셀레나는 팔을 걷어붙이고 거추장스럽다는 듯이 가슴의 리본을 풀면서 말했다. 이런 상황에 처했는데도 사명감이 꺾인 기색은 전혀 없었다. 꺾이기커녕 점점 더 호승심이 불타오르는 듯했다.

"한스, 헤엄칠 줄 알아?"

"아, 예, 조금이라면……."

"별궁 안쪽 해자는 바깥 해자와 연결되어 있어. 바깥 해자는 강과 이어져 있고. 수로를 헤엄쳐 가면 아무에게도 들키지 않고 밖으로 나갈 수 있을 거야."

"저는 무리예요! 그렇게 오래 헤엄치지 못한다고요. 셀레나 씨만이라도……."

"혼자 도망칠 수는 없어." 셀레나는 무서운 표정으로 말했다. "네 덕분에 여기까지 올 수 있었어. 그런데 내버려두고 가라고? 날 뭐로 보는 거야."

셀레나의 말에 한스는 태어나서 처음으로 자신의 존재를 인정받은 듯한 기분이 들었다. 셀레나는 말투가 거칠고 태도도 쌀쌀맞지만 동료를 챙기는 마음은 강한 모양이었다.

"하, 하지만……."

어떻게 하지?

궐문을 통해 당당하게 밖으로 달아날 수는 없다. 궐문에는 문지기가 있다. 문지기에게 무슨 일이 일어났는지 이미 전달됐다면 밖으로 나가기는 더 어려워진다.

별궁을 둘러싸고 있는 담을 넘어서 달아날까?

다행히 담은 높지 않다. 담 대신 철책을 세워놓은 곳도 있으니 넘어가는 것 자체는 어렵지 않을 것이다. 담 너머는 바깥 해자지만 헤엄쳐서 건너는 것 정도라면 한스도 가능할지 모른다.

하지만 밖으로 달아나서……. 그다음은?

범죄자가 되어 평생 도망쳐 다녀야 할까?

절망적인 미래밖에 상상이 되지 않았다.

"별로 내키지는 않지만 그 녀석한테 기대볼까."

셀레나가 마음에 들지 않는다는 듯이 말을 꺼냈다.

"아, 루트비히 씨 말이군요!"

그렇다, 프레데리크 왕자에게도 인정받는 루트비히라면 이 상황을 수습해줄지도 모른다.

한스와 셀레나는 일어서서 주위에 아무도 없는 것을 확인하고 성을 향해 달렸다.

다시 꽃으로 만든 아치를 빠져나와 도개교를 건넜다.

갑자기 셀레나가 멈춰 섰다.

"도개교를 올려두면 정원까지 쫓아온 녀석들의 발을 붙들 수 있지 않을까?"

"맞아요!"

한스는 쇠사슬을 감는 기구의 손잡이를 잡았다. 상당히 묵직했지만 체중을 실어서 돌리자 도개교에 연결된 쇠사슬이 덜그럭덜그럭 소리를 내며 감기기 시작했다. 해자 건너편의 도개교 끄트머리에 연결되어 있는 쇠사슬이 감기자 도개교가 천천히 올라오기 시작했다. 도개교가 45도쯤 올라왔을 때 한스는 손잡이를 고정했다.

때마침 정원에서 되돌아온 요하네스와 위병 두 사람이 반쯤 올라간 도개교 앞에서 우왕좌왕했다.

"네 이놈들! 당장 다리를 내리지 못할까! 야, 이 몹쓸 녀석들아!"

한스와 셀레나는 어쩔 줄 모르고 쩔쩔매는 요하네스의 호통 소리를 무시하고 뒷문으로 들어갔다.

한스가 그대로 복도를 내달리려고 하자 셀레나가 팔을 꽉 붙들었다.

"여기서 돌아가려고 하면 길을 잃을 거야. 바깥의 위병들이 물러가면 다시 나가서 도서실 창문으로 안에 들어가자."

한스는 제자리에 우뚝 섰다. 셀레나의 냉정한 판단에 다시금 감탄했다.

두 사람은 잠시 기다렸다가 밖으로 나왔다.

요하네스와 위병은 이미 사라진 뒤였다. 한스와 셀레나는 해자를 따라 왔을 때와는 반대 방향으로 되돌아갔다.

이윽고 열려 있는 창문이 보였다. 한스가 먼저 안에 들어가서 셀레나가 들어오는 것을 도왔다.

도서실은 한스와 셀레나가 나갔을 때 모습 그대로 아무 일도 없었던 것처럼 고요했다.

인기척은 없었다. 붕케플로드 목사 부인의 모습도 없었다.

한스는 살짝 문을 열고 복도를 살폈다.

아무도 없는 것 같았다.

"루트비히 씨는 어디서 뭘 하고 있는 걸까요."

"설마 혼자 달아난 건 아니겠지."

한스와 셀레나는 도서실을 나서서 주변을 경계하며 현관홀로 이동했다.

그러자 운 나쁘게도 현관문을 열고 들어온 요하네스 일행과 맞닥뜨렸다.

"여기 있었구나! 잡아라!"

요하네스가 위병에게 명령했다. 독 안에 든 쥐 꼴이었다. 달려오는 위병들에게 대항할 방법도 없고, 달아날 여유도 없었다. 한스는 아무것도 하지 못하고 위병에게 어깨를 붙잡혔다.

셀레나는 저항하려는 듯이 몸을 날렸지만 달아나기는 불가능하다는 것을 깨달았는지 순순히 위병의 지시에 따랐다.

"아무래도 처음부터 수상하더라니." 요하네스는 셀레나에게 다가가서 얼굴을 들여다보았다. "너, 그 여자를 닮았군. 보면 볼수록 비슷해. 도대체 어떤 관계지? 무슨 목적으로 여기 왔어? 설마 본인이냐……?"

"아니야."

셀레나는 얼굴을 돌리고 부정했다.

"어, 말을 할 줄 알잖아. 그 여자는 말을 전혀 못 했는데. 그럼 다른 사람인가. 너희들, 루이세 왕자비님께 크리스티안 왕자님 일을 물어보려고 했다면서. 설마…… 왕자님의 암살에 관여한 거냐?"

요하네스는 당장이라도 셀레나에게 칼을 들이댈 것처럼 무시무시한 눈빛을 던지며 닦달했다.

그들도 아직 왕자 살해 사건에 사로잡혀 있는 것이다.

어떻게 하면 좋을까.

한스는 위병에게 붙잡혀 옴짝달싹도 못했다. 자신은 붙잡혀도 상관없다. 대신 셀레나에게만이라도 달아날 길을 열어주어야 한다. 셀레나는 신원을 밝힐 수 없다. 만약 셀레나가 인어라는 사실이 들통나면 큰일이 벌어질 것이다.

별궁을 탐색하다니 역시 자신에게는 버거운 역할이었다.

"루트비히!" 셀레나가 큰 소리로 외쳤다. "루트비히는? 루트비히는 어디 있어? 녀석을 불러와! 녀석이 무슨 사정인지 안다고."

셀레나는 루트비히에게 모든 것을 걸기로 한 모양이었다.

요하네스는 루트비히의 모습을 찾는 듯 주변을 둘러보았다. 하지만 그는 어디에도 보이지 않았다. 요하네스는 안심한 것처럼 징그러운 웃음을 지었다.

"그 애송이한테도 이야기를 들을 필요가 있을 것 같긴 하군. 뭐하는 놈인지는 모르겠지만. 프레데리크 왕자님은 정체를 알고 계시려나……."

"내가 뭐 어쨌다고, 요하네스?"

계단 위에서 목소리가 들렸다.

요하네스를 비롯하여 위병들이 긴장하는 낌새가 전해졌다.

한스가 계단을 올려다보자 거기에는 셋째 왕자 프레데리크가 서 있었다.

"프레데리크 왕자님, 이 녀석들이……."

"그림 씨가 데려오신 아이들이 왜? 아이를 상대로 뭘 그렇게 펄펄 뛰고 있나, 요하네스. 그 아이들이 뭘 어쨌다고. 당장 놓아주게."

위엄 있는 목소리로 명령이 날아들었다. 셋째 왕자 프레데리크는 전쟁에도 정치에도 흥미가 없는 순해빠진 남자라고 소문이 났지만 한스에게는 그가 역사상의 영웅으로 보였다.

위병은 당장 명령에 따랐다.

한스와 셀레나는 자유를 되찾았다. 셀레나는 굳이 고개를 돌려 위병을 노려보았다.

"이 아이들은 생채기 하나 없이 돌려보낸다. 더이상 험하게 대하지 말도록."

프레데리크 왕자는 여유로운 걸음걸이로 계단을 내려와서 위병들 앞을 가로질러 셀레나에게 손을 내밀었다. 셀레나는 복잡해 보이는 표정으로 그 손을 잡고 프레데리크 왕자를 따라 현관문까지 걸어갔다. 한스도 뒤를 따랐다.

"너희를 무사히 밖으로 돌려보내는 게 내 역할이란다. 그림 씨한테 그렇게 부탁받았어. 자, 갈까."

셀레나는 프레데리크 왕자의 안내를 받으며 성밖으로 나갔다.

"너희에게 무슨 사정이 있는지는 대충 알았어. 하지만 내가 할 수 있는 건 여기까지란다. 유감스럽게도 난 이쪽 사람이거든. 너희가 부럽구나." 프레데리크 왕자는 꿈꾸는 소년 같은 눈으로 말했다. "그림 씨에게 안부 전해다오."

프레데리크 왕자는 정중하게 예를 표했다.

"녀석…… 루트비히는 어디에 있나요?"

셀레나가 당황한 표정으로 물었다.

"벌써 한참 전에 별궁을 나섰어."

셀레나와 한스는 서로 하고 싶은 말을 삼키고 미간을 찌푸리며 입을 삐죽 내밀었다.

"감사합니다."

한스는 인사하고 프레데리크 왕자와 헤어졌다.

한스와 셀레나는 석연치 않은 기분으로 정원을 빠져나와 궐문으로 향했다.

"루트비히…… 그 녀석, 우리를 놔두고 먼저 돌아갔나." 셀레나가 짜증이 담긴 투로 말했다. "뭐, 됐어. 뜻밖에도 프레데리크 왕자가 착한 녀석이어서 다행이야. 심장도 없는데 가슴이 두근두근했다고."

"네? 무슨 말씀이세요?"

"모, 몰라도 돼." 셀레나는 기분이 언짢은 듯이 소리를 버럭 질렀다. "아무리 좋은 인간으로 보여도 크리스티안 왕자를 죽인 녀석일지도 몰라. 반한 거 아니니까 안심해."

"예? 예……."

아무튼 프레데리크 왕자 덕분에 아무 벌도 받지 않고 별궁에서 나갈 수 있었다.

무엇 하나 제대로 조사하지 못해서 아쉽기는 했지만 처음 나선 모험치고는 썩 괜찮은 성적 아닐까.

한스와 셀레나는 봄이 찾아왔다는 것을 선명한 색채로 뽐내고 있는 정원을 타박타박 걸어서 돌아갔다. 이런 상황이 아니라면 꽃과 풀을 구경할 수도 있었을 것이다. 하지만 생명의 끝이 시시각각 다가오는 가운데 바람에 꽃잎이 흩날리는 꽃들을 감상하고 있을 틈은 없었다.

드디어 궐문이 눈에 들어왔다.

철 격자 너머로 문지기 볼프가 보였다.

"과부는 어쨌거나 루트비히가 도움이 되지 않는다는 건 이제 확정적이군. 별궁으로 들어갈 수 있게 해준 것만으로도 감사해야겠지. 하지만 더이상 녀석과 함께할 일은 없을 거야."

"루트비히 씨가 없었다면 이렇게 돌아올 수 없었을지도 모르잖아요."

"녀석 편을 드는 거야? 우리를 내버려두고 냉큼 돌아갔는데?"

"무슨 이유가 있었을지도 모르죠. 그리고…… 도서실을 빠져나와서 멋대로 행동한 건 우리니까……."

"사건을 해결하는 것보다 더 중요한 이유가 있나?"

문지기 볼프가 궐문으로 다가오는 한스와 셀레나를 보고 궐문을 열었다.

“이런, 이런. 아이들을 통과시켜주려고 궐문을 열다니 처음 있는 일이로군.”

볼프는 푸념하듯이 말했다.

“문지기 아저씨, 저기…… 키가 크고 검은 옷차림을 한 사람이 여기를 지나가지 않았나요?”

“아아, 그림 씨? 그 사람이라면 저기 있는데.”

문지기는 바로 위를 가리켰다.

궐문에는 가로로 긴 지붕이 얹혀 있었다. 그 지붕 위에 눈에 익은 검은 형체가 있었다.

그는 지붕 위에 작은 접이식 의자를 놓고 성을 바라보고 있었다. 손에는 작은 수첩을 들고 연필을 놀리고 있었다. 그림 그리는 데 몰두하여 한스와 셀레나가 온 줄도 모르는 것 같았다.

“저 녀석, 여유작작하게 그림이나 그리고 있었던 거야?”

셀레나가 완전히 포기했다는 듯이 무표정한 얼굴로 말했다.

“어떻게 저런 곳에 올라간 걸까요.”

“그런 것보다 따져야 할 일이 많잖아.” 셀레나는 고개를 저으며 말을 이었다. “하지만 그러려니 시간이 아깝다. 한스, 돌아가자.”

"아, 하지만 루트비히 씨가 아까 사건에 관한 정보가 있다고 그러지 않았나요?"

"그럼 저 녀석을 빨리 저기서 끌고 내려오지 않을래, 한스?"

"불러볼게요."

한스는 루트비히를 불렀다. 반응이 없었다. 그가 그림을 그리는 모습은 제법 멋있었지만, 뭣 때문에 여기 왔는지 싹 잊어버린 것처럼 그림에 푹 빠지다니 기가 막히다고밖에 달리 할말이 없었다.

"루트비히 씨! 저희, 돌아왔어요!"

"오오, 안데르센."

그제야 루트비히가 알아듣고 궐문 아래에 있는 한스와 셀레나에게 가볍게 손을 흔들었다. 셀레나는 진절머리가 난다는 듯이 돌다리 난간에 걸터앉았다. 한스는 손짓으로 루트비히에게 내려오라는 뜻을 전했다.

"기다려, 지금 갈게."

루트비히는 조그맣게 접은 의자를 마법처럼 외투 품에 넣고 궐문 위에서 풀밭으로 뛰어내렸다. 그는 사 미터 가까이 되는 높이에서 뛰어내리고도 아무렇지도 않아 보였다.

"왔구나."

"저희가 죽을 둥 살 둥 뛰어다니는 동안 뭘 하셨어요, 루트비히 씨?"

루트비히의 너무나 무덤덤한 태도에 한스도 그를 책망하고 싶은 기분이 들었다.

"꽤 멋진 그림을 그렸지. 볼프, 실례 많았어. 가끔은 자네도 위에 올라가서 다른 경치를 보는 게 어때? 자, 그럼 둘 다 일단 숙소로 돌아갈까."

루트비히에게 등을 떠밀리다시피 하여 한스와 셀레나는 숙소가 있는 거리로 돌아갔다.

5

루트비히의 방에서 한스와 셀레나는 느지막한 점심을 먹었다. 여관 여주인이 차려준 빵과 콩 스프 등의 음식은 한스가 평소 먹는 것과 별 차이가 없었다. 먹는 것에 까탈을 부리지 않는 성격인지 루트비히가 최소한의 식비만 낸 까닭인 듯했다.

하지만 아침도 제대로 먹지 않고 집을 나선 한스에게는 고마운 한 끼였다. 셀레나도 마찬가지였는지 두 사람은 허겁지겁 접시를 차례차례 비웠다. 셀레나는 인간의 음식이 입에 잘 맞는 모양이었다.

"너희가 모험을 펼친 끝에 입수한 정보와 내가 가지고 있는 정보를 합하면 크리스티안 왕자 살해 사건의 전모가 보일 거야."

루트비히는 수첩을 책상 위에 펼쳤다.

거기에는 도개교를 달려가는 소년과 소녀의 모습이 그려져 있었다. 어떻게 보아도 한스와 셀레나였다.

"……어디서 보고 계셨어요?"

"궐문 위에서 이걸로." 루트비히가 외투 주머니에서 망원경을 꺼내서 보여주었다. "왕자의 시신이 발견됐다는 방이 잘 보일까 싶어서 말이야. 난 중요한 곳을 찾아내는 게 특기거든. 비밀의 풍경을 발견하기 위한 시점이라고 바꿔 말할 수도 있지."

"거기서 우리가 위병에게 쫓기는 모습을 느긋하게 관찰하고 있었다는 거야?"

셀레나는 비꼬듯이 말했다.

수첩을 넘기자 바로 그 광경이 그려져 있었다. 한스와 셀레나의 행동을 빠짐없이 관찰하고 있었던 모양이다.

"난 너희들의 용기가 허사로 돌아갔다고 생각지 않아. 오히려 귀중한 정보를 손에 넣었지. 억지로나마 별궁을 방문하길 잘했어."

"전 루트비히 씨가 그렇게 환대받을 줄은 몰랐어요." 한스는 순수하게 놀라움을 담아서 말했다. "정말 대단한 분이셨군요.

동화집을 내셨다고 하던데…….”

“아아, 그건 착각이야. 난 동화집 안 만들었어.”

“뭐라고요! 하지만 붕케플로드 씨도 프레데리크 왕자님도 루트비히 씨를 존경의 대상으로……. 설마 거짓말이었어요?”

만약 프레데리크 왕자를 홀랑 속여넘겼다면 그야말로 국제적 수준의 사기꾼이다.

“아니, 아니, 난 거짓말한 적 없어. 우리 형이 동화집을 출판한 건 사실이야. 그리고 내가 그림 형제 중 한 명이라는 것도 사실이고.”

“과연, 넌 그냥 ‘그림 형제 중 한 명’일 뿐이라는 건가.”

셀레나가 싸늘한 눈으로 루트비히를 곁눈질하면서 말했다.

“난 화가니까. 몇 번이고 그렇게 주장했지만 붕케플로드 부인과 프레데리크 왕자는 뭔가 착각한 것 같아. 실제로 동화집을 내고 있는 건 야코프 형과 빌헬름 형이지.”

“그랬군요…….”

한스는 조금 실망했지만 원래부터 그렇게 대단한 인물로 여기지 않았기 때문에 평가는 별반 달라지지 않았다. 오히려 루트비히라는 인물이 더더욱 알 듯 말 듯해졌다.

“그래도 별궁에 들어가는 데는 성공했잖아? 날개가 달려 있지 않아도 하늘 높이 날아갈 수 있다고. 허상이지만 세상 이치는 그런 법이지."

"별궁에 들어가기는 했죠. 그런데 루트비히 씨, 정말 그것만으로 뭔가 알아내신 거예요? 제대로 조사하지도 않고 그림만 그렸는데……."

"정보 수집의 성과는 충분해. 이제 이 정보들을 토대로 사건을 한 장의 그림으로 완성하는 작업에 들어가야지."

"그 정보인지 뭔지를 설명해주지 않겠어?"

셀레나는 세 개째 먹는 바게트에 버터를 바르며 말했다.

"처음부터 설명할게. 난 붕케플로드 목사 부인과 프레데리크 왕자, 문지기 볼프, 그리고 시종과 고용인 몇 명에게 이야기를 들었어. 그들은 전부 별궁에 드나드는 관계자니까 시민 사이에 떠도는 소문보다는 그들의 이야기가 신빙성이 더 높아."

"그래서?"

"우선 크리스티안 왕자 살해 사건이 일어난 그날이 어떻게 흘러갔는지 설명할게."

루트비히는 수첩을 넘기며 말했다. 수첩에는 그림밖에 그려져 있지 않았지만, 보아하니 그에게는 그림이 기록의 일종인 듯했다.

"사건은 대략 반년 전, 크리스티안 왕자와 루이세 왕자비가 정식으로 결혼식을 올린 후 두 사람이 별궁으로 돌아온 지 이틀 만에 발생했어. 왕자는 별궁의 한 방에서 칼에 등을 찔려 사망했지. 시신은 오후 6시쯤에 발견됐어. 고용인이 발코니가 있는 방을 찾아왔다가 발견했지."

한스와 셀레나가 열쇠 구멍으로 엿본 방이다. 그 방에서 왕자는 등에 커다란 상처를 입은 채 숨을 거두었다.

"왕자는 창문 바로 앞에 엎드린 상태로 쓰러져 있었어. 발견됐을 때 창문은 닫힌 상태로 잠겨 있었는데, 시신을 발견한 고용인의 말로는 왕자가 발코니에서 방으로 들어오려던 참에 살인자에게 찔린 것처럼 보였다고 하더군. 실제로 머리는 방 안쪽을, 다리는 창문 쪽을 향하고 있었어. 흉기는 실내에서 발견되지 않았지만 시신에 남은 상처 자국으로 보건대 예리한 도검류일 것으로 추정돼."

루트비히는 수첩을 펼쳐서 보여주었다. 거기에는 마치 직접 보고 오기라도 한 것처럼 현장의 그림이 그려져 있었다.

그림을 보고 한스는 또다시 그의 능력에 감명을 받았다. 그가 정보를 바탕으로 그리는 그림은 현실같이 아주 생생했다.

"그 방은 위병 중에서도 특히 중요한 직책을 맡은 사람이 침실로 사용하는 방이었어. 하지만 사건이 일어나기 얼마 전부터 그 침실을 사용하는 위병은 없었대. 너희가 보기에도 위병의 수가 무척 적지 않든? 실제로 별궁의 위병 수는 예전보다 많이 줄었고, 계속해서 줄이고 있대. 그것도 전쟁의 영향인 모양이야. 이 나라는 전쟁에 참전한 후부터 계속 잃기만 해. 젊은 병사는 더이상 없고, 병사에게 줄 돈도 모자라지. 세금만으로는 도무지 위병을 유지하기가 어려운 실정인가 봐."

유럽 전토를 휩쓴 전쟁에서 덴마크는 늘 프랑스의 동맹국으로 싸웠지만 나폴레옹 황제가 실각하자 양국이 함께 무너져 내려 많은 영토와 재산을 잃었다. 북쪽의 대국으로 알려진 덴마크가 단번에 빈국으로 추락한 것이다.

빈회의가 열려 전후 처리가 진행되는 가운데 킬 조약에 의해 덴마크는 연합국이었던 노르웨이를 내놓는다. 광대한 노르웨이의 영토는 승전국에 속한 이웃나라 스웨덴에게 할양되었고 스웨덴-노르웨이 왕국이 탄생했다.

생각했던 것만큼 별궁에 위병이 없고 사람의 모습도 그다지 눈에 띄지 않은 것은 전쟁이 초래한 손실 때문이었는지도 모른다.

"그래서 그 방은 평소 왕자가 책을 읽거나 휴식을 취하는 방으로 썼대. 사건 당시도 침대에 누가 누워 있던 듯한 흔적이 남아 있었던 것으로 보아 왕자가 그 방에서 쉬고 있었던 것 같아."

"사건이 일어난 날 왕자는 어떻게 행동했지?"

셀레나가 물었다.

"그날은 눈이나 비가 오지 않아 맑은 날씨였다고 해. 왕자는 아침에 두 번째 종이 울렸을 무렵, 그러니까 오전 10시쯤에 시종을 거느리지 않고 혼자 별궁을 나섰어. 정원사 라르센이 왕자를 배웅했지."

"시종 없이?"

"아무래도 왕자는 사라진 인어공주, 즉 네 여동생을 찾고 있었던 모양이야. 전날도 하루 종일 혼자 해안 부근을 뒤졌다더군. 처음 만났을 때처럼 그녀가 해변 모래밭에 쓰러져 있는 게 아닐까 싶었겠지. 그런 장면을 시종에게 보여줄 생각은 없었던 듯해. 좀 창피했는지도 모르겠어."

"이해가 안 가." 셀레나는 지친 것처럼 고개를 저었다. "잃고 나서 기를 쓰고 찾아봤자 이미 늦었는데."

"인간은 언제든 후회하며 살아가는 법이거든. 아무튼…… 그날 왕자는 아침부터 네 동생을 찾으러 밖에 나갔어. 별궁에 사는 사람들이 살아 있는 왕자를 본 건 그때가 마지막이었어."

"그래……. 계속해."

"당일 비슷한 시각에 뒷문 홀의 융단을 교체하는 작업이 시작됐지. 업자 두 명이 들어와서 오전 10쯤부터 작업을 시작했다고 해. 이 작업은 나중에 중요한 요소로 작용해."

"융단 교체 작업요?"

한스가 물었다.

루트비히는 고개를 끄덕이고 이야기를 계속했다.

"자, 그로부터 시간이 흘러서 오후의 두 번째 종이 울리고 잠시 후, 그러니까 4시 반쯤에 고용인이 그 방의 시트를 갈았어. 그래, 나중에 왕자가 시신으로 발견된 방 말이야. 이때는 별달리 특이한 점이 없었고 물론 왕자도 없었지. 고용인은 시트를 갈고 방을 나와서 문을 잠갔어."

"창문은?"

"고용인의 기억이 어렴풋하기는 했지만 창문도 잠겨 있었을 거라고 증언했어."

"그다음은?"

"오후 5시쯤에 뒷문 홀 융단 교체 작업이 끝나고 업자가 돌아갔지. 이때까지 그들은 왕자를 보지 못했어. 뒷문 홀에는 계속 그들이 있었으니 뒷문으로 드나든 사람은 누구 하나 빠짐없이 그들의 눈에 띄었을 거야."

"왕자는 그때까지 돌아오지 않은 거야?"

"그게 문제야. 5시가 지나서 제법 어둑해졌는데 아무도 왕자가 돌아왔는지 돌아오지 않았는지를 몰랐지. 그래서 시종들이 걱정하기 시작했어. 마침 그때 라르센이 말 매어두는 곳에 왕자의 말이 매여 있는 걸 봤지. 아무래도 왕자는 돌아온 모양이야. 그래서 시종들이 성안을 돌아다니면서 찾았어. 이윽고 그날 마지막 종이 울릴 무렵, 즉 오후 6시에 예의 그 방에서 왕자가 쓰러진 채로 발견됐어. 그 후에 바로 요하네스와 프레데리크 왕자, 루이세 왕자비 등이 모여서 크리스티안 왕자의 죽음을 확인했지."

"방문은 잠겨 있지 않았어?"

"문은 자물쇠가 풀린 상태로 살짝 열려 있었대. 열쇠는 침대 옆 책상에 놓여 있었고."

"열쇠는 누가 가지고 있었는데?"

"열쇠는 성주인 크리스티안 왕자가 스스로 관리했어. 하지만 열쇠를 어디에 보관하는지 별궁에 사는 사람들은 모두 다 알아. 물론 고용인들도 알고 있어서 청소할 때는 그 열쇠로 문을 열었다는군."

"상당히 허술하게 다루었다는 말이네."

"그래. 돈과 명예가 있었던 시절에는 그렇게 대충 관리하지 않았을지도 모르지만, 이제는 상황이 예전과 다르니까. 그런 사소한 부분에 제일 크게 영향이 나타나는지도 모르지."

"왕자는 도대체 언제부터 그 방에 있었던 거야?"

"좋은 질문이야." 루트비히는 다시 수첩을 들여다보았다.

"아까도 말했다시피 뒷문 홀이 중요해. 융단 업자는 거의 하루 종일, 오전 10시부터 오후 5시까지 뒷문으로 드나드는 사람을 관찰할 수 있는 입장에 있었어. 그들은 오전 10시에 왕자가 나가는 것을 봤지만 그 후로 왕자가 돌아오는 모습은 보지 못하고 오후 5시에 돌아갔어."

"그렇다면…… 왕자님은 오후 5시 이후에 돌아오셨다는 뜻이네요."

한스가 알겠다는 듯이 말했다.

"그래, 맞아. 평범하게 생각하면 그런 결론이 나오지."

"그래?" 셀레나가 고개를 갸웃거리며 끼어들었다. "5시가 되기 전에 뒷문이 아니라 정문으로 들어왔을 가능성도 있잖아."

"물론 그렇지." 루트비히는 고개를 끄덕였다. "성에는 뒷문뿐만 아니라 정면 입구, 또는 창문으로도 들어갈 수 있어. 하지만 정면 입구 바로 위에는 경비실이 있거든. 위병이 창문으로 늘 드나드는 사람을 감시하지. 적어도 그날은 왕자가 한 번도 정면 입구로 드나들지 않았대."

"그럼 창문으로 들어갔나?"

"왕자가 그런 짓을 할 이유가 없을 것 같은데. 뒷문 근처 말 매어두는 곳에 말이 있었으니 왕자는 뒷문을 이용했다고 봐도 될 거야. 당시는 문지기가 없어서 왕자가 별궁에 몇 시에 돌아왔는지 정확한 시각을 아는 사람은 없어."

"역시 왕자는 5시가 지나서 돌아온 건가." 셀레나는 입안 가득 넣은 빵을 우물거리며 말했다. "그렇다면 5시부터 6시 사이에 누군가에게 살해당한 셈인데."

"덧붙여 그날은 융단 업자 말고 별궁을 드나든 외부인은 없었다고 해."

"즉, 범인은 내부인이라는 말이야?"

"단정할 수는 없지. 위병의 눈을 피해 성에 침입하는 게 아예 불가능하지는 않을 테니까."

"융단 업자인지 뭔지가 수상하지 않아?"

"사건이 발생하고 며칠 후에 헌병이 융단 업자 두 명을 붙잡아서 추궁했대. 하지만 사건과 연관된 증거는 전혀 나오지 않았어."

"교체할 융단은 그 녀석들이 가지고 온 거야?"

셀레나가 뭔가 생각난 것처럼 물었다.

"그런 모양이야."

"융단에 단도를 숨겨서 들여온 것 아니야?"

"앗, 단도를 융단으로 둘둘 말아서 가져오면 들키지 않겠군요!"

한스도 찬성의 뜻을 표했다.

루트비히는 고개를 저었다.

"당연히 일을 시작하기 전과 후에 위병이 그들을 몸수색했지. 그들에게 수상한 낌새는 없었대."

"못 믿겠는걸."

셀레나가 재빨리 대꾸했다.

"그럼 논리적으로 설명해볼까. 일단 시신이 발견된 방은 오후 4시 반쯤에 고용인이 시트를 갈러 가서 아무 이상도 없었음을 확인했어. 또한 융단 업자는 오후 5시쯤에 일을 마치고 별궁을 떠났지. 만약 그들이 범행을 저질렀다면 4시 반부터 5시 사이, 삼십 분 정도밖에 시간이 없어."

"뒷문으로 돌아온 왕자를 그 자리에서 찌르고 방에 옮기기만 한다면 삼십 분으로도 충분하지 않을까?"

"아니, 그 삼십 분 동안 그들은 틀림없이 뒷문 홀에 있었어. 교체한 융단에 문제가 없는지 살펴보기 위해 위병 둘과 함께 4시 반쯤부터 계속 거기에 있었지. 위병과 융단 업자는 루이세의 명령을 받고 아주 꼼꼼하게 새 융단을 점검했다고 해."

"그렇구나……. 일을 제대로 했는지 확인할 필요가 있으니까요."

한스가 이해했다는 듯이 말했다.

"애당초 왜 새 융단이 필요했던 건데?"

셀레나가 새 빵을 집어 들며 물었다.

"전의 융단이 더러워져서. 크리스티안 왕자가 교체를 의뢰했대. 의뢰는 당시로부터 석 달쯤 전에 했지만 크리스티안 왕자가 변을 당할 무렵에야 교체 비용이 마련된 것 같아."

이렇게 듣고 있자니 넉넉했을 별궁의 살림이 많이 곤궁해졌음을 알 수 있었다. 원래부터 가난한 한스에게는 묘하게 친근감이 느껴지는 이야기였다.

"왕자 말고 뒷문을 드나든 사람은? 그 업자가 확인했지?"

"정원사 라르센이 뒷문을 두 번 왕복했어. 그리고 왕자비가 한 번. 왕자가 돌아오지 않는 것이 마음에 걸려서 말 매어두는 곳을 보러 갔다나 봐. 4시에 보러 갔었는데 그때는 말이 없었다고 증언했어. 위병들도 성을 드나들 때 뒷문을 이용했지만 그들은 항상 두 명 이상 짝을 지어 행동하거든. 수상한 티를 낸 사람은 없었어."

"어쩐지 범인이라고 부를 수 있을 만한 사람이 전혀 눈에 띄지 않네요."

한스가 어렵다는 듯한 표정으로 말했다.

"상황으로 판단하자면 별궁에 사는 인간 중 누군가겠지."

셀레나가 말했다.

"하지만 그렇다면 범인은 없는 셈이야."

"뭐? 그게 무슨 소리야?"

"문제는 방의 시트를 교환한 오후 4시 반부터 시신이 발견된 오후 6시까지. 거기에다 왕자가 돌아왔다고 추정되는 시각을 고려하면 범행 시각은 5시부터 6시로 좁혀져. 그사이에 별궁에 있던 사람 모두가 저마다 다른 사람과 함께 있어서 범행을 저지를 시간이 없었어. 예를 들어 이 시간에 프레데리크 왕자는 독일어를 잘하는 시종과 함께 도서실에서 독일어 공부를 했대. 요하네스 집정관은 서기와 함께 집무실에서 업무를 봤고. 루이세 왕자비는 융단 교체 작업을 확인한 후 시녀와 함께 뜨개질을 했어. 위병들은 각각 담당 구역에서 맡은 바 임무를 하고 있었기 때문에 누가 어디에 있었는지 파악이 가능했어. 시종과 고용인도 마찬가지야."

"전부 다?"

"그런 셈이지." 루트비히는 수첩을 덮고 말했다. "왕자가 언제 돌아왔는지 아무도 몰라. 누가 언제 왕자를 죽이고 어디로 달아났는지도 모르지. 애당초 왕자를 죽일 수 있었던 사람이 존재할까? 별궁 안의 사람은 모두 사건 당시에 저마다 뭘 하고 있었는지 증언해줄 사람이 있어."

"그렇다면 역시 살인자가 별궁 밖에서 침입해서……."

한스는 의견을 제시했다.

“그것도 어려워. 아까도 말했다시피 뒷문에는 5시까지 사람이 있어서 드나들 수 없었어.”

“그럼 5시에서 6시 사이에 침입한 거 아닐까요? 한 시간 정도 시간이 있으면 아무에게도 들키지 않고 왕자님을 살해한 후 그럭저럭 달아날 수도 있을 것 같은데요.”

“그런데 그것도 불가능해.”

“예?”

“왜냐하면 5시 이후에 뒷문을 안에서 잠갔거든. 자물쇠는 안쪽에서 빗장을 채우는 식이야. 위병이 해 질 무렵에 문을 잠그는 게 규칙인가 봐. 그날은 융단 업자를 배웅한 후에 그대로 문을 잠갔대.”

“왕자님이 돌아오지 않았는데요?”

“위병도 왕자가 돌아오지 않았다는 생각은 못 한 것 같아. 해 질 무렵까지 돌아오지 않은 적은 거의 없거든. 뭐, 뒷문이 잠겨서 못 들어가도 정면으로 들어가면 되잖아. 하지만 살인자는 그럴 수 없지. 정면 입구는 침입하기에 적합하지 않으니까.”

“그럼 어느 창문으로…….”

“사건이 일어난 후 위병과 고용인들이 창문을 전부 확인했는데 1층부터 3층까지 깨진 창문은 하나도 없었고, 모조리 잠겨 있었어. 즉, 드나드는 데 사용한 흔적은 없었어."

상황이 명확해질수록 범인의 모습은 희미해져갔다.

한스는 정원사의 말이 떠올랐다.

—왕자님이 돌아가신 상황으로 보아 망령이 아니고서는 그렇게 살해하기가 불가능하거든요.

망령……. 그건 셀레나의 막냇동생이다.

죽은 인어공주가 이루지 못한 사랑을 다하기 위해 망령이 되어 왕자를 죽이러 온 게 아닐까. 모습이 보이지 않는 망령이라면 아무에게도 들키지 않고 왕자를 찌른 후 자취를 감출 수도 있을 것이다.

하지만 인어공주는 물거품이 되어 사라졌다.

분명 사라졌을 것이다.

아니면…… 역시 인어공주는 살아 있는 걸까?

한스는 그 생각을 완전히 버리지 못했다.

근거는 있다.

왕자를 찌른 흉기는 마녀의 단도다.

인간이 그런 흉기를 사용했을 리 없다.

그 사실이야말로 무엇보다도 인어공주의 범행임을 암시하고 있는 것 아닐까.

period Ⅱ

1793년 - 지중해

"어, 아직도 있었니?"

마녀는 뒤돌아보고 말했습니다.

인어공주의 얼굴은 무섭도록 추하게 일그러졌습니다.

"너, 뭘 어쩌려고 그러니?"

마녀는 동요한 듯이 떨리는 목소리로 물었습니다.

인어공주는 멈추지 않고 마녀에게 다가갔습니다. 그녀의 얼굴은 점점 더 추하게 일그러졌습니다.

마녀는 인어공주에게서 달아나듯이 방 안쪽으로 뒷걸음질쳤습니다.

마녀의 팔꿈치가 선반에 부딪혀 쌓여 있던 물건들이 바닥에 떨어졌습니다. 그중 날카롭고 기분 나쁘게 생긴 단도가 있는 것을 마녀도 인어공주도 놓치지 않고 보았습니다.

동시에 두 사람에게는 몇 초 후의 미래가 보였습니다.

마녀에게는 자신의 배에 박힌 단도와 배에서 흘러나오는 거무튀튀한 피가.

인어공주에게는 자신의 손을 까맣게 적시는 액체와 손에 쥔 단도가.

"너, 무슨 짓을……."

마녀는 신음하며 벽에 몸을 기댔습니다. 마녀의 배에서 시커먼 액체가 철철 흘러나왔습니다. 어느 틈에 단도가 마녀의 배에 박힌 걸까요. 깊숙하게 박힌 단도는 마치 고대어의 화석처럼 보이기도 했습니다.

인어공주는 눈앞에서 벌어진 일을 멍하니 보고 있었습니다. 그것이 현실인지 미래가 보인 것인지 스스로도 잘 몰랐습니다. 인어공주는 자신의 내면에서 무엇인가 망가졌다는 것을 느꼈습니다.

"하지만…… 하지만…… 인간이 되고 싶었단 말이야……."

인어공주는 변명하듯이 중얼거렸습니다.

인간이 되는 약을 받지 못하면 그이에게 갈 수 없어.

"너 때문에…… 큰일이 벌어질 거다……. 세상에 망조가 들 거야……. 이제 되돌릴 수 없어. 각오해, 네가 선택한 미래를!"

마녀가 저주의 말을 퍼붓자 배에 난 상처에서 엄청난 양의 검은 액체가 마치 히드라의 촉수처럼 뻗어 나와서 인어공주를 덮쳤습니다. 인어공주는 재빨리 몸을 웅크렸지만 촉수는 빗나가지 않고 그녀의 얼굴 왼편을 휘감았습니다.

"뜨거워, 뜨거워."

인어공주는 비명을 질렀습니다.

타오르는 화염처럼 뜨거운 검은 촉수가 인어공주의 얼굴을 태웠습니다. 지글지글 타는 소리와 함께 인어공주 주변에서 물이 끓는 것처럼 거품이 부글부글 떠올랐습니다.

인어공주는 괴로운 나머지 얼굴을 누르며 버둥거렸습니다.

하지만 더욱 집요하게 달라붙은 촉수는 이윽고 얼굴뿐만 아니라 몸 전체를 뒤덮었습니다. 인어공주는 울부짖었습니다. 촉수는 인어공주를 놓아주지 않고 몸을 계속 태웠습니다.

그렇게 지옥과도 같은 상태가 사흘 낮 사흘 밤 동안 계속됐습니다.

마침내 촉수가 증발하자 인어공주는 제정신을 차렸습니다.

인어공주는 조심조심 자기 얼굴에 손을 가져갔습니다. 문드러지고 새카맣게 탄 뺨이 만져졌습니다. 풍성했던 금빛 머리카락은 새하얗게 새고 대부분 빠졌으며, 싱싱했던 손가락은 말라

비틀어진 것처럼 가늘어졌습니다. 탱글탱글했던 몸을 내려다 보자 거기에는 태어나서 처음 보는 추한 형체가 있었습니다. 그것이 자신의 몸이라는 사실을 깨닫기까지 한나절이 필요했을 정도였습니다. 왼쪽 눈을 잃었다는 것은 더 나중에 알았습니다.

도대체 왜 이런 꼴이 되었는지 인어공주는 이해가 가지 않았습니다.

슬프지는 않았습니다. 오히려 이제야 겨우 인간이 되는 약을 마실 수 있어서 기뻤습니다. 이 고통도 인간이 되기 위한 시련이라고 생각하자 아무렇지도 않았습니다.

인어공주는 마녀의 선반에서 약병을 찾아냈습니다.

마침내 해냈습니다.

인어공주는 단숨에 약을 마셨습니다.

드디어 그이 곁에 갈 수 있어.

인어공주는 눈을 감고 어두운 마녀의 방에서 때를 기다렸습니다.

하지만 아무리 시간이 흘러도 눈을 뜨면 어김없이 마녀의 집이었습니다. 하반신에는 검게 문드러져 인어의 꼬리인지 인간의 다리인지 구분이 가지 않는, 흉측한 뭔가가 있을 뿐 아무것도 새로이 돋아나지 않았습니다.

인어공주는 모든 것이 허사로 돌아갔다는 사실을 깨달았습니다.

아름다운 인간의 다리를 손에 넣기커녕 몹시 추한 모습으로 변하고 말았습니다.

인어공주는 자기 운명을 한탄했습니다. 어찌할 바를 모르고 바다를 헤맸습니다. 밤에는 누구의 눈도 닿지 않는 작은 섬에 앉아 맑게 빛나는 달을 올려다보며 오로지 눈물을 흘렸습니다. 이런 모습으로는 가족에게 돌아갈 수도 없습니다. 그리고 그 사람 앞에 나타날 수조차 없습니다.

차라리 죽는 게 나아.

인어공주는 스스로를 상처 입혀 죽음을 기도했습니다. 하지만 마녀의 저주인지 순식간에 상처가 아물어서 추한 흉터가 늘어날 뿐이었습니다.

절망밖에 남지 않았습니다. 더이상 아무것도 할 수 없게 된 인어공주는 바닷속에 흩어진 물고기와 인간의 뼈를 모아 쌓아 올리며 흘러간 날수를 헤아렸습니다. 바닷속에서 독기를 뿜어내는 바다뱀과 히드라 들도 인어공주에게는 위안이 되었습니다.

그렇게 가족과 떨어져 혼자 사는 동안 인어공주는 점점 마음이 진정됐습니다.

그이는 지금쯤 뭘 하고 있을까.

인어공주는 오랜만에 인간 세상을 보러 갔습니다.

거기서 지금까지 한 번도 본 적 없을 만큼 거대한 배를 보았습니다. 마치 커다란 구름처럼 보이는 돛을 펼치고 검은 광택이 도는 대포를 수없이 실은 군함이 항구도시를 오가고 있었습니다. 인간 세상은 옛날과 비교하여 크게 변한 것 같았습니다.

인어공주는 물결 사이에 숨어서 사랑하는 사람의 모습을 찾았습니다. 어쩐지 이 도시에 있을 것 같은 기분이 들었습니다.

그러자 육지 쪽에서 뭔가가 폭발하는 듯한 소리가 들렸습니다. 인어공주는 이것이 인간의 전쟁임을 깨달았습니다.

얼마 지나지 않아 인어공주는 배 위에 있는 그 사람의 모습을 찾아냈습니다.

봤다, 오랜만에 봤어.

감동한 인어공주는 잃어버린 왼쪽 눈에서 흐르는 눈물을 멈출 수가 없었습니다.

그 사람에게 추악한 모습을 보여줄 수는 없었습니다. 이런 모습을 보면 분명 싫어하겠지요. 목구멍이 불타서 제대로 말을 붙일 수조차 없습니다. 이제는 멀리서 바라볼 수밖에 없습니다. 지금까지도 그랬듯이, 앞으로도.

두 번 다시 그이와 만날 수 없을지도 몰라.

그렇게 생각하자 애가 탔습니다.

그이를 위해서 뭔가 할 수 있는 일이 없을까.

인어공주는 고민했습니다.

그래, 난 물속을 자유로이 오갈 수 있어. 인간은 배를 타지 않으면 바다와 강에서 움직일 수 없지만 난 그들보다 훨씬 빠르게 누구에게도 들키지 않고 헤엄칠 수 있어.

뿐만 아니라 인어공주는 마녀의 피를 덮어썼기 때문인지 미래가 어렴풋하게나마 보였습니다.

바라건대 그이를 위해 이 힘을…….

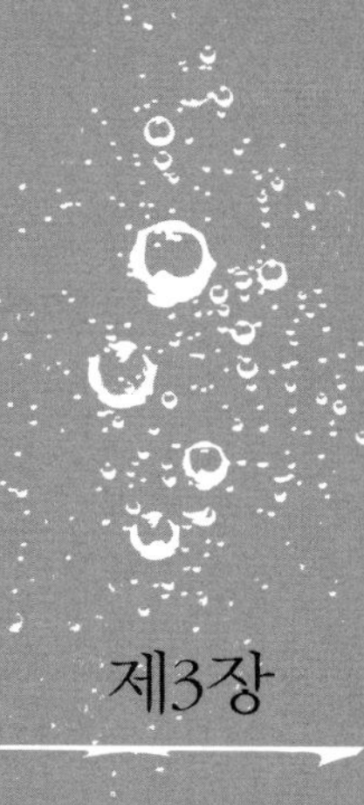

제3장

1816년 –덴마크 오덴세

1

셀레나의 심장이 멎을 때까지 오늘을 포함하여 닷새가 남았다. 오늘은 이미 한나절이 지나갔으니 날이 저물 때까지의 시간을 고려하면 그렇게 많이 남지도 않았다.

느지막이 점심을 먹은 후 한스와 셀레나, 루트비히가 사건에 대해 이야기를 나누는 동안에도 해는 천천히 기울고 있었다.

누가 크리스티안 왕자를 죽였을까.

언제, 어떻게 죽였을까.

아직 아무것도 모른다.

"별궁에 사는 인간들이 공모하여 왕자를 죽이고 모두가 입을 맞추어 거짓으로 증언할 가능성은 없나?"

셀레나가 창턱에 걸터앉아 자기 다리를 주무르면서 말했다.

"대담한 발상이지만 그건 아닐 거야. 그들이 크리스티안 왕자를 죽일 이유가 없거든." 루트비히가 어깨를 움츠리며 말했다. "왕자는 모두에게 사랑받고 있었어. 시종과 고용인 들의 평판도 좋았고."

"별궁의 성주 자리를 욕심낸 인간이 있는 건 아니고?"

"성주 자리는 아무런 가치도 없어. 별궁은 왕족의 별장 같은 곳이거든. 성주가 된다고 해서 권력이 생기는 건 아니야. 크리스티안 왕자는 생전에 분명 성주의 직책을 맡고 있었지만, 왕가의 서열에 따라 그 자리에 앉았을 뿐이야. 왕자는 성주라는 자리에 집착하지 않았던 모양이고, 나라를 다스리는 데도 흥미가 없었던 것 같아. 그래서 수도를 떠나 별궁에서 생활하는 길을 선택했지. 오히려 성주 자리는 그에게 거추장스러운 짐이 아니었을까."

"젊은데 은둔 생활이라."

"나라는 국왕과 첫째 왕자에게 맡겨두면 되니까. 다만 첫째 왕자에게는 국민들이 그다지 큰 기대를 걸지 않는 듯해."

"병약하다고 들은 적이 있어요."

한스가 말했다.

"덴마크 국왕은 자식을 병으로 많이 잃었어. 첫째 왕자도 몇 번인가 병에 걸려 위독했던 적이 있다더군. 전염병이 퍼졌을 때 모조리 죽으면 안 되니까 둘째 왕자와 셋째 왕자가 수도를 떠나서 생활하는 거라는 뒷소문도 있다든가."

"가령 첫째 왕자가 죽으면 왕위 계승권은 둘째 왕자에게 넘어가겠지? 그걸 못마땅하게 생각한 인간이 크리스티안 왕자를 암살했을 가능성은 없을까?"

셀레나는 한 손을 펼치고 말했다.

"꽤나 성급한 암살자로군." 루트비히는 쓴웃음을 지었다. "하지만 왕자를 살해한 동기에 정치가 관련되어 있을 가능성은 있지. 어쨌거나 상대는 왕자니까."

"그 밖에는 어떤 이유가 있을까요?"

"역시 왕자가 죽으면 득을 보는 인간이 있는 것 아니겠어?" 셀레나는 가슴의 리본을 풀어서 손가락으로 만지작거리며 말했다. "그 못돼먹은 집정관은 어때?"

"아니, 별궁에서는 그가 제일 득 볼 게 없는 사람이야."

"그렇게 악랄하게 생겼는데?"

"선량하게 생겼던데 뭘. 요하네스 집정관은 크리스티안 왕자가 살아 있을 때 실무를 거의 도맡아 처리했어. 왕자가 죽은 후에도 마찬가지래. 즉, 왕자가 살아 있든 죽었든 지위에 변동이 없다는 뜻이지. 성주 직책은 셋째 왕자 프레데리크가 이어받을 거고 말이야."

"그렇다면 프레데리크 왕자가 수상하지 않아?"

셀레나가 문득 생각났다는 듯이 말했다.

한스는 프레데리크 왕자를 떠올렸다. 젊고 총명해 보이는 다정한 사람이었다. 위병들에게 붙잡혔을 때 그가 구해주었다. 볼품없는 하급 계층 아이를 감싸주는 사람이 나쁜 사람일 리 없다.

"프레데리크 왕자에게도 형을 죽일 이유가 없어. 형이 성주 직책을 짊어지고 있어야 마음 편히 공부하면서 자유로이 생활할 수 있잖아. 그는 지금 독일어와 라틴어를 공부하고 있대. 굳이 따지자면 그는 권력을 추구하는 야심가가 아니라 내향적인 연구가야."

"그럼…… 또 누가 있지? 루이세 왕자비가 범인인가?"

"루이세 왕자비는 원래 외부인이야. 남편이라는 기반을 잃으면 바로 별궁에서 입장이 위태로워지는 약한 존재라고 할 수 있지. 게다가 왕자비의 배경을 고려하면 남편을 살해해서 얻을 수 있는 이익은 전혀 없어. 오히려 손해가 더 크지."

"배경?"

"루이세 왕자비는 스웨덴 권력자의 딸이야. 요전에 전쟁을 치른 후 덴마크와 스웨덴 사이의 긴장이 고조된 가운데 크리스티안 왕자와 루이세 왕자비가 기적적으로 결혼했지. 어쩌면 운명적이라고 해야 할지도 모르겠어. 셀레나의 이야기를 들어보면 말이야."

바다에 빠진 왕자를 루이세가 해변에서 구했다. 하지만 실제로는 바닷속으로 가라앉는 왕자를 인어공주가 구해냈다고 한다. 그때 인연이 살짝 엇갈리는 바람에 운명이 크게 바뀌었고, 인어공주의 인생은 묘하게 꼬이고 말았다.

"두 나라에게 이 결혼은 평화로 나아가는 첫 걸음이었어. 패전국인 덴마크 입장에서는 국제적인 고립을 피할 좋은 기회였지. 스웨덴에게는 북유럽 통일 구상의 발판이 됐고."

"북유럽 통일 구상?"

한스는 고개를 갸웃거렸다.

"스웨덴, 노르웨이, 덴마크를 포함한 북유럽 국가들이 공동체를 만들자는 구상이야. 알기 쉽게 말하자면 북유럽 국가들끼리 싸움을 그만두고 모두 사이좋게 지내자는 약속 같은 거지. 지금은 운동이 작게 싹튼 정도에 불과하지만 나중에는 빈체제 이후의 유럽 전역을 휩쓸 사상으로 발전할 거야."

"뭔지 잘 모르겠지만…… 아주 큰 문제로군요."

"그래, 유럽의 미래, 즉 우리가 살아가는 세상의 미래에 관한 문제지. 크리스티안 왕자와 루이세 왕자비의 결혼은 그 시초가 될 예정이었어. 그런 배경이 있지만 정략결혼이었다고 폄하할 수는 없지. 멋지고 행복한 결혼이었을 거야. 그런데 왕자비가 모든 걸 다 내팽개치고 왕자를 살해할 이유가 있을 것 같지는 않아."

"결혼을 두고 볼 수 없는 인간이 있었던 것 아닐까?"

셀레나가 말했다.

"두 사람이 결혼해서 손해를 보는 사람이 있을까? 적어도 별궁에는 스웨덴과 화합하기를 거부하는 국수주의자가 없어. 만약 두 사람의 결혼을 망치고 싶은 자가 있다면……."

"그게 내 동생이라는 거야?"

셀레나는 지긋지긋하다는 투로 툭 내뱉었다.

"그렇지, 하지만 네 동생은 이제 이 세상에 없다는 전제로 이야기를 진행하자. 그렇다면 범인으로 지적할 만한 사람은 없다는 결론이 나와."

"그런 말도 안 되는 이야기가 어디 있어. 실제로 왕자는 누군가의 칼에 찔려 죽었다고. 정원사가 죽인 거 아니야? 아니면 위병이나 고용인?"

"하나하나 의심하기 시작하면 그야말로 한도 끝도 없어. 안 그래도 너한테는 시간이 없잖아? 대상을 한정해서 생각해보자고."

루트비히는 태평스럽게 말했다.

대조적으로 셀레나는 차분하지 못하게 실내를 돌아다녔다.

시간이 없다.

루트비히의 말대로다.

"이제 어떻게 해야 할까요." 한스는 어깨를 축 늘어뜨리며 말했다. "별궁을 조사했지만 결국 아무것도 알아내지 못했어요. 역시 우리끼리 범인을 알아내기는 어렵지 않을까요……."

"그렇지 않아, 안데르센. 수많은 중요한 단서가 분명히 우리 눈앞에 있었어. 이제 세부를 좀더 조사할 필요가 있지. 우리는 이미 진실의 한 걸음 앞에 와 있다고."

"예? 뭔가 알아내셨어요, 루트비히 씨?"

"그림은 보여. 사건의 진상을 설명하기에 딱 적합한 그림이지. 하지만 아무래도 그건 연속적인 시간의 한순간을 잘라낸 단편에 지나지 않는 것 같아. 여기에 범인의 모습을 그려 넣기에는 아직 정보가 모자라."

"결국 아무것도 모른다는 소리 아냐?"

셀레나가 책망하듯이 말했다.

"다음으로 뭘 해야 하는지는 알지." 루트비히는 의기양양하게 대답했다. "우리는 바다에 갈 필요가 있어."

"바다?"

한스와 셀레나는 동시에 되물었다.

"모자란 정보. 그건 셀레나의 자매에 관한 정보야."

"우리 자매?"

"설마 시치미를 뗄 생각은 아니겠지. 난 너희 자매 중에 범인이 있을 가능성도 고려하고 있다고."

"뭐라고?"

"일단 네 막냇동생은 제외하자. 하지만 다른 자매들은 어떨까? 무작정 의심하지 않고 넘어가도 될까. 아니지, 왕자를 살해하는 데 사용된 흉기가 마녀의 단도라면 범인은 너희 자매들일 수밖에 없지 않겠어? 마녀의 단도는 너희가 빌린 물건이야. 그리고 네 동생이 바다에 던졌지. 단도를 다시 찾을 수 있는 건 그게 어디 버려졌는지 아는 자뿐이야."

"우리가 왕자를 죽였다는 거야?"

셀레나는 몸을 앞으로 내밀고 물었다.

"너희에게는 왕자를 죽일 이유가 있어. 원수를 갚기 위해서지. 동생은 왕자 때문에 죽은 셈이니까. 너희는 동생이 다하지 못한 행동을 대신 실천에 옮긴 거야. 물론 너희 자매 모두가 관련됐다는 건 아니고. 자매 중에 하나나 둘이 범행을 저질렀고 다른 자매들은 범행 계획을 몰랐을 가능성도 있어. 셀레나, 너도 그중에 한 명일걸. 만약 알았다면 일부러 심장을 걸고 바다에서 나왔을 리 없지."

"진심으로 하는 소리야, 루트비히?" 셀레나는 탄식하며 말했다. "반박할 가치조차 없군. 우리는 인어야. 인간처럼 걸어서 왕자에게 접근할 수 없다고. 그런데 어떻게 별궁에 있는 왕자를 죽인다는 거야."

"내가 생각하기에 별궁에 숨어들기는 너희 인어가 더 손쉬울 것 같은데. 별궁 안팎에는 해자가 있어. 이 해자는 물을 끌어들이기 위해 강과 연결되어 있지. 강과 연결되어 있다면 인어인 너희가 침입하기는 식은 죽 먹기지. 실제로 네 언니는 해자에 들어간 적이 있다고 했고 말이야."

"그건 그렇지만……."

셀레나의 표정이 흐려졌다.

"안쪽 해자까지만 들어가면 인간의 다리는 필요 없어. 거기서 왕자를 살해할 수 있으니까."

"무슨 뜻이야?"

"왕자의 시신이 발견된 방에는 안쪽 해자에 면한 발코니가 있어. 그리고 왕자는 발코니에서 실내로 돌아온 참에 숨을 거둔 듯한 모습으로 발견됐지. 이러한 단서를 종합하면 왕자는 발코니에서 칼에 찔렸다고 봐도 무방하지 않을까."

발코니에서 누군가의 칼을 맞은 왕자는 비틀거리며 실내로 달아난다.

그리고 안에서 창문을 잠그고 숨을 거둔다.

그러면 분명 발견됐을 때와 똑같은 상태가 될 것이다.

"우리 자매 중 하나가 별궁 발코니에 숨어 있었다는 거야? 인간의 다리도 없는데 어떻게 그런 곳에 숨어 있었다는 거지?"

"숨어 있을 필요 없어. 해자에서 발코니를 향해 단도를 던지면 되니까. 칼 던지는 묘기를 부리는 곡예사처럼 말이지. 훈련하면 표적에 단도를 던져서 충분히 맞힐 수 있을걸."

루트비히는 벽을 향해 투명한 칼을 던지는 시늉을 했다.

셀레나는 투명한 칼이 날아가는 모습을 눈으로 좇는 것처럼 아무 말도 없이 벽의 한 부분을 바라보았다.

"예를 들자면 이래. 범인은 안쪽 해자의 물속에 숨어 있다가 소리를 내서 왕자를 발코니로 꾀어내. 범인은 밖으로 나온 왕자를 가만히 내버려두고 왕자가 발코니에서 실내로 돌아가기를 기다려. 그리고 왕자가 등을 돌리는 순간을 노려서 단도를 던지는 거야! 해자와 발코니의 위치로 가늠해보건대 호선을 그리도록 던지지 않으면 맞힐 수 없을 거야. 이런 상황에 대비한 훈련을 거듭할 필요가 있었겠지."

확실히 이 방법이라면 발코니에 있는 왕자의 등을 찌를 수 있을지도 모른다.

굳이 따지자면 왕자에게 직접 접근할 수 없는 사람이 고안해 낼 법한 살해 방법이다.

한스는 긴장하며 셀레나의 옆얼굴을 훔쳐보았다. 표정이 심각해 보였지만 동요하는 기색은 없었다. 아마도 셀레나는 범인이 아니겠지만, 셀레나의 자매가 범인일 가능성은 충분하지 않을까.

"루트비히, 확실히 그 방법은 논리적으로 가능할지도 모르겠어. 하지만 난 간단히 네 주장을 반박할 수 있어."

"무슨 뜻이지?"

루트비히는 셀레나의 말에 귀를 기울이듯이 의자에서 자세를 가다듬었다.

"우리 자매가 진심으로 왕자를 죽이려고 한다면 그렇게 번거로운 방법을 쓸 필요가 없다는 뜻이야. 칼을 던지는 훈련이라고? 왜 구태여 그런 짓을 할 필요가 있지? 우리는 인간 사회의 규칙과 법에 얽매여 있지 않으니까 마음 내키는 대로 죽이고 달아나면 그만이야. 나라면 마녀의 단도 같은 걸 사용하지 않고 왕자를 안쪽 해자로 꾀어내서 익사시키겠어. 상대는 인간이야 동정할 필요 따위 없지."

셀레나는 담담하게 말했다.

한스는 셀레나의 눈동자에서 처음으로 심연을 보았다. 마치 바닥이 보이지 않는 바다를 들여다보는 듯한 감각이었다. 셀레나가 자신들과 다른 종족임을 새삼 실감했다.

“그래, 셀레나 네 말이 맞아.”

루트비히는 선선히 자기가 내놓은 가설을 철회했다.

“잠깐만요. 뭐예요, 루트비히 씨. 셀레나 씨를 시험한 건가요?”

한스는 참지 못하고 끼어들었다.

“아니, 아니. 생각난 가설을 말해봤을 뿐이야. 사실 내가 지금 설명한 광경을 그림으로 그려보면 좀 걸리는 부분이 있어. 단도를 회수할 수 없다는 점이지. 실내에서 흉기는 발견되지 않았지? 그렇다면 단도를 던져서 찌른 다음에 회수했다는 말인데, 적어도 해자에서는 그러기가 힘들어.”

“……단도 자루에 실을 묶어서 회수하는 건 어떨까요?”

“그렇지, 나도 그런 발상이 떠올라서 시험 삼아 그림을 그려봤어. 하지만 실을 당기면 피가 묻은 단검은 끌려가다가 반드시 어딘가에 닿아. 발코니 난간 같은 곳에 말이야. 적어도 현장에 그런 흔적은 없었던 모양이니까 던져서 살해했다는 가설은 제외해도 될 것 같아.”

루트비히는 천진난만하게 웃으며 수첩에 빗금을 그었다.

셀레나는 다리를 구부리고 앉은 채 특별히 비난하는 기색도 없이 차가운 눈으로 루트비히를 바라보았다.

"네가 우리를 의심하는 건 이해가 가. 그렇다기보다……." 셀레나는 생각에 잠긴 것처럼 눈을 내리떴다. "네 이야기를 듣고 나서 비로소 알았어. 우리는 지금까지 가족을 의심하려고 하지 않았어."

"당연하죠. 셀레나 씨에게는 둘도 없이 소중한 자매들인걸요."

"그래서는 안 되지. 내가 뭣 때문에 여기까지 왔는지 모르겠어?" 셀레나는 망설임을 떨쳐내듯이 고개를 세차게 좌우로 흔들었다. "진상을 알려면 모든 걸 의심할 필요가 있어."

"그런……."

"하지만 아까도 말했듯이 우리 자매 중에 누가 왕자를 살해했을 리 없어. 난 모두를 믿어."

"그럼요, 셀레나 씨의 자매들은 분명 범인이 아니에요."

"고마워, 한스. 그러길 바라야지." 셀레나는 고개를 끄덕였다. "지금까지 우리 자매 중에서 별궁의 안쪽 해자까지 들어가 본 건 셋째 언니뿐이야. 언니 말로는 상당히 위험한 수로였대. 그걸 감안한다면 루트비히의 가설은 받아들이기 힘들어. 우리가 굳이 그렇게 위험을 감수해가며 왕자를 살해하겠어?"

"좋아, 그럼 네 말이 옳다는 가정을 전제로 또 다른 문제를 검토해볼까." 루트비히는 선생님 같은 말투로 이야기를 진행했다. "사실 제일 어려운 문제는 이거 같아."

"뭔데요?"

"흉기로 사용된 마녀의 단도."

루트비히는 수첩의 새 페이지를 펼쳤다.

거기에는 아직 아무것도 그려져 있지 않았다. 화가인 루트비히도 본 적 없는 마녀의 단도를 그릴 수는 없었던 모양이다.

"우리도 흉기에 대해서 계속 골머리를 앓아왔어." 셀레나가 말했다. "현재 왕자를 살해하는 데 사용된 흉기가 마녀의 단도라는 사실을 완벽하게 증명할 근거는 하나도 없지."

"어, 그런가요?"

"몇몇 상황으로 미루어 보아 그게 흉기가 틀림없을 거라고 믿고 있을 뿐이야."

"몇몇 상황이라니요?"

"첫 번째, 왕자를 살해하는 데 사용된 흉기를 인간들이 별궁 어디에서도 찾아내지 못했다는 것. 우리는 흉기를 찾는 위병들의 이야기를 해변과 강가에서 들었어. 두 번째, 시신이 발견된 방 바로 근처 해자에서 마녀의 단도가 발견됐다는 것. 전에도 말했는데 이건 셋째 언니가 찾아왔어. 세 번째, 마녀의 단도에 인간의 피가 묻어 있었다는 것. 유모 할멈이 고귀한 인간의 피라고 단정했지."

"유모 할멈의 감정은 믿을 만해?"

루트비히가 물었다.

"당연하지. 유모 할멈은 우리보다 몇십 배나 더 오래 살았고, 그 누구보다 더 지식이 풍부해. 물론 인간보다도 훨씬."

"고귀한 인간의 피라면 크리스티안 왕자의 피라고 받아들여도 되겠지?"

"모르겠어. 하지만 그것 말고 또 있을까?"

"흐음." 루트비히는 여전히 연필을 움직이지 않았다. "일단 마녀의 단도가 왕자를 살해한 흉기라고 가정하자. 문제는 왜 그걸 썼느냐는 거야."

"막냇동생이 물거품이 된 후에 셀레나 씨 자매들은 버려진 단도를 어떻게 하셨나요?"

한스가 물었다.

"그냥 놔뒀지. 아무도 단도에는 신경을 쓰지 않았어. 동생을 잃은 마당에 그럴 정신이 없었거든. 그 뒤로도 마녀의 단도를 싹 잊어버리고 지냈을 정도야."

"그렇다면 역시 단도는 바닷속에 가라앉았었던 건가. 도대체 누가 그걸 주워 왔을까? 짐작 가는 구석 없어?"

"없어."

"자매 중에 누가 몰래 주워 왔을 가능성은?"

"몰라. 설령 누가 주워 왔다고 해도 무슨 목적이 있어서 그랬을 것 같지는 않은데……."

셀레나는 고개를 푹 숙이고 말했다.

"실제로 마녀의 단도가 흉기로 사용되었는지 사용되지 않았는지는 불확실하지만 그게 왕자가 살해당한 현장 근처에 버려져 있었던 건 사실이야. 이 사실을 간과할 수는 없어."

루트비히가 팔짱을 끼고 말했다.

"물살을 타고 자연스레 흘러왔을 가능성은 없을까요?"

한스가 물었다.

"그건 아니야. 강물은 높은 곳에서 낮은 곳으로 흐르다가 마지막에 바다에 다다르지. 바다에 버려진 단도가 강을 역류해서 해자에 흘러들었을 리 없어."

"앗, 그렇군요."

한스는 얼굴을 붉히며 말했다.

"셋째 언니가 처음부터 단도를 숨기고 있다가 안쪽 해자에서 주워 온 것처럼 꾸민 것도 아니야. 셋째 언니가 아무것도 없이 해자로 향하는 모습을 우리 자매 모두가 봤어."

"누가 마녀의 단도를 그런 곳에 버렸을까." 루트비히는 누구에게랄 것도 없이 질문을 던졌다. "그건 왕자를 살해한 범인의 짓이라고 봐도 되겠지."

"나도 동감이야."

"그렇다면 다음 문제에 부딪혀. 범인은 어떻게 마녀의 단도를 손에 넣었을까. 단도는 바닷속에 가라앉았고, 그 장소는 너희 자매들밖에 모르는데."

"그러니까 우리는……."

"알아. 이제부터 너희 자매는 범인이 아니라고 치고 이야기를 진행하자." 루트비히는 셀레나의 말을 끊고 이야기를 계속했다. "바닷속에 가라앉아 아무도 손에 넣을 수 없는 흉기를 범인은 어떻게 범행에 사용했을까."

"우리는 범인이 우연히 마녀의 단도를 손에 넣었다고 결론을 내렸어."

"우연……이라고요?"

한스는 고개를 갸웃거렸다.

"예를 들자면 어부의 그물에 걸려서 단도가 끌려 올라온 건 아닐까. 어부는 그 단도를 전당포에 넘겼어. 단도는 돌고 돌다가 이윽고 왕자 살해범의 손에 넘어간 거야."

"과연 그런 우연이 일어날까." 루트비히가 바로 반론했다. "물론 우연이 일어나기도 한다는 걸 부정할 수야 없겠지. 하지만 마녀의 단도가 버려지고 나서 왕자가 살해되기까지 고작 이틀밖에 걸리지 않았다고. 사람의 손을 돌고 돌 시간은 없어."

"그럼 모르겠는데."

셀레나는 자포자기한 듯이 말했다.

"있을 리 없는 단도가 존재한다. 이 현상을 합리적으로 설명한다면……."

루트비히는 뜸을 들이듯이 말을 끊었다.

한스와 셀레나는 몸을 내밀었다.

"설명한다면?"

"마녀의 단도는 두 자루다."

"두 자루……?"

셀레나는 의외라는 듯이 중얼거렸다.

"애당초 왜 한 자루밖에 없다고 굳게 믿었을까? 아마도 너희 눈에는 그 단도가 의식에 사용하는 유일무이한 도구로 보였기 때문이겠지. 하지만 똑같은 단도가 여러 개 있다고 가정하면 잃어버린 단도가 별궁에서 발견된 것도 설명이 가능해."

"……네 말이 맞을지도 모르겠다."

셀레나는 루트비히의 말을 순순히 받아들인 모양이었다.

"아직 수긍하긴 일러, 셀레나. 정말로 단도가 두 자루 이상 있는지 확인할 필요가 있어. 그래서 내가 처음에 말했잖아? 우리는 바다에 가야 한다고. 우리가 조사해야 할 상대는 마녀야. 만약 단도가 두 자루 이상 있다면 또 누구에게 빌려주었는지 확인하면 돼. 뜻밖에 빨리 범인이 판명될지도 몰라."

루트비히는 밝게 말하고 자신의 수첩을 외투에 집어넣었다.

고민하면 고민할수록 기분이 음울해질 것 같은 상황인데도 간신히 평상심을 유지할 수 있는 것은 루트비히의 인품에서 안심감이 들기 때문인지도 모르겠다고 한스는 생각했다.

그에 관해서는 여전히 잘 모르는 것이 너무 많다.

하지만 조금만 더 믿어보자.

사건은 아직 하나도 해결되지 않았으니까.

2

금방이라도 날이 저물 것처럼 뉘엿뉘엿 떨어진 해에 한스는 마음이 초조해졌다. 하지만 지금 바다에 가기에는 너무 늦었다. 바다에 가도 컴컴해서 아무것도 할 수 없으리라.

루트비히가 한스에게 집으로 돌아가라고 타일렀다.

"너, 오늘도 학교 쉬었지? 세상의 규칙에 순종하는 모습을 보이지 않으면 더욱 엄격히 속박당하게 돼. 진심이 아니어도 되니까 순종하는 척하렴."

하는 수 없이 한스는 어두워지기 전에 돌아가기로 했다.

"오늘은 혼자 갈게요."

"그럴래?" 루트비히는 부드럽게 웃었다. "그렇게 불안한 표정 짓지 마, 안데르센. 걱정 말렴, 우리는 확실하게 앞으로 나아가고 있으니까."

셀레나에게 작별 인사를 하고 한스는 방을 나섰다. 셀레나는 헤어질 때 가볍게 손을 흔들어 보였다. 한스는 셀레나에게 등을 돌리자마자 또 셀레나가 보고 싶었다. 할 수만 있다면 집에 돌아가지 않고 여기서 사건 이야기를 하면서 밤을 보내고 싶었다. 자신이 있을 곳은 분명 이쪽이니까…….

하지만 한스는 루트비히의 재촉을 받으며 여관 입구로 갔다. 루트비히는 여관 밖까지 한스를 바래다주었다.

"안데르센, 또 올 거지?"

"물론이죠." 한스는 뒤돌아보고 말했다. "하지만…… 저는 아무 도움도 안 되는데……."

"그렇지 않아. 네 덕분에 셀레나는 마음을 열었어. 너 말고 누가 셀레나를 감당하겠니."

그렇게 말해주어서 기뻤다.

처음 만났을 때는 당황스럽기만 했지만, 지금은 셀레나의 목숨을 구하는 데 도움을 주고 싶었다. 너무나도 무력하고 지혜도 모자라지만 셀레나에게 힘이 될 때도 있을 것이다.

"루트비히 씨께도 여러모로 폐를 끼쳐서 죄송해요."

"아니야, 내가 좋아서 붙어 다니는 거니까."

역시 붙어 다니고 있을 뿐인가…….

한스는 눈살을 찌푸렸다.

"하하, 내일도 네가 있는 풍경을 내게 보여다오. 그럼."

루트비히는 웃으며 손을 흔들었다.

한스는 여관을 떠나 서둘러 집으로 돌아갔다.

집에 도착하자 어머니는 빨래한 시트를 개어서 쌓아올리는 중이었다. 시트가 눈부시게 하얘서 무슨 마법이라도 부린 것 같았다. 어머니는 얼마 전부터 일당을 받으며 세탁소 일을 돕기 시작했다. 아버지가 돌아가신 지금, 그 일당만으로 생활비를 충당하고 있었다.

"학교는 어땠니?"

어머니는 한스를 보지 않고 물었다.

"으, 응……. 이것저것 하느라 정신없었어."

"그래."

어머니는 다시 빨래를 개어 올렸다.

아버지가 병으로 드러누웠을 무렵부터 한스는 집이 마음에 들지 않았다. 집은 더이상 안심할 수 있는 장소가 아니었다. 방에는 죽음의 기운이 넘실댔고 어머니는 그 기운을 몰아내려는 듯이 계속 기도를 드렸다. 한스가 있을 곳은 이곳에 없었다.

아버지가 돌아가시자 방은 전보다 넓어졌다. 텅 빈 것처럼 느껴지기도 했다. 어머니는 기도를 그만두었다. 동시에 기도로 유지되던 어머니의 자아가 크게 상실된 것 같았다.

너무나 큰 것을 잃었다.

한스는 이 세상에서 생명이 사라진다는 것이 얼마나 중대한 일인지 안다.

그러므로 셀레나가 생명을 잃게 내버려둘 수는 없었다.

그녀를 잃으면 세상은 또 일그러진다.

이제 그런 건 딱 질색이다. 그런 일이 벌어지면 이번에야말로 진짜 어디에도 있을 곳이 없어진다…….

하지만 해는 이미 졌다. 오늘이 끝나가고 있다. 한스는 아무 성과도 거두지 못하고 침대에 누웠다. 몹시 피곤했다.

어느덧 깊은 잠에 빠져들었다.

"한스, 학교 갈 시간이야."

몸을 흔드는 어머니의 손길에 한스는 벌떡 일어났다.

아차, 오늘도 일찍 일어나서 셀레나와 루트비히를 만나러 가려고 했는데.

한스는 허둥지둥 집을 뛰쳐나왔다.

금요일. 오늘을 포함하여 앞으로 나흘.

오늘은 바다에 가는 걸까. 루트비히는 마녀가 사건의 열쇠를 쥐고 있다고 생각하는 듯했다. 확실히 마녀의 마법이 모든 일의 발단이다. 인간이 되는 약이 존재하지 않았다면 처음부터 사건은 일어나지 않았으리라.

마녀에 대해 알아야 할 것이 많다.

마녀란 무엇일까.

한스는 생각하면서 서둘러 여관으로 향했다.

그런데 길을 걷는 도중에 예상치도 못한 사람이 불러 세웠다.

"한스!"

한스가 다니는 빈민 학교의 선생님이었다.

제일 만나고 싶지 않은 사람과 마주치고 말았다. 이름이 불린 이상 걸음을 멈추지 않을 수 없다. 하지만 그러면 어떻게 될지 한스는 잘 알고 있었다.

"그 일이 있은 후로 학교에 오지 않아서 걱정했단다."

여선생님이 염려스러운 얼굴로 말했다. 그녀는 다른 선생님과 달리 학생들에게 매질을 하지 않는 것으로 알려진 다정한 사람이다. 그런 만큼 그녀의 기대에 어긋나는 짓을 하면 가슴이 아팠다.

"한스, 네 기분은 이해해. 아버지가 돌아가셔서 힘들지? 하지만 신은 언제나 널 보고 계신단다. 네가 바르고 착하게 살면 그 슬픔도 언젠가 보답받을 날이 올 거야. 신은 결코 네게 등을 돌리지 않으셔."

선생님은 미리 준비해 온 것 같은 이야기를 하면서 한스에게 손을 내밀었다. 한스는 하는 수 없이 그 손을 잡았다.

"오늘은 널 데리러 온 거야. 자, 학교에 가자."

한스는 선생님과 함께 학교를 향해 걷기 시작했다.

여관에서 점점 멀어져간다. 가능하다면 선생님의 손을 뿌리치고 여관으로 가고 싶었다. 하지만 그렇게 하지 않은 것은 신이 보고 있기 때문이 아니라 선생님이 슬퍼하는 모습을 보고 싶지 않았기 때문이다.

학교에서 수업을 받았다. 반 아이들의 시선은 차가웠지만 한스는 그런 것보다 일상 속에 머묾으로써 정신이 둔감해져가는 기분이 들어서 무서웠다. 이대로 하루 종일 학교에 있으면 셀레나의 모습이 보이지 않게 되는 것 아닐까. 그런 농담 같은 망상에 사로잡혔다.

교실에서는 시간이 너무 느리게 흘렀다. 그렇게도 모자라게 느껴졌던 시간이 교실에는 펑펑 넘쳐나는 것 같았다.

이날은 선생님들이 상습적으로 학교를 빼먹는 한스를 예의 주시하고 있었기 때문에 좀처럼 빠져나갈 기회를 찾기가 힘들었다.

점심을 먹고 산수 수업을 마치자 하루 일과가 끝났다. 학생들은 기도문을 외운 후 집으로 돌아간다. 한스는 익숙지 않은 기도문을 중얼거리고 학교 밖으로 뛰쳐나갔다.

귀중한 시간을 잔뜩 잃었다.

셀레나는 뭘 하고 있을까.

루트비히는?

한스는 숨을 헐떡이며 루트비히와 셀레나가 머무는 여관을 향해 전속력으로 달렸다.

여관에 뛰어 들어가자 언제나처럼 여주인이 나왔다.

"저기…… 루트비히 씨는요?"

"아아, 그 사람은 아침에 나갔어."

"그럼, 셀레나 씨는요?"

"셀레나? 그런 손님이 있었나……."

"긴 금발머리 여자애요. 기억하시죠?"

"여자애……? 글쎄……."

여주인은 고개를 갸웃거렸다. 건망증이 심한 걸까, 아니면 셀레나는 처음부터 없었던 걸까…….

그럴 리 없다. 분명 루트비히의 이름으로 방을 빌린 탓에 여주인이 잊어버렸을 것이다.

한스는 셀레나의 방으로 가서 문을 두드렸다.

아무리 불러도 셀레나는 나오지 않았다.

"셀레나 씨! 저예요, 한스예요!"

대답은 없었다.

한스는 정신없이 여관을 빠져나왔다.

분명 마녀를 조사하기 위해 바다로 간 것이다. 틀림없다. 자신이 좀처럼 오지 않으니까 두고 가기로 한 것이리라.

한스는 강을 따라 달려서 바다로 향했다.

바다에 도착했을 무렵에는 해가 꽤 많이 기울었다. 평탄하여 사방이 훤히 보이는 오덴세의 만 어귀에 인기척은 없었고, 범선 한 척만이 느릿느릿 항구로 돌아오는 모습이 보였다.

한스는 예전에 셀레나를 만난 모래밭으로 달려 내려가 아무도 없는 줄 알면서도 바닷가를 정처 없이 걸었다. 예쁜 조개껍질을 주워서 바다에 던지자 얼마 지나지 않아 그 방향에서 별이 고개를 빼꼼히 내밀었다. 밤이 천천히 다가왔다.

시간을 멈출 수는 없다. 파도가 모래밭을 씻어내듯이 시간이 지금을 지워 없애려 하고 있었다. 그러한 느낌이 들어 한스는 겁을 먹고 바다에서 멀어졌다.

하루가 거의 다 지나갔다.

어느 틈엔가 달이 떠서 마을로 돌아가는 한스의 뒤를 따라 왔다.

집에 돌아가기 전에 한 번 더 여관에 들렀다. 셀레나와 루트비히는 없었다. 루트비히는 둘째 치고 셀레나는 정말로 이 세상에서 사라진 것 같았다.

인어들이 사는 세상과 인간들이 사는 세상을 구분하는 경계선은 분명 이리저리 흔들리고 있으리라. 그 결과 두 세상은 겹쳤다가 떨어졌다가 한다. 한스는 그 불안정한 요동에 몸을 맡기지 못하고 내팽개쳐지고 말았다. 그래서 또 이렇게 외톨이가 되었다.

한스는 터벅터벅 걸어서 집으로 돌아갔다. 집에 늦게 돌아왔지만 역시 어머니는 별다른 말을 하지 않았다.

한스는 검소하게 차린 저녁을 먹고 바로 침대에 기어들어갔다. 좀처럼 잠이 오지 않았다. 일을 마친 어머니도 불을 끄고 잠자리에 든 것 같았다. 어머니가 잠이 들어 숨을 색색 내쉬는 것을 확인하고 나서 한스는 침대를 빠져나왔다.

한스는 삐걱거리지 않도록 문을 천천히 밀어서 열고 밖으로 나갔다.

밤바람은 약간 선득한 정도라 달리기에 딱 좋았다. 밤이 찾아온 지붕과 굴뚝, 그리고 돌이 깔린 거리를 달이 밝게 비추었다.

한스는 달렸다.

바다를 향해.

뭔가가 부른 것은 아니다. 목적이 있는 것도 아니었다. 그저 그렇게 해야 할 것 같은 기분이 들었다.

혼자서 밤거리를 달려가려니 정말 무서웠다. 한스 눈에는 건물의 어둠 속에 몸을 숨긴 시커먼 네발짐승 같은 뭔가와 숲의 높다란 나무 뒤편에서 머리만 내밀고 꿈틀대는 거대한 뭔가의 모습이 똑똑히 보였다. 한스는 그것들을 지나쳐 강에서 빛나는 또 하나의 달을 길잡이 삼아 서둘러 바다로 향했다.

잠시 후 잠든 꽃들의 향기에 섞여서 바다 냄새가 풍겨 왔다.

한스는 날듯이 해변 모래밭을 달렸다.

밤바다는 흔들리는 요람처럼 일정한 간격으로 모래밭에 파도를 몰고 왔다. 수평선에 보이는 달이 물결에 일그러지지 않을 만큼 바다는 잔잔하고 조용했다.

달빛을 받은 조개껍질이 반짝반짝 빛나는 모래밭에서 한층 아름답게 반짝이는 금빛을 한스는 놓치지 않았다.

셀레나였다.

모래밭에 다리를 쭉 펴고 앉은 셀레나는 이따금 파도가 치마를 적시는데도 개의치 않고 바다를 보고 있었다.

셀레나의 시선이 닿는 곳으로 눈을 돌리자 한 여자가 삼단 같은 붉은 머리를 바다에 펼친 채 둥실둥실 떠 있었다.

"셀레나 씨!"

한스는 셀레나를 만난 것이 기뻐서 저도 모르게 큰 소리로 불렀다.

목소리를 알아듣고 셀레나가 돌아보자 동시에 바다에 떠 있던 여자가 도망치듯이 바닷속으로 사라졌다.

"한스?"

"셀레나 씨, 이런 데서 뭐하세요?"

"너야말로 왜 여기에……."

바다가 고요하여 떨어져 있어도 서로의 목소리가 잘 들렸지만 한스는 셀레나에게 달려갔다.

달빛에 차갑게 젖은 셀레나의 살갗에는 죽음의 기운이 한층 진하게 감돌고 있었다.

"저어……. 오늘 셀레나 씨를 만나러 못 가서 죄송해요." 한스는 머뭇머뭇 말했다. "학교에 가야 해서……. 오후에 여관에 갔는데 셀레나 씨도 루트비히 씨도 안 계셔서……."

"사과할 필요 없어." 셀레나는 무뚝뚝하게 말하고 바다로 고개를 돌렸다. "어쨌거나 오늘 하루는 이미 끝났어."

"죄송해요……."

"넌 잘못한 게 없다니까 그러네. 한스, 너도 앉는 게 어때."

"아, 예……. 하지만 거기 앉으면 파도에 젖을 텐데……."

"조금은 젖어도 괜찮잖아?"

한스는 셀레나가 시키는 대로 파도가 발끝에 닿을 만한 곳에 앉았다. 기다렸다는 듯이 바다가 발을 적시고 갔다. 바닷물은 아직 꽤나 차가웠다.

"오늘은 루트비히 씨와 함께 다니지 않으셨어요?"

"녀석은 아침부터 없었어. 아무리 기다려도 여관에 돌아오지 않아서 혼자 밖으로 나왔지."

루트비히는 어디로 가버린 걸까.

불길한 일에 휘말리지 않아야 할 텐데. 한스는 갑자기 루트비히가 걱정됐다.

"밖으로 나오긴 했지만 나 혼자 할 수 있는 일은 거의 없더라고. 무엇보다 마을 인간들은 왕자 살해 사건에 관해 아무것도 몰라. 몇몇 인간에게 이야기를 들어봤지만 역시 그들은 별궁에서 사라진 아름다운 시녀가 암살자였다는 소문에 흥미가 많은 것 같더군. 그리고 별궁에도 가봤는데 안으로 들여보내주지 않았어."

"그랬군요……."

"붕케플로드 목사 부인 집도 찾아가봤는데 불쌍한 아이 취급을 하면서 되돌려 보냈고."

"저희가 도서실을 멋대로 빠져나와서 화를 내지는 않으셨고요?"

"아니. 그것보다 네가 가엾다고 하던데."

"가엾다고요?"

"아버지가 돌아가셨지?"

"예……."

"과부도 그 일을 알고 있었는지 몹시 신경쓰더라. 네게 아무 위로도 못 해줬다면서. 과부의 동정심 덕분에 별궁에서 있었던 일은 무사히 넘어간 것 같아."

"그래요……. 그럼 됐어요."

"그, 있잖아, 한스." 셀레나는 모래 위에 의미 없는 기호를 적었다가 바로 지웠다. "큰 문제에 직면해서 힘들 때 아무 상관도 없는 내 문제에 끌어들여서 미안하다."

"아니에요……. 그게…… 오히려 저는 이번 일로 마음을 구원받았는걸요. 셀레나 씨를 도우면 제게도 아직 머물 곳이 있을지도 모른다는 생각이 들어요."

게다가 한스는 셀레나의 문제가 자신과 아무 상관도 없다고 생각하지 않았다. 모든 일은 연결되어 있으며 그 결과는 자신들에게 동등하게 영향을 끼친다고 여겼다.

"전에도 말했지만…… 처음으로 만난 인간이 너라서 다행이야. 오늘 하루 혼자 인간의 마을을 돌아다녀보니 새삼 그런 생각이 들었어. 인간은 더러운 욕망에 집착하는 비열한 족속이야."

도대체 마을에서 뭘 보고 왔는지는 모르지만 한스는 셀레나의 기분을 알 수 있을 것만 같았다. 따지자면 한스도 셀레나와 동감이었다. 결정적으로 다른 점은 한스 또한 인간 중 하나라는 사실이다.

"저, 저기, 그런데 아까 바다에 누가 있었던 것 같은데요……. 혹시……."

"아아, 역시 봤구나."

"셀레나 씨의 언니인가요?"

"응. 한 살 많은 언니. 오늘밤에 여기서 만나기로 약속했거든. 정보를 교환하려고."

"언니는 돌아가신 건가요?"

"아마도. 언니도 그날부터 인간에 대한 경계심이 강해져서 말이야. 한스 같은 어린아이에게도 모습을 보여주기 싫은 모양이네."

한스는 풀죽은 얼굴로 바다를 바라보았다. 셀레나의 언니는 어디에도 보이지 않았다. 진짜 인어를 보고 싶었는데.

"언니랑 이야기는 하셨어요?"

"응, 물론." 셀레나가 어깨 너머로 넘긴 머리카락이 바닷바람에 나부꼈다. "한 가지 중대한 사실이 판명됐어."

"중대한 사실?"

"마녀에 관한 거야. 어제 셋이서 대화를 나누다가 마녀에 대해서 알아볼 필요가 있다는 결론에 다다랐잖아? 그래서 아까 언니한테 마녀를 조사해달라고 부탁했는데……."

"예."

"언니는 내가 여기 와 있는 동안 혼자 마녀가 사는 곳에 갔었대. 만약 내게 무슨 일이 생기면 바로 구하러 갈 수 있도록 미리 인간이 되는 약을 받으려고. 용감한 언니다워. 마녀의 집은 아주 깊은 바닷속에 있어. 난파된 배의 잔해와 죽은 물고기의 뼈, 그리고 인간의 뼈 등을 엮어서 지은 무시무시한 집이지."

"언니는 마녀를 만나고 온 건가요?"

"아니, 그게…… 마녀가 없어졌대."

"없어졌다고요?"

"집 근처는 물론이고 주위 바다를 찾아봤지만 어디에도 보이지 않더래. 원래 마녀는 추한 외모를 감추기 위해 깊고 어두운 곳에 틀어박혀 있지. 그런 마녀가 집을 오래 비울 리 없는데…….”

“돌아올까요?”

“모르겠어.”

“셀레나 씨는 마녀에게 심장을 빼앗겼죠? 심장을 제때 되돌려 받지 못하면…….”

“아아, 게다가 내 심장은 마녀의 집 어디에도 없었대.”

“뭐라고요?”

“마녀가 무슨 생각으로 내 심장을 가지고 사라졌는지는 모르겠어. 하지만 이대로 있다가는 심장을 되찾을 수 없어.”

셀레나는 한숨을 쉬며 말했다. 이미 심장을 포기한 것 같은, 처음부터 그렇게 되리라고 예측하고 있었던 것 같은 말투였다.

“셀레나 씨, 마녀는 어떤 존재인가요? 바닷속에 있다고 했는데 인어하고는 다른가요?”

“글쎄, 마녀에 대해서는 잘 몰라. 유모 할멈의 이야기로는 무서운 업을 짊어진 생물이라고 하는데, 그것도 당최 무슨 소린지.”

“갑자기 생각났는데…… 만약 마녀가 인어와 마찬가지로 바다를 자유로이 돌아다닐 수 있을 뿐만 아니라 인간처럼 바다를 벗어나도 살 수 있다면…….”

해자의 수로로 별궁에 침입한 다음 걸어서 왕자를 살해하러 갈 수 있지 않을까?

"그건…… 한 번도 생각해본 적 없어."

셀레나는 의외라는 듯한 표정으로 한스를 보았다.

왕자를 살해하러 갈 수 있는 자.

마녀의 단도를 흉기로 사용할 수 있는 자.

이 두 가지 조건에 부합하는 자. 그것은 마녀 자신 아닐까.

"그런데 마녀가 왜 크리스티안 왕자를 죽이지?"

"그건 모르겠지만…… 생각해보면 셀레나 씨에게 달린 조건, 이상하지 않아요? '크리스티안 왕자 살해 사건의 진범을 밝혀내지 못하면 물거품이 되어 사라진다'라니 진범인지 아닌지는 진범을 아는 사람밖에 판별할 수 없잖아요. 자신이 범인이니까 마녀는 그런 조건을 단 거라고요!"

한스는 잔뜩 흥분하여 말했다.

하지만 달밤의 모래밭에서는 그런 한스의 목소리마저 너무 작게 느껴져서 마치 아무 의미도 없는 것처럼 들렸다.

"글쎄. 마녀의 마법은 우리의 이해력을 초월한 거라서. 맞는지 틀린지는 신이나 악마가 판정하는지도 몰라. 사실 동생이 물거품이 됐을 때의 상황을 마녀가 처음부터 끝까지 보고 있었던 건……."

셀레나는 거기까지 말하고 깜짝 놀란 것처럼 입을 다물었다.

"왜, 왜요?"

"아니……. 어쩌면 마녀가 보고 있었을 가능성도 있겠구나 싶어서……."

"동생과 크리스티안 왕자님을?"

"마녀의 마법이 얼마나 자동적으로 작용하는지는 모르겠지만, 마녀가 늘 동생을 감시했을 가능성은 있어. 하지만…… 역시 마녀는 우리가 감당할 수 없는 존재야. 마녀의 마법은 분명 모종의 거래가 없으면 발동되지 않겠지만, 마녀가 하겠다고 마음먹으면 우리 입 정도는 쉽사리 막을 수 있을지도 모르지……."

한스는 지금도 마녀가 어두운 바다 어딘가에서 여기를 보고 있는 듯한 기분이 들어 몸이 벌벌 떨렸다.

"그래, 언니가 중요한 정보를 하나 더 줬어. 마녀의 단도 말이야. 그 단도는 마녀가 자기 왼쪽 열세 번째 갈비뼈를 깎아서 만드는 거라서 한 자루밖에 만들 수 없대. 이것도 유모 할멈이 가르쳐주었는데, 우리 나라에 있는 오래된 기록에도 그런 내용이 실려 있다고 해."

"마녀의 단도는 한 자루밖에 없다는 뜻이군요."

단도가 두 자루라면 범인을 알아낼 실마리가 될지도 모른다.

루트비히는 그렇게 생각하는 모양이었지만 그 논리가 성립하지 않을 가능성이 나왔다.

"만약 마녀가 어딘가에서 동생의 최후를 보고 있었다면 단도가 어디 버려졌는지 알고 있어도 이상할 것 없지. 그걸 주워서 왕자를 죽이러 가면……."

"앗! 그래서 마녀는 셀레나 씨에게 '크리스티안 왕자 살해 사건의 진범을 밝혀내지 못하면 물거품이 되어 사라진다'라는 조건을 걸고 행방을 감춘 거로군요. 이레만 도망 다니면 셀레나 씨는 심장이 멎어서 죽어요. 설령 올바른 답을 가지고 자기 눈앞에 나타난다고 해도 그 자리에서 죽이면 모든 것은 어둠 속에……."

한스는 자신이 도달한 결론에 그만 한기를 느꼈다. 이런 잔혹한 사실을 셀레나에게 알려주어서는 안 되었던 것 아닐까.

셀레나는 아무 말 없이 먼 바다를 바라보았다.

과연 이것이 답일까.

만약 정답이라면 '크리스티안 왕자 살해 사건의 진범을 밝혀내지 못하면 물거품이 되어 사라진다'라는 조건은 무효가 되겠지만 마녀를 찾아내서 심장을 되찾아야 한다.

오답이라면 셀레나는 물거품이 되어 사라진다.

어느 쪽이라도 절체절명의 상황이다.

셀레나를 구하기 위해서는 넘어야 할 장애물이 너무 많다.

"마녀는 언니들이 찾아줄 거야. 언니들한테 맡기는 수밖에 없어."

"그럼 우리는 왕자님 살해 사건의 범인을 찾는 데 집중하면 되겠군요."

하지만 마녀 외에 범인으로 의심할 만한 인물이 있을까.

한스는 마녀야말로 증오해야 마땅할 상대라고 확신했다.

"나도 마녀 범인설에는 찬성이야. 모든 상황이 마녀야말로 범인이라고 가리키고 있어." 셀레나는 일어서서 치마에 묻은 모래를 살살 털어냈다. "시간은 아직 남았으니까. 최선을 다해……."

셀레나는 해안선을 둘러보듯이 천천히 고개를 돌리다가 얼어붙은 것처럼 굳어버렸다.

셀레나의 시선은 모래밭의 한 점에 못박혀 있었다.

"왜 그러세요? 셀레나 씨……."

한스는 셀레나의 시선을 좇았다.

파도가 치는 곳에 갈색 넝마 같은 것이 밀려 올라와 있었다.

셀레나가 느닷없이 넝마가 있는 곳으로 달려갔다.

한스도 허겁지겁 뒤를 따랐다.

셀레나는 한발 먼저 도착하여 넝마를 젖혔다. 거기에는 검고

기다란, 알 수 없는 덩어리가 있었다.

"이게 뭔가요?"

한스는 셀레나와 함께 넝마에 감싸인 물체를 내려다보았다. 바다에서 흘러왔을까. 천에 싸여 있던 물체는 물에 떠다니던 나무가 탄화한 것처럼 보였다. 얇고 길쭉하면서도 울툭불툭한 부분은 나뭇가지일까.

아니다.

자세히 보니 그것은 사람 형태에 가까웠다.

"마녀다."

셀레나는 힘이 다한 것처럼 그 자리에 무릎을 꿇었다.

"마, 마녀요? 이게?"

확실히 사람의 모습과 흡사했지만 아무래도 생물로는 보이지 않았다. 말라비틀어진 고목이 연상됐다.

"몸에 걸치고 있는 로브를 본 기억이 나. 봐, 소맷부리가 여기저기 찢어졌지? 제일 크게 찢어진 곳은 내가 마녀를 찾아갔을 때 선반 못에 걸려서 그런 거야."

"이, 이거…… 살아 있는 건가요?"

"아니."

셀레나는 그 물체에서 좌우로 뻗은 가느다란 뭔가를 들어올렸다. 그것에서 자아나 의식은 느껴지지 않았다.

"죽었어."

후드에 숨겨진 동그란 형태는 일찍이 마녀의 머리였던 부분일까. 지금은 나무를 깎아서 만든 조각상처럼 보이기도 했다. 뾰족한 것은 코고 그 아래의 커다란 구멍은 입일까. 움푹 꺼진 왼쪽 눈언저리에 고인 바닷물이 달빛을 받아 마치 이쪽을 노려보는 것처럼 반짝였다.

셀레나는 넝마를 들추고 마녀의 시신을 뒤졌다.

"없어." 셀레나는 시신 주변을 살폈다. "내 심장은 여기에 없어."

3

한스와 셀레나는 파도가 닿지 않는 모래밭의 한켠에 구멍을 파고 마녀의 시신을 묻었다. 이대로 방치해둘 수는 없었던데다 자신들이 마녀의 시신을 처리해야 한다는 책임감도 들었다.

한스와 셀레나는 어두운 마을로 돌아와 여관 앞에서 헤어졌다. 내일 다시 만나기로 약속하고.

한스는 서둘러 집으로 향했다. 밤은 이제 두 번 다시 광명을 되찾지 못하는 것이 아닐까 싶을 만큼 깊은 어둠에 잠겨 있었다. 어둠 속에 숨은 뭔가의 기척을 느끼며 한스는 소리가 나지 않도록 조심해서 문을 열고 미끄러지듯이 집안으로 들어갔다. 이 순간만은 집이라는 곳에서 안도감을 맛보았다.

어머니는 푹 잠든 것 같았다. 한스는 침대로 돌아가 이불 속에서 몸을 웅크렸다. 지금도 어딘가에서 신이 보고 있을까. 한스는 도망쳐 다니는 범죄자가 된 것 같은 기분이었다.

침대의 따스한 이불 속에서 한스는 드디어 마녀가 죽었다는 사실을 받아들일 수 있었다.

그것은 셀레나가 죽는다는 것을 인정한다는 뜻이기도 했다.

셀레나에게서 심장을 빼앗은 마녀가 죽으면 심장을 원래대로 되돌려놓을 수 없기 때문이다. 가령 무슨 방법으로 되돌려놓을 수 있다고 쳐도 심장을 찾을 방도가 없다.

셀레나는 자신이 죽는다는 사실을 이해했을까.

분명 전부 다 받아들였을 것이다.

그래도 이성을 잃지 않은 것은 옆에 한스가 있어서였을까, 아니면 강한 의지 때문일까.

한스는 그때 셀레나가 모래에 무릎을 꿇는 모습을 보았다.

셀레나는 지금 무슨 생각을 하며 이 어두운 밤을 바라보고 있을까.

다음날 아침, 한스는 아침도 먹는 둥 마는 둥 밖으로 달려나갔다. 토요일도 평소대로 학교에 가야 하지만 한스는 갈 생각이 없었다. 학교 말고 가야 할 곳이 있었다.

하늘은 탁해 보일 만큼 흐렸고, 아직 비가 내리지도 않는데 비 냄새가 났다. 한스는 마을을 빠져나와 여관으로 향했다.

여관 건물이 눈에 들어왔을 때 한스는 걸음을 멈추었다.

여관 입구에서 키가 큰 남자가 나왔다. 멋들어진 모자를 쓰고 검정색 외투를 입은 모습으로 보아 틀림없이 루트비히였다.

한스는 재빨리 몸을 숨겼다.

왜 그랬는지는 잘 모른다. 어쩐지 루트비히가 남의 눈을 꺼리고 있는 것처럼 보였기 때문인지 모른다. 루트비히는 한스가 숨어 있는 것을 눈치채지 못하고 길을 걸어갔다. 손에는 커다란 캔버스 몇 장을 들고 있었다.

한스는 루트비히를 쫓아갔다.

루트비히는 사람들이 많이 지나다니는 거리 모퉁이에 이젤을 세우고 어디서 꺼냈는지 접이식 의자를 내려놓았다. 그런 후에 주변에 얇은 천을 깔고 캔버스를 늘어놓았다.

그리고 의자에 앉아 그림을 그리기 시작했다.

그 모습을 보고 있자니 진짜 화가 같았다.

이른 아침인데도 길을 지나가던 사람들이 걸음을 멈추고 루트비히의 그림을 들여다보았다. 루트비히와 흥정하여 그림을 사 가는 사람까지 있었다.

화가로서 나름대로 실력도 갖추고 있는 모양이었다. 정확하게 말하자면 손님은 말재주에 넘어가서 그림을 사 가는 것처럼 보였지만 그것도 그의 재능이리라.

하지만 그가 그림을 그리는 모습을 흐뭇하게 보고 있을 때가 아니다.

오늘을 포함하여 앞으로 사흘.

시간은 거의 남지 않았다.

어느덧 비가 뚝뚝 떨어지기 시작했다. 돌이 깔린 길에 금세 검은 반점이 늘어났다. 바쁘게 길을 오가던 사람들도 허둥지둥 어딘가로 사라졌다. 풀숲에서 울던 벌레들이 한층 시끄럽게 울음소리를 높였다.

루트비히는 천으로 캔버스를 둘둘 말아 자리를 정리했다.

한스는 그에게 달려갔다.

"루트비히 씨."

말을 걸자 그는 놀란 듯이 돌아보았다.

"안데르센! 여기 어쩐 일이야?"

"그게, 그…… 우연히."

"그렇구나. 마침 잘됐다. 정리하는 것 좀 도와줘. 비가 본격적으로 내리기 전에 여관으로 돌아가야겠어."

한스는 루트비히가 시키는 대로 이젤과 의자를 거두어들였다.

"자, 뛰자."

"어, 잠깐만요."

한스는 느닷없이 뛰어가는 루트비히의 뒤를 쫓아갔다. 도중에 이젤을 놓쳐서 줍는 사이에 루트비히와 거리가 벌어졌다.

숨을 헐떡이며 여관으로 뛰어들었다.

루트비히가 방에 들여보내주자 한스는 가지고 온 물건을 적당히 내려놓았다. 비에 흠뻑 젖었다. 루트비히가 가져다준 수건으로 젖은 머리를 말렸다.

"웬 소란이야?"

쳐다보니 열린 문 앞에 셀레나가 서 있었다. 변함없이 안색은 별로였지만 눈에 띄게 악화된 것 같지는 않았다. 한스는 안심했다.

"아아, 안녕, 셀레나. 오늘은 공교롭게도 비가 오는군." 루트비히는 젖은 외투를 옷걸이에 걸면서 말했다. "이래서는 바다에도……."

"한스 너도 같이 있었어?"

셀레나가 루트비히의 이야기를 비집고 들어오듯이 말을 꺼냈다.

"앗, 예." 고작 몇 시간 만에 만난 것임에도 한스는 아주 반가웠다. "셀레나 씨는 푹 쉬셨어요?"

"글쎄, 둥실둥실 뜨지 않는 침대에서 자는 건 아직 익숙지가 않네." 셀레나는 그렇게 말하고 방에 들어와서 의자에 앉았다. "너희들 어디 갔었어?"

"그러니까⋯⋯ 저는 루트비히 씨와 함께⋯⋯. 루트비히 씨는 그런 데서 뭘 하고 계셨던 거예요?"

"그림을 팔고 있었지. 어른은 돈을 벌지 않으면 생활이 불가능하니까. 독일에서 보내주는 여비도 그다지 여유로운 편은 아니거든."

"흐음, 의외인걸."

셀레나는 쌀쌀맞게 대꾸했다.

"몇 번이나 말하지만 난 화가야. 사기로 남을 등쳐먹는 줄 알았어?"

"하는 짓은 사기꾼 비슷하지 않아? 도대체 무슨 그림을 파는 건지, 원. 설마 어제도 하루 종일 그림을 판 건 아닐 테지. 그만큼 기세 좋게 바다가 어떻고 저떻고 했으면서."

셀레나가 신랄한 말을 퍼부어도 루트비히는 미소로 답할 뿐이었다.

"아무튼 차라도 마시면서 앞으로 어떻게 할지 상의해볼까."

루트비히는 방을 나갔다가 금방 빈손으로 되돌아와서 의자에 앉았다.

얼마 지나지 않아 여주인이 홍차 세 잔을 들고 왔다.

“홍차라니……. 마셔도 되나요?”

“짐을 날라준 보답이야. 비에 젖었으니 몸을 덥혀야지.” 루트비히는 홍차에 입을 댔다. “음, 제법 괜찮은데.”

“그럼…… 잘 마시겠습니다.”

“이야기할게.” 셀레나가 제일 먼저 홍차를 다 마시고 나서 입을 열었다. “마녀에 대해 몇 가지 사실을 알아냈어. 시간이 아깝지만 루트비히한테도 설명해두겠어. 어쨌거나 운명을 함께하기로 맹세한 동료니까.”

셀레나가 루트비히를 동료로 인정한 것에 한스는 감동했다. 늘 차디차게 대해서 걱정이었는데 셀레나의 두터운 의리를 의심할 필요는 없었던 듯하다.

셀레나는 어젯밤에 바다에서 언니에게 들은 이야기를 루트비히에게 해주었다.

요점은 두 가지. 언니가 마녀의 집에 가자 마녀는 없었다는 것. 그리고 마녀의 단도는 마녀 자신의 특정한 뼈를 이용하여 만들기 때문에 여러 자루가 존재할 수 없다는 것.

루트비히는 홍차를 천천히 마시며 셀레나의 이야기에 귀를 기울였다.

"마녀의 단도는 한 자루밖에 없다……. 흠, 예상했던 것보다 조건이 까다로운데. 그런데 네 언니가 별궁에서 주운 단도는 지금도 보관하고 있어?"

루트비히가 물었다. 여느 때 없이 눈빛이 진지했다.

"그럴…… 거야."

"좋아, 다음에 그걸 가져와달라고 해."

"알았어. 언니한테 부탁해둘게. 그런데 그게 왜 필요한데?"

"그림을 그리고 싶거든."

루트비히는 바로 대답했다.

"어휴, 좀더 멀쩡한 이유가 있는 줄 알았네."

"더할 나위 없이 멀쩡한 이유잖아. 아아, 그리고 하나 더. 만약을 위해 네 동생이 배에서 단도를 버린 곳에 잠수해서 바닷속을 철저하게 수색해봐달라고 해."

"벌써 해봤어. 아직 너희에게는 이야기하지 않았구나. 그 장소에 단도는 없었어. 그래서 우리는 단도가 한 자루밖에 없다는 걸 의심하지 않았지."

마녀의 단도는 한 자루뿐이라는 조건에서 논리를 발전시키면 마녀의 단도를 주울 수 있었던 자가 범인이다. 마녀의 단도를 주울 수 있었던 것은 인어공주의 자매뿐이다. 하지만 인어공주의 자매들이 굳이 마녀의 단도를 사용하여 범행을 저지를 이유가 없다. 자매들이 범인이 아니라면 단도가 버려진 순간을 본 또 다른 자가 범인이다. 그 순간을 목격할 수 있었던 것은 인어공주의 사정을 아는 자뿐이다. 자매를 제외하고 사정을 알고 있는 자는 마녀뿐이다.

즉 마녀가 자신의 단도를 주워서 왕자를 살해했다는 결론에 다다른다.

"마녀 범인설이라. 마녀는 인간이 되는 약을 만드는 것 말고 또 뭘 할 줄 알지?"

루트비히가 물었다.

"음, 잘 모르겠어. 불을 내뿜거나 히드라를 자유자재로 다룰 줄 안다는 이야기는 들었지만 진짜인지 아닌지는 불확실해."

"예를 들어 누군가를 저주하여 죽이는 것은?"

"그런 이야기는 들어본 적 없는데. 마녀는 뭐든지 할 수 있는 마법사가 아니야. 특히 자신의 욕구를 충족시키기 위해서는 마법을 쓸 수 없다고 들었어. 전부 다 마법으로 이룰 수 있다면 자신의 추한 외모부터 고쳤겠지. 마녀가 깊은 바다에 틀어박혀 있는 건 그 추한 외모가 원인이라고 하니까."

"자신을 위한 마법은 사용할 수 없단 말이지." 루트비히는 흠, 하고 소리를 흘리더니 말했다. "확실히 마법을 사용할 때는 꽤 특수한 조건이나 대가가 필요한 모양이군."

"동생과 내가 겪어본 바로는, 마녀는 소원을 들어주는 대신에 몸의 일부를 대가로 요구해. 이 거래가 성립되지 않으면 마법은 효과가 발휘되지 않는지도 몰라. 그러니까 마녀가 직접 왕자를 저주해 죽일 수는 없었을 거야."

"그럼 누가 '왕자를 죽이고 싶다'고 의뢰했다면? 그 의뢰자는 마법의 힘을 빌려서 왕자를 죽일 수 있지 않을까?"

"마법으로 살인을? 설마 그런 짓을……."

"의뢰자는 마녀에게 힘을 빌리는 대신에 몸의 일부를 내놓아. 그렇게 거래가 성립된 후 왕자는 하늘 어디선가 날아온 마녀의 단검을 맞고 목숨을 잃는 거지."

"마녀에게 그런 힘이 있을 리 없어."

셀레나는 빠른 말투로 부정했다.

"아니, 그런 식으로라도 생각하지 않으면 왕자 살해 사건은 성립이 안 돼. 당시 상황으로 추측하면 별궁에 왕자를 죽일 수 있었던 사람은 한 명도 없으니까. 망령이 저질렀다고 여기는 것보다는 그나마 현실적이지 않아?"

루트비히는 수첩을 펼치며 말했다.

펼친 페이지는 백지였다.

"요컨대 마녀 범인설은 틀리지는 않았지만 옳지도 않다는 거야. 아마도 마녀는 간접적인 범인이고, 살인을 의뢰하고 실행한 범인이 따로 있겠지. 그렇게 생각하면 앞뒤가 맞아."

"그래? 내 귀에는 네가 들먹이는 마법인지 뭔지가 이야기의 앞뒤를 수월하게 맞추기 위해 선택한 단어로 들리는데."

루트비히는 셀레나의 핀잔을 무시하고 이야기를 계속했다.

"주범이 마녀의 의뢰자라면 사건은 이미 해결된 거나 마찬가지야."

"엇, 어째서요?"

한스가 물었다.

"의뢰자가 누구인지 마녀에게 직접 알아내면 되니까. 마녀가 범인을 알고 있을 거야."

루트비히는 의기양양하게 말했다.

한스와 셀레나는 침울한 표정으로 얼굴을 마주보았다.

"안타깝게도 그 방법은 못 써, 루트비히."

셀레나는 말했다.

"응? 왜?"

"마녀는 죽었어."

"……죽었다고?"

"어젯밤에 해변에 밀려올라온 마녀의 시신을 발견했어."

"마녀가 틀림없어?"

"그 모습은 잘못 보고 싶어도 그럴 수가 없지."

"어째서? 어째서 마녀가 죽었지?"

루트비히는 보기 드물게 동요한 것 같았다.

"이유는 모르겠어."

"역시 그런가……. 뭔가가 크게 잘못된 것 같아……."

루트비히는 혼잣말을 중얼거리며 수첩에 바쁘게 연필을 놀리기 시작했다. 수첩에 그려진 그림은 뒤죽박죽이라 한스는 무슨 그림인지 이해가 잘되지 않았다.

"맞다, 셀레나의 심장은?"

루트비히는 생각났다는 듯이 고개를 들고 물었다.

"못 찾았어. 마녀가 처분했든지, 아니면……."

"누군가에게 빼앗겼든지."

누가 셀레나의 심장을 빼앗아 갔다?

과연 그런 일이 일어났을까.

"네가 인간이 되는 약을 받으러 갔을 때 마녀의 상태는 어땠지?"

"그걸 나한테 물어본들……. 마녀는 기분 나쁜 존재야. 가능하면 별로 가까이 하고 싶지 않고, 꼴 보기도 싫어. 아무튼 난 재빨리 거래를 마치고 마녀의 집을 나섰어."

"뭔가 달라진 점은?"

"이렇다 하게 달라진 점은 없었는데. 굳이 말하자면 반년 전에 단도를 빌리러 갔을 때보다 여위고 약해진 것처럼 보였어."

"수명이 다 되어 자연사했다고는 볼 수 없을까?"

"모르겠어. 마녀가 어떤 식으로 살다가 어떻게 죽는지 아무도 몰라."

"그렇다면…… 역시 누군가에게 살해당했을 가능성도 있겠군."

"살해당했다?" 한스는 무심코 큰 소리로 되물었다. "마녀가 살해당했다고요? 도대체 누구한테?"

"그야 물론 왕자를 살해해달라고 마녀한테 의뢰한 자지. 의뢰자가 누구인지 아는 건 마녀뿐이니까 마녀를 죽이면 진상은 어둠 속으로 사라져. 죽여서 입막음을 하는 거야."

"그런……. 마녀를 죽이다니, 그게 가능한가요?"

"마녀도 결코 불사의 몸은 아닐 거야. 칼로 찌르면 인간과 마찬가지로 죽을지도 모르지."

"마녀가 누군가에게 살해당했다는 의견에는 나도 찬성이야." 셀레나가 팔짱을 끼고 말했다. "내 심장이 없어진 게 그 근거야. 마녀는 내 심장을 목걸이처럼 만든 병에 넣어서 목에 걸었어. 취향 한번 고약하지? 그런데 시체에는 목걸이가 없었어. 파도에 쓸려갔을 리는 없으니 누가 빼앗은 거야."

"왜 셀레나 씨의 심장을 빼앗는데요?"

"인어 심장은 비싸게 팔린대. 아직 고동이 멈추지 않은 건 더 더욱."

"그럼 왕자님 살해 사건하고는 관계없을지도 모르는 거네요. 어떤 나쁜 사람이 인어 심장을 노리고 마녀를 죽였을 뿐인지도……."

"바닷속에 있는 마녀를 만날 수 있는 인간은 그 수가 한정되어 있어. 아니, 거의 없다고 해도 되겠지. 마녀와 무슨 관계를 맺은 인간뿐일걸."

그 관계란 뭘까?

역시 왕자를 살해해달라는 의뢰일까.

"아무튼 마녀는 이미 죽었어. 마녀에게서 사건의 진상을 알아낼 수는 없다고."

밖에서 내리는 비가 창문을 세차게 두드렸다.

불길한 빗소리가 점차 강하게 불협화음을 자아냈다.

"셀레나, 마녀가 죽었는데 몸에 변화는 없어?"

루트비히가 물었다.

"특별한 이변은 없어. 보다시피 다리도 그대로고. 약의 효과는 아직 유효한 모양이야."

"문제는 심장인가……. 역시 심장을 되찾기 위해서는 마녀를 죽인 범인을 쫓는 수밖에 없겠어. 그 녀석이 왕자를 살해한 진범일 가능성도 높아."

루트비히의 말이 맞다.

진상을 규명하여 셀레나의 목숨을 구한다.

"그럼 지금까지 나온 이야기를 정리해볼까." 루트비히는 수첩 위에 연필을 움직이면서 말했다. "범인은 왕자를 살해하기 위해 마녀에게 살인을 의뢰했어. 범인과 마녀는 거래를 했고, 범인은 마법으로 아무에게도 들키지 않고 왕자를 살해하는 데 성공했지. 하지만 반년이 지난 지금, 누군가가 왕자 살해 사건에 대해 냄새를 맡고 돌아다닌다는 것을 알았어. 그래서 범인은 유일하게 진상을 아는 자, 마녀를 입막음하기 위해 살해했어."

"범인은 우리의 행동을 아는 사람이겠군요."

한스가 말했다.

"범인이 가까이에 있는 건 틀림없는 것 같아."

셀레나는 빗물이 흘러내리는 창가를 바라보며 말했다.

"아직 단정하기는 일러. 이건 가설에 지나지 않아. 게다가 이 가설에는 완벽하게 설명되지 않는 점도 있어."

루트비히가 말했다.

"동기?" 셀레나가 말을 받았다. "별궁의 인간에게는 왕자를 살해할 동기가 없다지만 그딴 건 나중에 생각하면 돼. 남몰래 왕자에게 원한을 품고 있던 인간이 있을지도 모르잖아?"

"음, 동기도 문제지만 그것보다도 살해 방법이 마음에 걸려서 말이야."

"그건 네가 아까 마법이 어쩌고저쩌고 하지 않았어? 그것도 아니라는 거야?"

"가령 신비한 힘으로 단도를 날려서 왕자를 살해했다고 치자. 범인은 멀리 떨어진 곳에서 왕자를 죽이는 데 성공했어. 이로써 남들이 자신을 의심할 일은 없겠지."

"그게 어디가 이상한데?"

"살해에 성공한 시점에서 마법은 끝날 거야."

"응, 그런데?"

"왕자의 등에 꽂힌 단도는 어떻게 하지? 이제 마법은 끝났으니 직접 뽑아서 처분하는 수밖에 없어. 범인 입장에서 마녀가 관련되었다는 증거인 흉기를 그대로 놓아둘 수는 없겠지?"

"뭐, 마녀의 단도라는 것을 알아보는 인간은 얼마 안 되겠지만, 가능한 한 수사 당국에 넘어가지 않기를 바라겠지."

"다른 누군가가 왕자님 시신을 발견하기 전에 단도를 회수하면 되는 것 아닌가요?"

한스가 자기 생각을 말했다.

"그렇지, 안데르센. 왕자의 시신이 발견됐을 때 흉기는 보이지 않았다고 해. 흉기는 이미 버려진 뒤였어. 그렇다면 범인은 아무에게도 들키지 않고 누구보다도 먼저 왕자의 시신이 있는 곳으로 가서 흉기를 회수하여 발코니에서 해자로 던졌다는 뜻일까?"

"그렇겠죠."

"그 모습을 상상해봤는데 아무래도 그럴듯한 그림이 안 나와." 루트비히는 턱을 괴고 수첩의 백지를 바라보았다. "그러면 마법을 사용하는 의미가 있나? 이왕 마법을 써서 죽이는 김에 시신에 다가가지 않아도 되는 방법을 선택하면 좋잖아. 굳이 흉기를 회수할 필요가 있는 수단으로 범행을 저지를까."

"그게 마법의 한계 아닐까? 마녀의 힘으로는 기껏해야 칼을 날리는 게 고작인지도 모르지."

셀레나가 한손을 펼치고 말했다.

"겨우 그 정도의 힘을 얻기 위해 자신의 몸 일부를 대가로 내놓으면서까지 무시무시한 마녀와 계약할까? 의뢰자, 즉 범인에게 이점이 너무 없는 것 같은데."

"마녀니 마법이니 말을 꺼낸 건 너라고, 루트비히. 이제 와서 그걸 제 입으로 부정하겠다는 거야?"

"당연하지. 난 한 가지 시점만으로 세상일을 이해할 수 있다고 생각지 않아. 예쁜 빨간 사과 뒤편은 아직 설익어서 푸르스름할지도 몰라. 쪼개보니 속은 썩었을지도 모르고. 무슨 일이든 모든 시점에 서서 공평하게 판단해야 한다는 게 내 신조야."

"그래서?" 셀레나는 싸늘하게 응했다. "마법의 뭐가 마음에 안 드는데?"

"만약 왕자를 살해한 범인이 마법의 힘을 빌렸다면 사건의 양상은 우리가 알고 있는 상황과는 완전히 달라지지 않았을까. 마녀와 계약할 만큼 교활한 사람이라면 왕자가 살해당했다고 의심받지 않을 만한 방법을 쓰지 않겠어? 예를 들어 자연스러운 사고사로 위장하면 괜한 의심을 사지 않겠지."

"그렇구나……. 그러네요." 한스는 납득하여 말했다. "마녀의 힘을 빌린다면 아예 살인 사건으로 만들지 않을 수도 있겠네요!"

"응, 나라면 그렇게 할 거야. 우리 눈앞에 있는 그림이 '살인 사건'인 이상 범인이 마법을 사용했을 가능성은 낮지 않겠어?"

"그렇군." 보기 드물게 셀레나도 감탄한 듯이 고개를 끄덕였다. "왕자를 죽인 범인은 마녀와 접촉하지 않았다고 받아들여도 되는 건가? 그럼 마녀는 왜 죽었지? 누구한테 살해당한 거야? 내 심장은 어디 있고?"

"왕자를 살해할 때 흉기로 마녀의 단도를 사용한 이상, 범인이 무슨 형태로든 마녀와 접촉했을 가능성은 있어. 예를 들면 상대가 마녀인 줄 모르고 만났을 수도 있지."

"그럴 수도 있나요?"

"없다고는 할 수 없지." 셀레나가 대답했다. "마녀의 모습은 인간 노인과 그리 다르지 않아. 로브를 입고 후드를 깊숙이 눌러쓰면 빈약한 노인이라고 착각할걸."

"덧붙여 확인해두고 싶은 게 있는데, 마녀는 육지에서도 활동할 수 있지?"

루트비히가 물었다.

"몰라. 마녀가 우리 인어와 비슷한 바다 생물이라면 뭍에서도 문제없이 숨을 쉴 수는 있을 거야. 그리고 마녀의 시신에 인간의 다리 같은 것이 달려 있었으니까 육지에 올라올 수 있을지도 몰라."

"과연." 루트비히는 고개를 끄덕였다. "나도 마녀의 시신을 확인하고 싶어. 나중에 해변에 가서 안내해줘."

"시신을 확인해서 어쩌려고?"

"그림을 그리려고."

"어휴, 너도 취미 한번 고상하구나……."

셀레나는 질렸다는 듯이 말했다.

낙숫물이 한 방울씩 떨어져서 고이는 것처럼 비가 내리는 오전은 차츰차츰 지나갔다.

교회에서 정오를 알리는 종소리가 들려왔다.

사건을 둘러싼 논의에는 진전이 있었던 것도 같지만 범인은 아직 판명되지 않았다. 오히려 마녀 범인설이 부정되어 추리는 후퇴했다. 마녀에게 살인을 의뢰한 범인이 있다는 가설 역시 아무래도 옳다고는 할 수 없을 듯했다.

마녀가 죽는 바람에 사건은 한층 복잡해지고 말았다.

"아직도 범인의 모습이 보이지 않아. 이대로 가다가는 아무것도 못 하고 끝난다고." 셀레나는 책상 위에서 깍지를 끼었다. "물거품이 되는 건 각오했지만 아무 성과도 거두지 못하고 물거품이 되는 것만은 싫어. 그래서는 뭣 때문에 여기까지 왔는지……."

셀레나는 조바심을 감추듯이 입술을 깨물었다.

"걱정 마, 아직 사흘이나 남았잖아."

"겨우 사흘밖에 안 남았어!"

"그렇게 초조해할 것 없어, 공주님. 난 수수방관하고 있는 게 아니야. 이렇게 너희를 위해서……."

"그림을 그린다고? 어차피 내가 곤경에 빠진 모습을 그림으로 그리고 싶은 것뿐이지? 울면서 파멸하는 모습을 그리고 싶은 거잖아?"

"그런 그림도 나쁘지 않지." 루트비히는 선선히 대답했다. "하지만 내가 정말로 그리고 싶은 건 너희의 웃는 얼굴이야."

"웃는 얼굴?"

셀레나는 미간에 주름을 잡고 말했다.

"봐, 넌 늘 그런 표정만 짓잖아." 루트비히는 웃으며 말했다. "요 몇 달간 예술을 배우는 여행을 하면서 깨달은 게 하나 있어. 웃는 얼굴을 그린 그림이 압도적으로 적다는 거야. 특히 미와 철학, 그리고 종교성을 추구하면 할수록 그림에서 웃는 얼굴이 사라지는 것 같아. 하지만 나는 세상의 아름다움을 올바르게 그려내기 위해서는 세상을 살아가는 사람들의 웃는 얼굴을 그려야 한다고 생각해. 그러니까 난 너희가 꾸밈없이 웃을 수 있도록 무슨 일이든 할 거야."

"조금 전부터 계속 '너희'라고 하셨는데 거기에는 저도 포함되나요?"

한스가 물었다.

"물론이지, 처음 만났을 때부터 난 네 삶에 웃음이 돌아오기를 바라 마지않았어. 질서가 무너지고 꽃도 사라진 삶에 빛이 재생되는 풍경을 내가 그릴 수 있게 해줘."

"결국 네 그림을 위해서잖아."

셀레나는 여전히 의심스럽다는 눈빛으로 말했다.

“뭐, 그렇긴 하지만.” 루트비히는 쑥스러워하는 듯한 웃음을 지으며 말했다. “네 마음에 들 법한 표현을 쓰자면 우리는 이해관계가 일치해. 그럼 됐잖아.”

“흥.” 셀레나는 살짝 콧방귀를 뀌고 고개를 홱 돌렸다. “도움이 되도록 열심히 해보라고.”

“분부 받들겠사옵니다, 공주마마.”

루트비히는 점잖게 말하고 홍차를 훌쩍 마셨다.

갑자기 빗소리가 강해졌다.

그 소리는 여관 복도에서 들려왔다. 아무래도 빗소리가 아니라 사람 발소리 같았다. 그야말로 폭우가 쏟아지는 것처럼 무수히 많은 발소리가 거칠게 다가왔다.

루트비히는 냉큼 일어서서 문으로 향했다.

동시에 문이 열리고 낯익은 남자가 들어왔다.

“셀레나라는 아가씨 있나?”

요하네스 집정관이었다. 뒤에 남자를 네 명이나 거느리고 왔다. 위병과 헌병일까.

요하네스는 셀레나를 보자마자 험악한 얼굴로 선언했다.

“셀레나, 크리스티안 왕자님을 살해한 혐의로 널 연행한다.”

남자들이 셀레나를 둘러싸더니 방에서 끌고 나가려고 했다.

커다란 남자들의 몸에 가로막혀 한스의 눈에는 더이상 셀레나가 보이지 않았다.

"셀레나 씨!"

한스는 외쳤다.

"한스! 이걸!"

셀레나가 남자들 틈새로 가느다란 팔을 뻗어서 조그마한 물건을 던졌다. 한스는 그것을 받았다.

남자들은 셀레나의 행동을 눈치채지 못하고 그녀를 밖으로 끌고 나갔다. 그들은 비에 젖는 것도 아랑곳없이 떨어진 곳에 세워둔 마차까지 한 덩어리가 되어 걸어갔다. 셀레나는 별다른 저항을 하지 않았다.

"요하네스 씨, 도대체 무슨 일입니까?"

여관 현관 앞에서 루트비히가 요하네스를 불러 세웠다.

"이거 그림 님 아니십니까. 잘 지내셨습니까. 실은 반년 전에 사건이 일어났을 때 행방이 묘연해진 시녀와 셀레나라는 아가씨가 똑같이 생겼다는 이야기가 드문드문 들려와서요. 크리스티안 왕자님이 살해당한 사건은 일각을 다투어 해결해야 하는 사안입니다. 그래서 저 아가씨에게 꼭 이야기를 들어보아야 할 것 같습니다."

"셀레나는 아무 상관없습니다."

"그건 저희가 판단하겠습니다. 뭐, 이야기를 듣는 것뿐이니 걱정 마십시오. 그럼."

비가 내리는 가운데 마차는 웅덩이의 물을 튀기며 잿빛을 띤 비안개 저편으로 사라졌다.

4

한스는 바닥에 털썩 주저앉은 채 잠시 동안 꼼짝도 하지 못했다. 한스는 지금까지 자신을 지탱해온 것이 부러져 산산이 흩어지는 소리를 분명히 귓전에서 들었다.

"설마 이런 일이 벌어질 줄이야." 루트비히도 난감해하는 것 같았다. "너희들, 별궁에서 너무 눈에 띄었나 보다."

"셀레나 씨…… 괜찮을까요."

"음, 그들도 셀레나가 범인임을 증명할 명확한 증거를 확보한 건 아닌 것 같아. 쇠약해질 때까지 유치장에 처박아놓고 고문으로 서서히 피를 말려서 자백시키려는 수작이겠지."

"고, 고문? 그런!"

"이대로 가면 셀레나는 왕자 살해 사건의 범인으로 몰릴지도 몰라. 사라진 시녀와 비슷하게 생긴데다 최근에는 무슨 꿍꿍이인지 별궁을 살금살금 돌아다녔으니 범인으로 꾸미기에 이보다 더 좋을 수는 없지.”

“아아……. 제 탓이에요. 그때 도서실에 얌전히 있었다면…….”

“아니, 그래도 결국에는 셀레나의 존재를 알아냈을 거야. 안 그래도 눈에 띄니까 말이야. 그 시기가 조금 일찍 다가왔을 뿐이야.”

“루트비히 씨……. 저는 어떻게 해야 할까요…….”

“마음 단단히 먹고 일어서, 안데르센.” 루트비히는 한스에게 손을 내밀었다. “네가 일어서지 않으면 누가 셀레나를 돕겠어?”

한스는 루트비히의 손을 쳐다보았다.

그래, 한탄하고 있을 시간은 없다.

한스는 루트비히의 손을 잡고 일어섰다.

“좋아, 넌 이걸로 또 조금 어른이 된 거야.”

“어른은 무슨…….” 한스는 눈물이 흘러내리지 않도록 눈가를 닦으며 말했다. “그보다 셀레나 씨를 구하러 가죠!”

“성급하게 굴면 안 돼. 우리에게는 아직 그들과 싸우기 위한 무기가 없으니까.”

“무기……?”

“사건의 진상 말이야. 우리가 진범을 찾아서 들이대면 셀레나도 풀려나겠지."

"그건 그렇지만……. 근데……."

범인이 누구인지는 아직 모른다.

혹시 마녀가 범인이라면?

요하네스는 그 진상을 받아들일까.

"안데르센, 아까 셀레나가 뭔가 줬지? 그거 뭐야?"

"아, 맞다!"

한스는 왼손에 꼭 쥐고 있는 물건이 생각났다.

손을 폈다. 새끼손가락 정도 크기의 가늘고 긴 통이 있었다. 끝에 작은 구멍이 뚫려 있었다.

"……이게 뭘까요?"

"피리 같은데. 거기 입을 대고 숨을 불어넣어봐."

한스는 루트비히가 시키는 대로 피리를 불었다.

날카로운 소리가 드높게 울려 퍼졌다.

"어디 있는지 알리기 위한 도구일지도 모르겠군. 피리를 불면 셀레나는 네가 어디 있는지 알 수 있을 거야."

그렇구나. 이건 셀레나가 맡긴 희망이다.

한스는 피리를 꽉 움켜쥐고는 호주머니에 집어넣었다.

"이제 여유는 그만 부려야겠는걸."

루트비히는 방으로 돌아가서 외투를 걸치고 모자를 썼다.

"가자, 안데르센!"

루트비히는 밖으로 뛰쳐나갔다.

"앗, 잠깐만요. 어디 가시는데요?"

"바다에! 조사하고 싶은 게 있어."

한스는 달려가는 루트비히를 좇아서 달음박질했다. 안개처럼 가는 비가 금세 한스의 온몸을 적셨다. 입으로 내쉬는 숨이 부옇게 흐려졌다. 길을 돌아다니는 사람은 거의 없었고, 낮인데도 늘어선 창문으로 등불 불빛이 새어 나왔다.

"잠깐…… 기다려주세요……. 루트비히 씨."

한스는 숨을 헉헉거리며 말했다. 다리가 긴 루트비히의 속도에 맞추느라 죽을 지경이었다.

"미안, 미안. 천천히 가자."

두 사람은 강변길을 걸어 바다로 향했다.

물이 불어난 강은 탁했다. 평상시의 잔잔한 오덴세 강과는 완전히 달랐다.

드디어 바다가 보였다. 비 내리는 하늘 아래, 검게 물든 바다는 거친 물결을 가시처럼 여기저기에 내밀었다.

"마녀의 시신을 조사하고 싶어."

루트비히는 해변을 둘러보며 말했다.

"여기예요. 표시가 될 만한 걸 세워뒀어요."

모래밭 가장자리에 굵직한 마른 나뭇가지가 꽂혀 있었다. 어제 한스와 셀레나가 구멍을 파는 데 쓴 후에 푯말로 세워둔 것이었다.

한스와 루트비히는 젖어서 무거워진 모래를 헤치고 끔찍한 시신을 파냈다.

이윽고 넝마로 감싼 시신이 보였다.

두 사람은 힘을 합쳐 시신을 끌어냈다.

한스는 겁이 나서 시신에서 멀어지려는 듯이 뒷걸음질쳤다. 인기척도 없이 어둑어둑한 모래밭에서 시신과 마주하고 있으니 너무나도 으스스했다.

루트비히는 곁에 쪼그리고 앉아 시신을 감싼 넝마를 벗겼다.

어젯밤과 마찬가지로 거무스름한 나무 같은 시신이 나타났다.

"그, 그런 걸 보고 뭘 알 수 있는데요?"

"마녀가 죽은 이유를 알아낼 수 있을지도 몰라."

루트비히는 수첩과 연필을 꺼냈다. 비에 젖지 않도록 수첩을 외투로 가리고 재빨리 시신을 그리기 시작했다.

"흠, 인어라고도 인간이라고도 보기 힘들지만 굳이 하나를 고르라면 인간의 모습에 가깝군. 배에 커다란 구멍이 났어. 아무래도 관통한 것 같아. 이게 치명상일지도 모르겠다."

"뭔가에 찔렸다는 말씀인가요?"

"아마도. 그 밖에 눈에 띄는 상처는…… 어, 이 부분…… 얼굴 왼쪽이 쑥 들어간 것처럼 보이는데. 얻어맞아서 함몰됐나? 아니면……."

루트비히는 순식간에 수첩에다 시신의 모습을 자세하게 그려 넣었다.

"가슴의 살점이 썩어서 갈비뼈가 드러났어. 왼쪽 열세 번째 갈비뼈의 밑동이 비스듬히 잘려 나갔네. 단도를 만드는 데 필요했는지도 몰라. 마녀는 생전에 이걸 제 손으로 한 건가? 정말이지 상식을 초월하는군."

루트비히는 혼잣말을 중얼거리며 절단면을 꼼꼼히 관찰하여 수첩에 베꼈다.

두 사람 뒤에서 들려오는 파도 소리가 점차 강해졌다. 마치 바다가 덤벼들기라도 할 것 같았다.

"이제 됐다."

루트비히는 수첩을 집어넣었다.

"시신은 다시 묻어두자. 나중에 증거가 될지도 모르니까."

두 사람은 시신을 다시 넝마로 감싸서 구멍에 넣었다. 파낸 모래를 끼얹어서 묻었다.

"셀레나는 지금쯤 유치장에 갇혔을 거야. 셀레나를 구하려면 요하네스 집정관을 설득해야 해. 증거를 모아서 진범을 밝혀내자."

"밝혀낼 수 있을까요……."

"안데르센, 할 수 있는 데까지는 해보자고."

"하지만……."

"우리는 운명을 함께하기로 맹세한 동료잖아?"

그래, 셀레나를 구할 수 있는 건 우리밖에 없다.

"예, 해봐요!"

셀레나를 위해 진실을 규명한다.

한스는 호주머니에 손을 넣어 셀레나에게 받은 피리를 꽉 움켜쥐며 마음속으로 그렇게 맹세했다.

period Ⅲ

1796년-지중해

인어공주는 전쟁터로 떠나는 그 사람을 위해 바다를 헤엄쳐 적지의 항구와 강을 몇 번이고 들락날락했습니다. 물속 깊은 곳에 인어공주가 있다는 것을 알아채는 병사는 없었습니다. 인어공주는 그렇게 적의 정보를 입수하여 그 사람에게 전해주러 갔습니다.

하지만 마녀의 피를 뒤집어쓴 뒤 추하게 변한 몰골로 직접 그 사람 앞에 모습을 드러내기는 싫었습니다.

그러므로 정보를 전달할 때는 해안 근처에 서 있는 시각 통신기라는 장치를 조작합니다. 이것은 긴 막대기 몇 개를 연결하여 만든 물건으로, 건물 지붕보다 높은 곳에 설치하고 밧줄로 막대기를 움직여서 멀리 있는 상대에게 정보를 전달하는 장치였습니다. 이 장치를 사용하면 인어공주도 밧줄을 움직이는 것만으로 인간에게 정보를 전달할 수 있었습니다.

인어공주의 정보는 그 사람이 통솔하는 군대를 유리한 상황으로 이끌기에 충분했습니다. 인어공주는 몹시 자랑스러웠습니다. 인간이 되겠다는 꿈이 깨어지고 인어의 미모조차 잃어버린 지금, 인어공주에게는 그 사람을 위해 전심전력을 다하는 것만이 행복이었습니다.

그 사람이 전쟁에 나가기 이틀 전에 인간 여자와 결혼했다는 사실을 인어공주는 알고 있었습니다. 결혼 상대는 장래를 촉망받는 젊고 총명한 청년과는 어울리지 않는 시골 귀족의 딸이었습니다.

인어공주는 그렇게 분하지는 않았습니다. 왜냐하면 자신이 그 사람을 위해 더 많은 일을 할 수 있다는 자부심이 있었기 때문입니다. 하물며 전쟁의 최전선에서 비처럼 퍼붓는 포탄을 뚫고 적지를 정찰하다니 그 시골 여자는 꿈도 못 꿀 일일 테니까요.

결혼한 지 이틀 만에 따로따로 떨어진 시골 여자와는 달리 인어공주는 항상 그 사람 곁에 있었습니다. 인어공주가 적지를 정찰하여 제공하는 정보는 그 사람의 군대를 점차 승리로 이끌었습니다.

인어공주는 이제 어렴풋하게나마 미래를 볼 수도 있었습니다. 이 신비한 힘은 전쟁터에서 위험에 처한 그 사람을 구하는 데 크게 도움이 되었습니다. 하지만 그 힘은 제어가 불가능하여 보고 싶은 순간을 선택하여 볼 수 있는 것이 아니라서 고민이었습니다. 또한 좋은 미래뿐만 아니라 보고 싶지 않은 미래도 자주 보였습니다. 자신의 배에 단도가 꽂혀 있는 섬뜩한 광경은 일찍이 마녀를 찔렀을 때의 기억과 겹쳐 보였습니다.

인어공주는 짝사랑과도 닮은, 혼자만의 고독한 전쟁을 계속했습니다. 자신의 도움으로 그 사람이 전쟁터에서 승리를 거듭하는 모습을 인어공주는 가깝고도 먼 곳에서 늘 보고 있었습니다.

영웅 같은 그 사람의 모습이야말로 인어공주의 행복이었습니다.

그 사람이 쌓아올리는 미래야말로 인어공주의 미래였습니다.

하지만 그것은 보답받지 못할 사랑에 지나지 않았습니다.

이 추한 얼굴과, 쉰 목소리, 엉망진창으로 오그라진 머리카락으로는 결코 그 사람의 사랑을 받지 못해.

그 사실을 알고 있으므로 인어공주는 온갖 위험을 무릅쓰고 그 사람의 승리를 위해 온 힘을 다했습니다.

그것이야말로 사랑이라고 자신을 속이듯이.

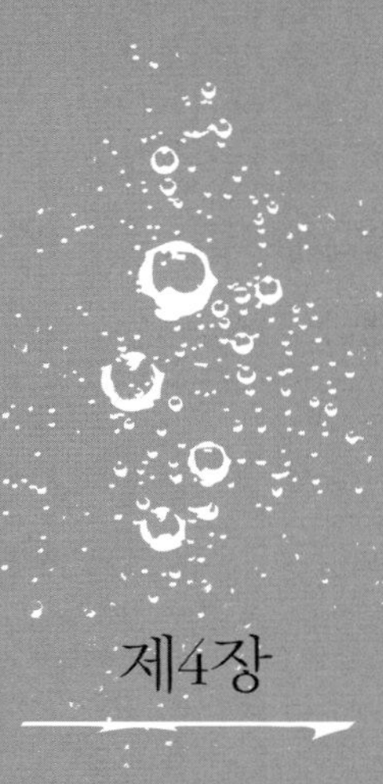

제4장

1816년 – 덴마크 오덴세

1

비는 하늘을 회색으로 적셨다. 한낮이 지나자 비구름은 점점 두껍게 하늘을 가렸고, 동쪽 가장자리에 보이던 옅은 어둠은 이제 마을 전체를 물들였다. 조용히 내리는 빗소리는 너무 일찍 찾아온 밤의 발소리였다.

"안데르센, 여기서 유치장까지는 멀어?"

인기척이 없는 길을 걸으며 루트비히가 물었다.

"유치장이라면 헌병에게 잡힌 사람을 가두는 감옥 말이죠? 그거라면 마을에서 멀리 떨어진 곳에 있어요."

"그렇구나. 그렇다면 우리가 가봤자 시간만 낭비할지도 모르겠군. 어차피 셀레나를 만나게 해주지는 않을 테니.”

“하지만…… 셀레나 씨가 걱정이에요.”

“셀레나를 구해낼 수 있을 때 만나러 가자. 그동안 우리는 셀레나가 무고하다는 걸 증명하는 데 집중해야 해.”

“……예.”

한스는 자신 없는 듯이 고개를 끄덕였다. 젖은 앞머리에서 빗방울이 떨어졌다.

“그건 그렇고 역시 비가 내리니까 밖을 돌아다니기 힘들구나. 오늘은 방에서 추리하는 시간을 가질까.”

“추리?”

“사건을 다시 검토해보는 거야.”

한스와 루트비히는 종종걸음으로 서둘러 여관에 돌아갔다.

여관에 도착하자 한스와 루트비히는 젖은 외투와 모자를 난로 옆에 걸어놓고 여주인이 내온 따끈한 홍차를 마셨다.

비 때문에 흐려진 창문을 바라보며 한스는 셀레나를 떠올렸다. 셀레나도 지금쯤 비 내리는 풍경을 보면서 추위에 떨고 있을지도 모른다. 하지만 셀레나에게 따뜻한 홍차를 줄 사람은 없다. 얼마나 힘들까.

빨리 셀레나를 구해내야 하는데.

한스는 홍차에 비친 자기 얼굴을 내려다보았다. 진홍색 액체

속에서 우울한 표정을 짓고 있었다.

루트비히가 일어서서 평소처럼 수첩을 펼쳤다.

"자, 시작할까."

루트비히는 확인하듯이 수첩을 한 장 한 장 보고 나서 찢어냈다.

"앗! 뭐하시는 거예요, 루트비히 씨!"

그는 찢어낸 종이를 책상 위에 늘어놓았다.

거기에는 지금까지 있었던 일이 그림으로 그려져 있었다. 그림을 한 장씩 순서대로 늘어놓자 마치 책상 위에 기억을 비춘 것처럼 보였다. 개중에는 해변에 알몸으로 쓰러져 있는 셀레나와 별궁 궐문 앞에서 성을 올려다보는 한스와 셀레나의 모습 등, 그 당시가 아니라 나중에 그린 그림도 있었다.

"굉장하네요……. 마치 제 추억을 돌이켜보고 있는 것 같아요. 루트비히 씨는 정말 화가로군요."

"후후, 난 세상을 알기 위해 그림을 그리지." 루트비히는 그림을 바라보며 책상 주위를 천천히 거닐었다. "세상만사를 이해하려면 많은 정보를 다양한 측면에서 정확하게 파악해야 해. 난 그러기 위해 수첩을 들고 다니는 거야."

그중에는 설명이 상세하게 적혀 있는 그림도 있었다.

기록이 이 정도로 많으면 전체를 죽 훑어보기만 해도 진실이

툭 튀어나올 것 같았다.

"마녀가 누군가에게 살해당한 건 틀림없어. 그리고 그 일은 왕자 살해 사건과 어떤 식으로든 관련되어 있을 거야. 왜냐하면 왕자를 살해하는 데 사용된 흉기는 마녀의 단도였으니까."

루트비히는 책상 옆에 서서 팔짱을 끼고 말했다.

"마녀와 범인이 어떤 관계였는지 추측해보자. 마녀는 셀레나의 동생이 버린 단도를 회수한 뒤 이번에는 그걸 다른 자, 즉 사건의 범인에게 넘겼다고 볼 수 있어. 그때 마법을 사용하기 위한 거래를 했는지는 알 수 없어. 난 거래가 없었을 것 같다고 생각해. 마법의 도움을 받았다면 굳이 살인임이 발각될 만한 방법은 쓰지 않았을 테지."

루트비히는 마녀의 시신이 그려진 종이를 집어 들고 들여다본 후에 책상에 내려놓았다.

"마녀와 범인의 관계를 깊게 파고들면 마법이 사용되지 않은 이유가 하나 더 보여. 아마도 범인은 상대가 마녀라는 사실을 모르지 않았을까. 그래서 마녀의 신비한 힘을 빌려 왕자를 죽인다는 발상을 하지 못한 거야."

마녀는 늙은 여자와 비슷해 보인다고 한다. 로브를 입고 후드를 깊숙이 눌러쓰고 있었다면 그것이 심해에 사는 이형의 존재임을 몰랐을 가능성이 높다.

"마녀인 줄 몰랐다면 바다에 사는 인어는 범인이 아니야. 분명 인간이야. 그렇다면 인간인 범인과 마녀는 언제 만났을까……. 그건 모르겠지만 마녀가 먼저 접근했겠지. 인간이 바닷속에 있는 마녀의 거처에 갈 수는 없을 테니까."

"마녀가 인간에게 접근했다……? 왜 그랬을까요?"

"마녀에게는 목적이 있었어."

"목적?"

"왕자를 살해하는 것."

"어, 무슨 말씀이세요? 왕자님을 살해한 건 범인이잖아요? 왜 마녀가 왕자님을 죽이는 걸 목적으로 삼아요?"

한스는 혼란스러운 듯이 말했다.

"범인은 마녀의 꾐에 넘어가서 흉기를 쥔 것에 지나지 않아. 아니, 범인에게도 왕자를 죽이고 싶다는 비밀스러운 욕망이 있었을지도 모르지만 그 욕망은 인간다운 이성에 갇혀 있었어. 마녀는 그 이성의 뚜껑을 연 거야. 그리고 범인에게 단도를 건네주며 왕자를 살해하라고 부추겼지."

"음……. 왜 마녀는 제 손으로 왕자님을 죽이지 않은 건데요?"

"죽이지 않은 게 아니라 죽일 수 없었어. 마녀는 신비한 힘을 지니고 있는 모양이지만 그 힘을 자신을 위해서는 쓸 수 없지.

즉 마법으로 이기적인 살인은 못 해. 그럼 직접 흉기로 왕자를 죽일 수 있느냐? 인간 세상에 올라오면 마녀는 빈약한 노인이나 다를 바 없으니까 체력적으로 볼 때 청년을 찔러 죽이기는 힘들어."

"그래서 왕자님을 죽일 수 있는 인간에게 접근해서 흉기를 주고 죽이라고 부추긴 거로군요. 왕자에게 살의를 품은 사람의 등을 떠밀듯이……."

"그래, 마녀는 숨은 주모자지만 주역은 아니야."

"마녀가 왕자님을 죽이려는 이유는 뭔가요? 마녀는 인간도 아니잖아요. 왕자님은 마녀와 아무런 상관도 없고, 마녀에게 해가 되지도 않을 것 같은데……."

"그게 문제야. 이렇게 그림을 뚫어지게 들여다봐도 아무것도 보이지가 않네." 루트비히는 복잡한 표정으로 끙끙댔다. "내 생각에 마녀는 셀레나의 동생이 크리스티안 왕자를 사랑하고, 그 사랑이 덧없이 끝나리라는 것마저 예상하지 않았을까 해. 그걸 다 알고서 왕자를 살해할 수밖에 없는 상황에 그녀를 끌어들인 거지."

"그 말은 셀레나 씨의 동생도 마녀 입맛에 맞게 이용당했다는 건가요?"

"응……. 왕자를 살해하기 위한 도구로서. 그런데 그녀는 마녀의 의도대로 움직이지 않았어. 그녀는 물거품이 될 각오를 하고 단도를 버렸지."

"인어공주를 이용해 왕자님을 살해하는 데 실패했기 때문에 마녀는 바로 다른 사람에게 단도를 건넨 거로군요."

"그래. 마녀는 그날 밤 어디선가 일의 결말을 지켜보고 있었어. 그래서 단도가 버려졌다는 걸 알았지. 마녀는 바로 단도를 주워 와서 다음 범인 후보에게 가져갔어. 그리고 그로부터 이틀 후 왕자를 살해하는 데 성공했지."

"마녀, 역시 마녀는 나쁜 녀석이었군요!"

인간을 사랑한 인어공주를 이용했을 뿐만 아니라 다른 인간에게 흉기를 주어 살인을 하도록 유도했다.

그야말로 악의로 가득찬 살인 계획이다.

"자, 지금까지 펼친 추리에 문제는?"

"없는 것 같아요."

한스는 대답했다.

"그럼 계속하자." 루트비히는 책상에서 의자를 당겨 다리를 꼬고 앉았다. "넌 문제없다고 했지만 이 사건을 이해하기 위해서는 앞으로 적어도 세 가지 의문을 해명해야 해."

"세 가지 의문?"

"첫 번째는 마녀가 왕자를 죽인 이유, 즉 동기는 무엇인가.

아까 너도 말했지만 왜 바닷속에 사는 마녀가 둘째 왕자 크리스티안을 죽이려고 애를 썼을까. 전혀 짐작이 안 가.

두 번째는 마녀에게 단도를 받은 인물, 즉 왕자를 살해한 실행범은 누구인가. 그리고 그 인물은 어떻게 아무에게도 들키지 않고 왕자를 살해했는가. 마법을 썼거나 심지어 망령의 짓이라는 의구심마저 드는 사건의 진상은 무엇인가?

세 번째는 왕자 살해 사건의 주모자인 마녀는 누구에게 왜 살해당했는가."

"세 번째 문제의 답은 전에 이야기를 나눌 때 나오지 않았나요? 진실이 발각될까 봐 무서웠던 범인이 주모자인 마녀를 살해하고……."

"아니, 그건 지금까지의 추리와 모순돼. 범인은 마녀가 마녀인 줄 몰랐잖아? 무엇보다 범인은 상대를 왕자 살해를 계획한 주모자라고 생각지 않아. 그러니까 범인이 입막음을 목적으로 마녀를 죽이러 갈 일은 없어."

"아, 그렇구나……. 그러네요."

"그럼 누가 마녀를 죽였을까? 제삼자의 범행일까, 아니면 왕자를 살해한 범인이 그랬을까. 수중에 있는 그림만 봐서는 모르겠어."

루트비히는 자신의 그림을 쭉 둘러보았다.

한스도 그 모습을 흉내내 자신들의 기록이기도 한 그림들을 훑어보았다. 하지만 생각처럼 사건 해결의 실마리가 눈에 잘 들어오지 않았다. 마음만 초조할 뿐이었다.

이러고 있는 동안에도 셀레나가 험한 꼴을 당하고 있을지도 모른다고 생각하자 한스는 무력한 자신이 한심하여 울고 싶을 뿐이었다.

2

"그럼 두 번째 문제, 우리에게 제일 중요한 왕자 살해 사건에 대해 검토해볼까."

루트비히는 별궁을 그린 그림 한 장을 집었다. 그것을 창문에 비추듯이 들고 쳐다보았다.

"그날 왕자는 오전 10시쯤에 뒷문으로 성을 나서서 말을 타고 밖으로 나갔어. 사라진 셀레나의 동생을 찾기 위해서였다고 해."

"왕자님은 그녀가 물거품이 되어 사라졌다는 걸 몰랐군요."

"왕자가 성을 나서는 것과 거의 같은 시각에 융단 업자가 뒷문 홀에 깔린 융단을 교체하기 시작했지. 그들은 오후 5시까지 작업했으므로 뒷문을 드나드는 사람을 파악할 수 있는 입장에 있었어. 적어도 그들이 있는 동안에 왕자는 돌아오지 않았어."

5시 이후, 뒷문은 자물쇠가 잠겨서 봉쇄됐다. 외부인이 여기를 통과하기는 거의 불가능하다고 할 수 있다.

"그리고 오후 6시, 왕자의 시신이 발견됐지."

루트비히가 손가락으로 짚은 종이에는 바닥에 엎드린 채 쓰러져 있는 왕자의 그림이 그려져 있었다. 루트비히가 증언을 바탕으로 상상해서 그린 그림이다.

"문제는 오후 4시 반부터 6시까지 한 시간 반이야. 더 엄밀하게 압축하면 5시부터 6시."

"오후 4시 반이라면 나중에 시신이 발견된 방에서 고용인이 시트를 간 시각이군요."

"그래. 고용인은 방안에 별다른 점은 전혀 없었다고 증언했어. 왕자가 여기서 살해당했다면 필연적으로 4시 반 이후에 살해당한 셈이지. 그리고 5시는 뒷문이 봉쇄된 시각. 6시는 아까도 말했다시피 시신이 발견된 시각이야. 이 특정 시각에 소재가 불확실했던 사람은 없어. 다시 말하자면 왕자를 살해할 수 있는 사람은 없었어."

시간에 중점을 놓고 볼 때 별궁에 있는 사람은 왕자를 살해할 수 없다. 왕자가 살해되었다고 추정되는 시각에 사람들은 두 명 이상씩 모여서 행동을 서로 함께했기 때문에 범행이 불가능하다.

한편, 외부인은 물리적으로 성에 침입하기 힘들다. 거의 불가능하다고 할 수 있다.

그렇다면 범인은 도대체 어디서 와서 어떻게 왕자를 살해하고 어디로 갔을까?

이 수수께끼를 해결할 단서는 어디 있을까.

한스는 고개를 갸우뚱 기울인 채 책상 위에 늘어놓은 그림을 보았다.

"으음……. 왕자님이 언제 성에 돌아오셨는지 확실히 알면 사건이 좀더 쉽게 풀릴 것 같은데……."

"그래, 그거야. 이 사건의 가장 중요한 점은 그거일지도 몰라. 당시는 문지기가 없어서 왕자가 언제 돌아왔는지 몰라. 5시까지 뒷문에 있던 융단 업자는 왕자가 돌아오는 모습을 못 봤고. 그렇다면 왕자는 정면 현관으로 돌아왔을까? 정면 현관을 경비하던 위병 이야기로는 그날 왕자는 한 번도 현관을 드나들지 않았대. 5시 이후에 정면 현관 말고 다른 곳으로 돌아온 것 같아. 하지만 뒷문은 잠겨 있었고, 또한 왕자를 위해 뒷문을 열어준 사람은 없었다고 해. 덧붙여 성의 창문은 전부 안쪽에서 문단속을 해놓아서 밖에서 들어올 수 없었어. 과연 크리스티안 왕자는 어느 틈에 성에 돌아온 걸까?"

"분명 오후 5시가 지나서 말 매어두는 곳에 왕자님의 말이 있는 게 확인됐죠?"

그림 중에 말 매어두는 곳을 묘사한 그림이 있었다. 상상으로 그렸을까, 아니면 궐문 위에서 망원경으로 보고 그렸을까.

"왕자의 말은 정원사 라르센이 제일 먼저 봤어. 다만 라르센이 계속 말 매어두는 곳을 지켜보고 있었던 건 아니야. 5시가 되기 전에 왕자의 말이 돌아왔을 가능성도 있어."

"만약 왕자님이 일찍 돌아오셨다고 해도 뒷문에는 융단 업자가 있으니까 거기로 들어가셨으면 당연히 목격됐겠죠."

"그렇지."

"아, 그래!" 한스는 뭔가 생각난 것처럼 소리를 질렀다. "혹시 왕자님만 아는 비밀 입구가 어딘가에 있는 것 아닐까요?"

"그럴싸하구나. 하지만 왜 왕자가 비밀 입구를 사용할 필요가 있지?"

"뒷문이 잠겼으니까요." 한스는 자신의 발상에 흥분한 것처럼 말을 이었다. "문이 잠기기 전에 성에 돌아오셨다면 평범하게 뒷문으로 들어오셨겠죠. 하지만 뒷문으로 들어오는 모습은 목격되지 않았어요……. 즉, 왕자님은 5시 이후에 돌아오셔서 뒷문이 잠겼다는 것을 알고 비밀 입구를 사용하기로 하신 거예요. 분명 정면 현관까지 빙 둘러가기가 귀찮아서 가까이에 있는 비밀 입구를 선택하신 것 아닐까요. 그래서 돌아오신 모습을 아무도 못 본 거예요."

"확실히 그편이 앞뒤는 맞아. 그렇다면 왕자는 5시 이후에 발코니가 있는 방으로 돌아와서 살해당했다고 한정할 수 있겠군."

루트비히는 책상 위에 늘어놓은 종이를 긁어모았다.

"당시 성에 있던 사람들이 뭘 하고 있었는지 여기 적어뒀어."

루트비히는 종이 더미에서 한 장을 빼냈다. 거기에는 프레데리크 왕자의 초상화가 그려져 있었다.

"셋째 왕자 프레데리크. 그는 오후 3시경부터 시종 두 명과 함께 도서실에서 독일어를 공부했대. 적어도 6시까지 한 번도 자리를 비운 적이 없어. 다만 두 시종은 프레데리크 왕자를 흠모하니까 그를 감싸서 거짓으로 증언했을 가능성도 고려해야겠지."

루트비히는 종이를 책상에 되돌려놓았다. 다음으로 모아둔 종이를 뒤집어서 펼쳐놓고 한스에게 한 장을 고르라고 했다.

한스가 고르자 거기에는 요하네스의 밉살스러운 얼굴이 그려져 있었다.

"어이구……. 요하네스 집정관님 아니십니까." 루트비히는 장난스럽게 인사했다. "그는 당시 낮부터 6시까지 내내 서기와 함께 집무실에서 일했대. 구체적으로 무슨 일을 했는지, 한 번도 방에서 나온 적이 없었는지 자세하게는 몰라. 다만 그날, 그는 한 번도 성밖으로 나가지 않았다고 해."

루트비히는 다시 종이 뭉치를 펼쳤다.

"자, 다음은 이거요."

"어, 라르센이네. 별궁의 유서 있는 정원사야. 그는 오전 8시에는 일어나서 정원을 손질하기 시작했지. 오전 10시에 말을 타고 밖으로 나가는 왕자를 봤다나 봐. 그리고 오후 4시쯤까지 성과 정원을 오가며 일했대. 그가 뒷문을 드나드는 모습은 융단 업자가 목격했어. 그리고 4시부터 5시까지 별채 오두막에서 동료와 함께 휴식을 취했지. 5시가 지나서 성에 돌아가려던 차에 왕자의 말이 말 매어두는 곳에 있는 걸 목격했어. 그 후로는 고용인들과 함께 왕자를 찾아 여기저기 돌아다녔다는군. 그때는 항상 다른 고용인과 함께 행동했어."

"5시부터 6시 사이에 사건이 발생했다면 라르센 씨도 왕자님을 살해할 시간적 여유는 없었을 것 같네요."

"응, 그럼 다음."

한스는 종이를 한 장 뽑았다.

가냘픈 여자가 그려져 있었다.

"루이세 왕자비야. 왕자비는 오전 10시에 침실을 나가는 왕자를 배웅했어. 그리고 조리장에 가서 요리사들 사이에 섞여 어설프게나마 요리를 한 모양이야. 그 후에 왕자비는 몇 번인가 뒷문 홀에 가서 융단 상태를 확인했어. 왕자비는 4시쯤에 딱 한 번 뒷문으로 밖에 나갔지. 왕자가 늦도록 돌아오지 않자 걱정돼서 말 매어두는 곳을 보러 갔다고 해. 잠시 후에 돌아온 왕자비는 뒷문 홀에 있는 융단 업자와 이야기를 나누다가 자기 방으로 돌아갔어. 적어도 5시 단계에서는 자기 방에서 시녀와 함께 뜨개질을 하고 있었고, 두 사람은 6시까지 줄곧 같이 있었어."

"적어도 이 사람들은 왕자님을 살해할 시간이 없었겠네요."

"응. 아무도 왕자를 죽일 수 없어."

"이게 어찌된 일이람……."

한스는 당황한 듯이 책상 위에 늘어놓은 사람들의 그림을 순서대로 들여다보았다. 여기에는 범인이 없는 걸까. 아니면 자신들이 밝혀내지 못했을 뿐이고 이 가운데 한 명이 마법처럼 살인을 저질렀을까.

"그림이 잘못됐기 때문에 진실이 보이지 않는 건지도 몰라."

"그림이 잘못됐다고요?"

한스가 되물었다.

"그래, 분명 내 고정관념이 그림 어딘가에 반영됐어. 시점을 바꾸어서 발상을 역전시킬 필요가 있어."

루트비히는 웬일로 심각한 표정으로 자신이 그린 그림을 바라보았다.

그동안 한스는 점점 강해지는 빗소리를 듣고 있었다.

"아니면 그냥 정보가 모자랄 뿐인가……. 그래, 이야기를 들으러 가야겠군. 하지만 지금은 시간이 안 되겠네……."

루트비히는 혼잣말을 중얼거리며 책상 위의 종이를 한데 모아 정리했다.

"안데르센, 오늘은 이만 집에 돌아가는 편이 좋겠다. 오늘은 날이 일찍 어두워질 것 같아."

"어……. 싫어요. 오늘은 계속 여기 있을래요. 사건을 해결하려면……."

"그렇다면 더더욱 돌아가야지. 네가 돌아가지 않으면 네 엄마가 걱정하실 거야. 그리고 두 번 다시 널 밖에 내보내지 않겠다고 하실지도 모르지. 그럼 정작 네가 필요할 때 오지 못하는 사태가 벌어질 수도 있잖아?"

"그건 그렇지만……."

한스는 자신이 시간을 마음대로 쓰는 것조차 용납되지 않는 어린아이임이 원망스러웠다.

"그렇게 불안해할 것 없어. 사건은 내가 조사할게. 네 바람을 잠시 내게 맡겨다오. 반드시 해결로 끌고 갈 테니까."

"예……. 그런데 루트비히 씨, 괜찮으시겠어요?"

"응, 뭐가?"

"왜 이렇게 온 힘을 다하시는 거예요? 저는 루트비히 씨와 아무 상관도 없는 딴 나라 아이잖아요. 왜 그런 저를 위해서 이렇게까지 애를 쓰시는 건지……."

"말했을 텐데? 난……."

"그림을 그리기 위해서라고요? 그것만은 아닌 것 같은데요. 루트비히 씨는 뭔가 다른 일에 흥미가 있는 것 같아요."

"그래, 그럴지도 모르겠다……." 루트비히는 팔짱을 끼고 말했다. "난 분명 이 세상에 존재하는 수수께끼와 신비를 사랑하는 걸 거야. 기묘하면 기묘할수록, 신비하면 신비할수록, 난 거기 매료돼. 그리고 그러한 현상을 풀어서 해명하는 데 희열을 느끼는 인간이겠지. 나는 그런 성향을 그림으로 승화하는 방법으로 얼버무려왔어. 스스로 그 성향을 인정하려니 자신을 부정하는 것 같아서 무서웠어. 우리가 맞닥뜨린 이 수수께끼를 앞에 두고서야 내가 정말로 무엇을 해야 하는지 안 것 같아. 그걸 한 단어로 표현하자면…… 탐정이야."

"탐정?"

"사건을 은밀히, 그리고 명명백백하게 해결하는 사람을 그렇게 불러. 프랑스에서는 범죄 조직에 숨어들어 정보를 수집하는 밀정을 탐정이라고 부르면서 범죄 수사를 위해 적극적으로 활용하고 있대. 난 남은 시간 동안 탐정이 되겠어. 그러니까 너희는 더이상 겁낼 것 없어."

루트비히는 가슴을 펴고 말했다.

루트비히가 어떤 유의 자신감을 품고 있는지 한스는 전혀 이해가 가지 않았지만, 그가 사건을 해결하기 위해 평소와 달리 적극적으로 나서려 한다는 기백만은 느껴졌다.

그에게 맡기자.

한스는 그렇게 결정하고 얌전히 집으로 돌아가기로 했다.

방에서 나올 때 루트비히가 말을 던졌다.

"아참, 안데르센. 난 그림의 길을 버릴 생각은 없어. 너희 그림은 계속 그릴 거야."

"아, 예……."

한스는 복잡한 기분으로 고개를 끄덕이고 빗속으로 나섰다. 바깥은 어느새 제법 어두워졌다. 한스는 서둘러 집으로 돌아갔다.

3

밤이 되어도 비는 계속 내렸다. 한스는 셀레나에게 받은 피리를 꼭 쥐고 침대에 누워 빗소리를 들었다. 땅을 적시는 빗소리가 바로 귀 옆에서 들리는 것 같았다.

끝을 고할 시간이 시시각각 다가오고 있었다.

하지만 한스의 집은 그날부터 시간이 멈추기라도 한 것 같았다. 정경은 무엇 하나 달라지지 않았다. 어머니도 아버지가 돌아가신 날부터 똑같은 매일을 되풀이하고 있는 것 같았다.

만약 집에 틀어박혀 있었다면 자신도 시간이 멈춘 것처럼 계속 망가진 삶을 살고 있었을지도 모른다. 그러므로 셀레나와 만난 것은 자신에게도 구원이었다. 조금이라도 고개를 들고 앞으로 나아가기 위한.

셀레나는 어떤 밤을 보내고 있을까. 셀레나는 강한 척하며 남에게 약한 모습을 보이려 하지 않는다. 그러니까 분명 괜찮다고 말할 것이 틀림없다. 셀레나가 얼마나 상처를 입었고, 얼마나 약해졌는지는 미루어 짐작하는 수밖에 없다.

한스는 피리를 바라보았다.

셀레나는 왜 이걸 맡겼을까. 피리를 불어서 자신이 어디 있는지 셀레나에게 알려봤자 무슨 의미가 있을 것 같지는 않았다. 셀레나는 대답할 수 없으니까.

한스는 문득 무엇인가에 생각이 미쳤다.

이것은 셀레나를 부르기 위한 피리가 아니다. 원래 셀레나가 가지고 있었으니까……. 셀레나가 누군가를 부르려고 사용한 것이 아닐까.

누구를 부르려고?

그래!

한스는 침대에서 벌떡 일어났다.

어머니는 침대 구석에서 죽은 듯이 잠들어 있었다. 한스는 외투를 걸치고 몰래 밖으로 나갔다. 컴컴한 바깥을 걷는 것은 아직도 익숙지 않다. 더군다나 비가 내려 달빛도 없는지라 손으로 더듬더듬하며 걷는 수준이다. 그래도 빗소리가 망령들의 기척을 지워준 덕분에 전보다 무섭지는 않았다.

한스는 서둘러 바다로 갔다.

오늘 바다에 가는 것은 두 번째다. 얼마 지나지 않아 그리운 향기가 코를 스쳤다.

뜻밖에도 바다는 잠잠하고 파도 소리도 부드러웠다. 바람이 없어서일까. 하지만 비가 내리는 밤바다는 만지면 새카맣게 물들 만큼 거무튀튀했다.

한스는 파도가 밀려오는 곳까지 달려가서 힘껏 피리를 불었다.

아무 변화도 없었다.

자신의 생각이 틀렸을까.

이 피리는 셀레나가 자매를 부를 때 쓴 것이 아닌가 싶었는데 물결 사이에는 아무도……. 그때 조그마한 머리가 물속에서 불쑥 튀어나왔다.

왔다!

인어다.

"저는 셀레나 씨의 심부름꾼이에요!"

한스는 바다를 향해 큰 소리를 질렀다. 빗소리와 파도 소리 때문에 그의 목소리는 대부분 지워졌다. 하지만 인어는 한스의 목소리를 들은 것 같았다.

"한스 씨예요?"

작은 머리가 이쪽으로 쓱쓱 다가오는 모습이 보였다. 아무래도 그녀의 머리카락은 검은색인지, 마치 밤바다에 녹아든 것처럼 보였다.

그녀는 머리만 바다 위로 꺼낸 상태로 둥둥 떠 있었다.

"언니가 도움을 많이 받았다고 들었어요. 언니는 어디 있어요? 왜 당신이 피리를 가지고 있는 거예요?"

"저기…… 그쪽은 누구신가요?"

"셀레나 언니의 동생이에요."

셀레나는 동생이 두 명인데, 막냇동생은 이제 없다. 그렇다면 다섯째인가.

한스는 인어와 처음으로 대화를 나누었다는 것에 감동했다. 인어는 틀림없이 바다에 존재한다. 한스가 상상해온 세상은 단순한 망상이 아니라 현실이었던 것이다.

"실은…… 전해야 할 일이 있어서……."

한스는 셀레나가 유치장으로 끌려간 경위를 설명했다.

셀레나의 동생은 동요하는 낌새도 없이 진주처럼 아름답게 반짝이는 눈으로 한스를 보았다.

"언젠가 이렇게 될 줄은 알고 있었어요. 없어진 동생과 셀레나 언니는 닮았거든요. 우리는 인간들이 분명 언니를 의심할 거라고 예상했어요."

"어떻게든 셀레나 씨를 구해낼 작정이에요. 조금만 더 기다려주세요. 반드시……."

"반드시? 정말로 언니를 구해낼 수 있어요? 인간 나이로 따지면 당신은 평범한 어린아이로밖에 보이지 않는데요……."

"꼭 구해낼게요."

"그런가요. 인간은 믿을 수 없지만 부탁할게요." 그녀는 입가까지 바다에 담그고 거품을 부글거렸다. "실은 이렇게 인간과 이야기를 나누는 것 자체가 금지되어 있어요. 아무래도 긴급한 일 같아서 올라와본 거예요."

"고마워요. 셀레나 씨에게 무슨 일이 생겼는지 알려야 할 것 같아서……."

"셀레나 언니가 피리를 맡길 정도니까 어느 정도는 믿을 수 있겠죠." 그녀는 수면에서 고개만 내밀고 한스를 살폈다. "언니를 구해내면 전해주지 않겠어요? 언니 심장은 우리가 온 힘을 다해 찾고 있으니 반드시 돌아와달라고."

"예." 한스는 고개를 끄덕였다. "심장은 아직 못 찾았나요?"

"안타깝게도요."

"아, 그리고 부탁이 하나 있는데요."

"인간인 당신이 부탁을? 뭔가요?"

"별궁의 해자에서 발견한 마녀의 단도를 가져와주셨으면 해요."

"……어째서요? 그런 위험한 물건을 인간에게 넘겨줄 수는 없어요."

"저기…… 안 된다면 어쩔 수 없지만…… 사건 해결에 도움이 될지도 모르겠다 싶어서……."

"알겠어요, 언니들과 상의해볼게요."

"그런데 바다의 주민들은 마녀가 죽은 걸 알고 있나요?"

"뭐라고요?" 꽤나 놀랐는지 그녀는 목 언저리까지 수면 위로 떠올랐다. "마녀가 죽었다고요? 그거 정말인가요? 당신이 어떻게 그런 걸 아는데요?"

"마녀의 시신이 이 모래밭에 밀려 올라왔거든요. 시신은 바로 저쪽에 묻었어요."

"정말요? 설마 마녀가 죽을 줄이야……."

"셀레나 씨의 심장은 없었어요. 누가 훔쳐갔을 수도 있고 아니면 바다에 가라앉았을 가능성도 있을 것 같아요. 셀레나 씨의 심장을 꼭 찾아주세요."

"알겠어요."

그녀의 얼굴에는 곤혹스러운 기색이 역력했다.

비가 그녀의 이마를 적셨다.

"상황이 우리가 생각했던 것보다 훨씬 나쁜 방향으로 나아가고 있는 것 같네요. 셀레나 언니가 인간을 의지하고자 하는 마음도 모르는 바는 아니에요. 인간에게 의지한 탓에 상황이 악화됐다고 생각하고 싶지는 않지만……. 아무튼 내일 밤에 또 당신 혼자 여기로 오세요. 그때 다시 이야기하죠."

그녀는 그렇게 말하고 바닷속으로 사라졌다.

한스는 뜀박질하여 집으로 돌아가서 흠뻑 젖은 채로 침대에 누웠다. 싸늘하게 식은 몸이 바들바들 떨렸다. 한스는 셀레나가 무사하기를 기도하며 잠에 빠졌다.

4

일요일 아침이 밝았다.

남은 시간은 이틀.

비는 그칠 조짐이 없었고 하늘은 더더욱 어두워졌다. 마을이 물바다가 되는 바람에 빗소리도 물이 퐁퐁거리는 소리로 바뀌었다.

한스는 어머니가 일어나기 전에 집을 나섰다.

일요일은 예배가 있기 때문에 머뭇거리다가는 어머니와 같이 교회에 가야 한다. 예배를 드리러 가는 것의 의미와 중요성에 관해서는 어렸을 때부터 귀에 딱지가 앉을 만큼 많이 들었지만 지금 한스에게는 예배보다 중요한 일이 있었다.

한스는 서둘러 루트비히가 머무는 여관으로 갔다. 시야가 축축해질 만큼 습기로 가득한 마을은 마치 서서히 수몰되고 있기라도 한 것 같았다. 다리를 건너던 도중 오덴세 강을 내려다보자 물이 넘칠 만큼 많이 불었고, 색깔은 탁한 흙빛이었다.

여관에 도착하자 역시 루트비히는 없었다. 그가 어디에 가기 전에 만나러 왔는데 늦은 모양이었다. 이런 중대한 시기에 뭘 하는 건지…….

한스는 여주인의 허락을 받아 루트비히의 방에 들어가 있기로 했다.

방의 네 벽에 크고 작은 캔버스가 기대어 세워져 있었다. 뭐가 뭔지 종잡을 수 없는 풍경화와 아무 특색도 없이 평범한 정물화에 한스와 셀레나의 그림이 섞여 있었다. 그러고 보니 그림 속의 한스는 확실히 우울해 보이는 표정이었다. 셀레나 역시 웃음을 잃고 미간에 주름을 잡고 있었지만 그건 그것 나름대로 그녀다운 표정이라고 할 수 있을 것 같았다.

한스는 의자에 앉아 창문으로 길을 쳐다보며 루트비히가 돌아오기를 기다렸다.

창턱에 셀레나의 피리를 놓고 멍하니 바라보았다. 이제는 아버지의 유품인 인형 대신 셀레나의 피리가 한스의 수호신이었다. 피리는 한스를 그와는 다른 세계에 사는 인어들과 이어주는 연줄이자 인어들이 존재한다는 증거이기도 했다. 피리를 바라보면 자신이 있을 곳이 분명해지는 것 같은 기분이 들었다.

한스는 책상 위에 흩어져 있는 루트비히의 기록지를 집어 들었다. 상반신을 기울여 책상에 턱을 괴고 그림을 멀거니 들여다보았다.

범인은 누구일까.

왜 왕자를 살해했을까.

과연 이 기록지를 보고 진상을 해명할 수 있을까. 한스는 전혀 감이 잡히지 않았다.

범인은 정말로 있을까.

범인은 없다?

한스는 문득 그런 생각이 들었다.

범인이 없었다고 볼 수는 없을까.

즉, 크리스티안 왕자의 죽음은 자살……!

왜 자살했느냐. 이유는 명백하다. 아름다운 시녀, 인어공주를 잃었기 때문이다. 왕자는 인어공주가 죽었다는 사실을 알아차린 것 아닐까.

사실 왕자는 그녀를 사랑하고 있었던 것 아닐까.

왕자는 사건 당일 인어공주를 잃었다는 것에 절망하여 별궁으로 돌아왔다. 그 시점에서 자살하려고 마음먹었는지도 모른다. 하지만 교의상 자살은 금기이므로 최대한 남의 눈을 피해서 죽으려 했을 것이다. 게다가 자살임이 들통나지 않도록. 그래서 왕자가 돌아왔다는 사실을 아무도 몰랐던 것 아닐까.

왕자는 비밀 입구로 몰래 성에 들어와서 발코니가 있는 방으로 갔다. 시트를 간 시간인 오후 4시 반 이후이리라.

왕자는 실내의 어딘가에 마녀의 단도를 고정했다. 자살임을 숨기기 위해서 단도로 등을 찌를 필요가 있었기 때문이다. 예를 들어 창문에 칼자루를 끼운다든지.

왕자는 그렇게 스스로 등을 찌른 후에 단도를 뽑아서 발코니 밖으로 던졌다. 그리고 실내로 돌아와서 창문을 잠그고 숨을 거두었다.

이렇게 생각하면 루트비히가 그린 그림과 상황이 일치한다.

그렇다면 마녀는 누가 죽였을까.

마녀 역시 자살한 것 아닐까.

마녀와 왕자는 분명 무슨 관계를 맺고 있었을 것이다. 루트비히가 말했듯이 왕자는 상대가 마녀인 줄 모르고 만났던 것 아닐까. 마녀는 정체를 숨기고 왕자에게 은밀하게 접근했으리라.

마녀의 목적은 왕자를 죽음으로 몰아넣는 것이었으리라 추정된다. 마녀에게는 왕자의 죽음이야말로 목적 아니었을까. 원래라면 셀레나의 동생이 목적을 달성했겠지만 그녀는 물거품이 되고 계획은 실패로 돌아갔다. 그래서 마녀는 스스로 왕자 앞에 나서서 자살 충동이 들 만한 이야기를 했으리라. 어쩌면 인어공주의 사연을 들려주었을지도 모른다. 왕자에게 그 이야기는 자살하고 싶어질 만큼 충격적이었음이 틀림없다.

마녀가 노린 대로 왕자는 자살했다.

목적을 달성한 마녀는 뒤를 따르듯이 자살…….

아니, 이래서야 마녀가 뭘 하고 싶었는지 통 알 수가 없다. 왕자를 죽이는 것이 목적이었다면 그 후에 자신은 왜 죽어야 했단 말인가.

"으음……."

한스는 혼잣말을 중얼거리며 계속 사건을 고찰했다.

그러고 보니 사랑을 이루지 못해 미련 없이 이 세상을 등지는 남녀도 있다고 들었다.

왕자와 마녀도 그랬다?

"그렇다면 어째서 셀레나 씨의 동생이 왕자를 죽이도록 일을 꾸몄을까……."

한스는 몸을 일으켜 책상 위의 종이를 집으려고 했다.

"아아, 움직이지 마."

갑자기 방 입구에서 목소리가 들려서 돌아다보자 루트비히가 있었다. 그는 접이식 의자에 앉아 수첩에 대고 연필을 움직이고 있었다.

"어, 언제부터 거기 계셨어요, 루트비히 씨."

"네가 혼잣말을 시작했을 때부터."

"오셨으면 기척이라도 내시지."

"이야, 꽤나 좋은 그림이 나올 것 같아서 말이야."

루트비히는 수첩을 덮고 가까이 있던 의자를 끌고 와서 앉았다. 모자와 외투, 신발까지 몽땅 젖었다. 아무래도 밖에 있었던 모양이다. 자세히 보자 외투 자락이 더러워진데다 타졌다.

"어디 나갔다 오셨어요?"

"응. 이것저것 조사하느라고."

"사건에 관해서요?"

"그래. 탐정 흉내를 좀 내봤지."

루트비히는 탐정이 된 기분에 푹 빠진 듯했다.

"그래서 뭐 좀 알아내셨어요?"

"응, 별궁에 숨어들기는 의외로 힘들다는 사실."

"엇, 설마……."

"위병에게 들킬 뻔해서 걸음아 날 살려라, 하고 달아났지. 문제는 별궁을 빙 둘러싸고 있는 바깥 해자야. 어른도 발이 닿지 않을 만큼 깊고 폭도 십 미터는 돼. 거길 헤엄쳐서 건너는 건 그다지 현실적이지 못한 방법이야. 옷을 입은 채로 건너가기는 상당히 힘들뿐더러 흠뻑 젖은 상태로 성에 숨어들면 여기저기 흔적이 남을 테니까."

"실제로 시험해보신 거예요?"

"아니, 해자에는 들어가지 않았어. 뭐, 비를 맞아서 쫄딱 젖었으니까 해자에 들어가든 말든 마찬가지지만, 이왕 침입할 바에야 좀더 영리한 방법은 없을까 싶었거든. 보트를 타고 건너거나 긴 사다리를 걸치는 등 이런저런 방법을 고안하는 사이에 해자 건너에 있는 위병과 눈이 마주쳤지."

이렇게 비가 내리는 날 아침 일찍 해자 옆에서 수상한 행동을 하는 사람이 있으면 당연히 경계할 것이다. 안 그래도 왕자가 살해당한 사건 때문에 별궁의 경계는 예전보다 삼엄해졌으니까.

"아무리 위병의 수가 적어도 역시 사건 당시 외부에서 침입한 사람은 없었다고 봐도 되겠어." 루트비히는 젖은 머리를 수건으로 닦았다. "그건 그렇고 안데르센, 아까 혼잣말로 중얼거린 정사情死설은 제법 핵심에 다가선 인상이야."

"정사……. 아아, 자살 말씀이세요?"

"응, 하지만 왕자는 자살한 게 아닌 것 같아."

"그래요?"

"실은 나도 애초부터 왕자가 자살한 게 아닐까 의심했어. 그래서 시신을 발견한 고용인들에게 질문해봤지. 왕자의 손은 피에 젖어 있었느냐고. 찌를 때는 뭔가에 단도를 고정시켰다고 해도 뽑아서 버릴 때는 자기 손으로 할 수밖에 없잖아. 그때 피가 묻겠지. 하지만 피는 묻어 있지 않았대."

"그렇군요……. 그럼 자살이 아니겠네요."

"애당초 타살로 위장하는 게 목적이라면 흉기를 밖에 버릴 필요 없지 않겠어? 흉기를 버렸다는 건 흉기가 발견되면 난처한 사람이 있다는 뜻이야. 즉 왕자를 죽인 누군가가 존재한다는 뜻 아닐까."

"마녀는요? 마녀도 자살이 아닌 걸까요……."

"누군가에게 살해당했다고 봐야겠지."

그 한마디에 한스는 말문이 막혔다.

셀레나의 심장이 멎을 때까지 이제 시간이 얼마 남지 않았다.

조바심을 내면 낼수록 머리가 제대로 돌아가지 않았다.

"자, 난 다시 별궁으로 가봐야겠다."

"앗, 이번에는 정말 붙잡힐 거예요!"

"아니, 이번에는 궐문으로 들어가려고. 그림이라는 이름이 통할 때 확인해두고 싶은 일이 있어."

"그럼 저도……."

"안 돼." 루트비히는 조용히 고개를 저었다. "넌 별궁에서 소란을 피운 전력이 있잖아. 보호자였던 내게도 책임을 물을지 모르지만 그때는 말솜씨로 잘 넘어가봐야지."

"저도 데려가주세요!"

"안데르센, 넌 기다리고 있어. 내가 반드시 대답을 찾아낼

게. 그리고 셀레나가 무사히 돌아오면 네가 맞이하는 거야."

"하지만……."

"밤에는 돌아오마. 그때까지 넌 여기서 사건을 돌이켜봐. 뭐든지 좋으니 뭔가 생각나면 가르쳐줘. 그림에 추가할 테니까."

"……알았어요."

한스는 마지못해 고개를 끄덕였다.

어리고 힘이 없는 소년은 커다란 수수께끼에 맞설 자격조차 없는 것이다. 설령 친애하는 셀레나를 위해서라고 해도.

"또 울상을 짓는구나." 루트비히는 일어서서 다시 모자를 쓰면서 말했다. "오늘을 마지막으로 그런 표정과는 작별을 고하자."

루트비히는 돌아보지 않고 방을 나섰다. 한스는 말없이 그를 배웅했다.

분명 무슨 생각이 있는 것이다. 현재까지 루트비히는 방관자 입장에 서 있었지만 지금 직면한 사건은 그런 그의 입장까지 위태롭게 만들 만한 것이리라.

온갖 경계선이 흔들렸다.

세상은 이대로 크게 흔들리다가 천천히 무너져 내릴지도 모른다. 원래는 접촉해서는 안 될 두 세상이 하나의 사건을 계기로 뒤섞였다. 사람들은 대부분 그런 줄도 모르지만 변화는 이미 일어나고 있다. 예를 들어 이 비는 성서에 적혀 있는 종말의 풍경 그 자체 아닐까. 한스는 그런 생각이 들었다.

한스는 다시 홀로 남아 별달리 하는 일도 없이 시간을 흘려보냈다.

셀레나에게 주어진 시간이 마흔 시간도 채 남지 않은 지금 자신의 힘으로는 아무것도 할 수 없다는 사실을 깨달았다.

뭔가.

뭔가 할 수 있는 일이 없을까.

한스는 피리를 보았다.

그래, 다시 바다에 가보자. 셀레나의 자매들이 새로운 소식을 들려줄지도 모른다. 조금이라도 개운해질 만한 소식을…….

여관을 나서서 바다를 향해 달렸다.

강이 바로 옆에서 한스보다 훨씬 빠르게 흘러갔다. 이렇게 거칠어진 강은 처음 본다. 한스는 틀림없이 이 세상에 뭔가 일어나고 있음을 실감했다.

비를 맞으며 드디어 해변에 도착했다. 바다는 밤부터 내내 그 색깔이었던 것처럼 묘하게 거무튀튀했다. 당연히 모래밭에 인기척은 없었고, 누군가의 발자국조차 아무데도 남아 있지 않았다. 이 세상에서 사람이 몽땅 사라지면 늘 이런 풍경을 보게 될 것이다.

한스는 바다를 향해 피리를 불었다.

기적이 일어나기를 바라는 마음을 담아.

잠시 후에 수면에 작은 머리가 하나 솟아올랐다. 어젯밤과는 달리 머리가 갈색인 인어였다.

그녀는 당당한 태도로 바다를 헤엄쳐서 천천히 한스에게 다가왔다. 물결이 제법 높게 넘실댔지만 그녀는 개의치 않는 것 같았다.

"한스 씨죠?"

인어는 맑은 목소리로 물었다.

"예!" 한스는 큰 소리로 대답했다. "당신은……?"

"셀레나의 큰언니예요."

그녀가 대답했다. 여섯 자매의 맏이는 셀레나와 별로 닮지 않았고, 겉모습이 셀레나보다 훨씬 어른스러워 보였다.

"어제랑 다른 인어가 나와서 놀랐나요? 여기에는 순서대로 오기로 정해졌거든요."

"아……. 예."

"셀레나가 유치장에 있는 걸 확인했어요. 유치장 근처의 강에서 상황을 살폈는데 셀레나가 감옥에 갇혀 있는 게 보이더군요. 불쌍한 셀레나……."

"어떻게든 구할 수 없을까요?"

"할 수만 있으면 그러고 싶어요. 하지만 인어는 할 수 있는 일에 한계가 있어요. 그래서 우리 자매는 당신에게 협력을 요청하기로 했어요."

"협력이라니……. 저는 아무것도 못 해요."

"아니요, 당신은 할 수 있어요."

"제가 할 수 있다고요?"

"우리는 인간인 당신에게 희망을 걸었어요. 원래 인어와 인간은 결코 상생할 수 없는 법. 그래도 서로 협력해서 이 위기를 극복해야 한다고 생각해요. 부디 셀레나를 구해주세요."

말하지 않아도 안다.

하지만 어떻게…….

"셀레나가 왕자를 살해했다는 죄를 뒤집어쓰고 죽으면 우리나라 역사상 가장 큰 흠으로 남을 거예요. 막내 공주의 배신과 추문의 은폐, 그리고 넷째 공주가 인간을 죽이고 육지에서 소란을 일으킨 죄……. 이 문제들은 결국 바닷속이 혼란의 소용돌이에 휩싸이는 원인 중 하나가 되겠죠."

"그렇게 말씀하셔도……. 저는 바닷속 일은 몰라요."

"그렇겠죠. 하지만 인간인 당신과 상관없는 일은 아니에요. 바닷속에서 전쟁이 벌어지면……."

"알아요!" 한스는 그녀의 말을 막듯이 말했다. "바다가 거칠어져서 인간들도 큰일을 겪게 될 거라는 거죠? 셀레나 씨한테도 들었어요. 하지만 당신 나라가 어떻고, 인간들의 나라가 어떻고 그런 거 저는 잘 몰라요. 너무나 버거워서 감당도 안 된다고요. 하지만…… 하지만 셀레나 씨를 구하고 싶어요. 곤경에 처한 여자애 하나 못 구해서야…… 살아갈 자격이 없어요. 어디서 어떻게 살겠어요."

"아니요." 인어공주는 다정한 목소리로 말했다. "설령 셀레나를 구하지 못한다 해도 당신은 살 자격이 있어요. 당신이 생명을 얻은 바로 그 순간부터 당신에게는 삶을 살아내야 할 책무가 생겼어요. 그 책무를 당신이 입에 담은 자격이라는 말로 바꾸어 말해도 되겠죠. 인간이든 아니든 다 똑같아요. 그러니까 그런 식으로 말하지 마요."

"아무것도 못 하는 채로…… 살아가기는 싫어요."

"그렇다면 발을 내디뎌요. 용기 있는 한 걸음을."

"제가 할 수 있을까요……."

"한스 씨, 당신만이 할 수 있어요." 그녀는 힘있게 단언했다. "알겠나요, 잘 들어요. 우리가 협력해서 셀레나를 구해내는 거예요. 인간과 협력하는 걸 좋게 보지 않는 동생도 있지만 사태는 파국으로 치닫고 있어요. 무엇보다 셀레나를 구하는 게 중요해요."

"도대체 어떻게? 감옥에서 셀레나 씨를 구해내려면 사건의 진상을 규명해서 요하네스 집정관을 설득해야……."

"잠입해서 셀레나를 데리고 돌아올 거예요."

그녀는 주저 없이 말했다.

"무, 무슨 말씀이세요?"

"간수들의 이야기로는 내일 오후 4시에 셀레나는 일시적으로 유치장에서 별궁으로 이송된대요. 별궁에는 오후 7시쯤에 도착하고요. 셀레나를 왕자가 살해된 현장에 데려가서 검증하는 게 목적이죠. 셀레나는 하룻밤 별궁에 유폐돼요."

"셀레나 씨에게는 그게 마지막 밤 아닌가요? 다음날이 밝으면……."

셀레나의 심장은 고동을 멈춘다.

별궁에 유폐당해 마지막 밤을 홀로 보내다니 너무하다.

"우리에게는 그때가 셀레나를 구할 마지막 기회예요. 유치장에 갇혀 있는 셀레나를 빼내기는 어렵겠지만 별궁이라면 그나마 가능성이 있겠죠? 유치장 근처의 강은 건물과 가깝다고 해도 접근할 수 있는 거리에 한계가 있어요. 하지만 별궁의 해자라면 성 바로 앞까지 다가갈 수 있죠."

"그럴지도 모르지만……."

"그래서 한스 씨가 도와줬으면 해요."

"제가 뭘 어떻게요?"

"별궁에 숨어들어 셀레나를 구해주세요."

"수, 숨어들어서?"

"우리는 해자의 수로를 이용해 당신이 숨어드는 걸 도울게요. 안쪽 해자까지 들어가면 이번에는 당신 차례예요. 성에 갇혀 있는 셀레나를 구해서 다시 해자로 돌아오세요. 돌아올 때는 우리와 함께 해자 수로를 통해 탈출하면 돼요."

그녀는 성공이 보장되어 있기라도 하다는 듯이 이야기했다.

하지만 한스는 계획이 실패로 끝나는 장면만이 머릿속에 떠오를 뿐이었다.

확실히 인어에게는 어렵지 않은 일일지도 모른다. 인어들은 수로를 왕복하기만 하면 된다. 실제로 예전에 성공한 적도 있다. 하지만 한스는 인어처럼 헤엄칠 줄 모르는데다가 성에 숨어들었다고 한들 셀레나를 찾아서 데려나올 수 있을 것 같지 않았다.

"셀레나 씨를 데리고 나와서…… 어떻게 하나요? 근본적인 해결책은 아닌 것 같은데요. 왕자님을 살해한 진범을 찾지 않으면 셀레나 씨는 물거품이 되어 사라질 텐데……."

"마녀하고 한 약속은 이제 의미가 없어요. 마녀가 죽었으니까."

"앗……. 그런가……."

마녀가 제시한 '크리스티안 왕자 살해 사건의 진범을 밝혀내지 못하면 물거품이 되어 사라진다'라는 조건은 마녀가 죽으면 무효가 된다고 볼 수 있지 않을까. 그렇다면 셀레나가 물거품이 될까 봐 걱정할 필요는 없다.

사건 해결은 뒤로 미뤄도 된다. 인어들은 막냇동생의 명예를 지키기 위해서 진상을 규명한다는 책임을 짊어지고 있지만, 여명이 얼마 남지 않은 셀레나의 목숨을 우선하기로 판단한 것이리라.

"심장은 아직 못 찾았나요?"

"우리가 최선을 다해 찾고 있어요. 내일까지는 반드시 찾아낼게요."

셀레나 구출 작전. 과연 계획한 대로 잘될까.

성공하면 셀레나는 인어가 되어 바다로 돌아갈 수 있다. 사건의 진상은 종잡을 길이 없지만 일단 위기는 피할 수 있다.

그런데 그다음은?

마녀가 죽은 지금, 인어를 인간으로 바꿀 수 있는 능력자는 없다. 인어들은 더이상 육지에 올라올 수 없다는 뜻이다. 인간인 한스와 루트비히가 사건을 조사하는 수밖에 없다. 그렇다면 루트비히는? 그도 원래는 여행자다. 계속해서 오덴세에 머무른다는 보장은 없다.

결국 또 외톨이가 되고 만다.

그렇게 생각하자 무서웠다.

"내일 자정에 다시 여기로 오세요. 함께 셀레나를 되찾으러 가죠."

한스는 망설이면서도 고개를 끄덕였다.

자신이 하잘것없는 용기를 내는 것으로 누군가를 구할 수 있다면 주저해서는 안 된다. 해야 한다. 셀레나를 구하고, 인어들을 구하고, 자신을 구한다.

하지만 그거면 될까.

왕자 살해 사건의 수수께끼는 풀리지 않고 마무리된다.

"한스 씨, 당신을 신뢰한다는 증표로 이걸 가지고 왔어요."

맏이 공주가 한스 옆으로 뭔가를 던졌다.

가늘고 긴 뭔가가 빙글빙글 돌면서 호를 그리다가 모래밭에 꽂혔다. 회색 날에 절지동물을 연상케 하는 장식. 어쩐지 으스스한 느낌이 드는 단도였다.

"별궁 해자에 가라앉아 있던 마녀의 단도예요. 사건 해결에 도움이 됐으면 해서 가지고 왔어요. 확인해보세요."

한스는 마녀의 단도를 주워 들었다. 단도는 겉보기보다 묵직했고, 불길한 냄새가 났다. 한스는 단도를 외투에 감추었다.

"그럼 나중에 다시 봐요. 내일 자정이에요. 잊지 마세요."

맏이 공주는 어두운 바다로 사라졌다.

하는 수밖에 없다.

이제 시간이 없다.

한스는 빗속에 우두커니 서서 몇 번이고 자신을 그렇게 타일렀다.

5

루트비히는 저물녘이 되어서야 여관에 돌아왔다. 비가 내리는 저녁의 마을은 검은 막으로 둘러싼 것처럼 어두웠다.

한스는 루트비히에게 마녀의 단도를 보여주고 인어들이 제안한 계획을 들려주었다.

"구출 작전이라……." 루트비히는 전에 없이 험악한 표정으로 팔짱을 꼈다. "난 별로 마음이 내키지 않는데. 용기 있는 것과 무모한 건 달라. 그리고 그 차이는 지성과 정보량의 차이지. 네가 시도하고자 하는 일은 무모한 일에 가까워. 우선 셀레나가 성의 어느 방에 갇혀 있는지 넌 몰라. 방에 다다를 때까지 피해야 하는 감시인은 몇 명이나 되지? 셀레나는 달리거나 걸을 수 있는 상태야? 방 열쇠는? 넌 아무것도 모르잖아."

루트비히의 지적에 한스는 입도 벙긋하지 못했다. 인어들이 사전에 정보를 얼마나 알려줄지 모르지만 무모하다는 의견에는 공감했다.

"그것보다 사건의 진상을 밝혀서 요하네스 집정관에게 셀레나가 무고하다고 주장하는 편이 훨씬 합리적인 작전이야."

"범인이 누군지 아직 모르잖아요."

"아니, 실은 이제 거의 다 알았어."

"예? 크리스티안 왕자님을 누가 죽였는지 아신다고요?"

"그래. 오늘 별궁에 가서 고용인들에게 이야기를 듣고 왔지. 그 결과 내 생각이 옳다는 게 증명됐어. 아직 모르는 것도 있긴 하지만 예를 들면 살해당한 마녀는 왕자 살해 사건과 무슨 관련이 있는가……."

루트비히는 그렇게 말하며 마녀의 단도를 집어 들었다. 그는 단도를 오랫동안 관찰한 후에 수첩에 그려 넣었다.

"아, 그렇구나!"

루트비히는 흥분한 기색으로 연필을 움직이며 중얼거렸다.

"뭔가 알아내셨어요?"

"아주 중요한 사실을 알았어."

"중요한 사실?"

"그렇다면 혹시……. 그래! 아니, 하지만……."

옆에서 보고만 있어도 루트비히의 머릿속에 여러 가지 그림이 어지러이 나타났다 사라지고 있다는 것을 알 수 있었다. 한스는 잠자코 그 모습을 지켜보는 것이 고작이었다.

"안데르센, 여길 봐봐."

루트비히는 한스가 불만을 가지고 있다는 것을 알아차렸는지 단도 자루를 한스 쪽으로 돌려서 바닥 부분을 가리켰다.

"마녀의 단도는 마녀가 자신의 갈비뼈로 만들어. 자, 이 칼자루의 바닥 부분을 보렴. 갈비뼈를 잘라냈을 때 생긴 절단면이 보이지. 하지만 이 절단면은 해변에 밀려 올라온 마녀의 갈비뼈에 생긴 절단면과 명백하게 달라."

루트비히는 자신이 그린 마녀의 시신 그림을 보여주었다. 모래밭에 묻은 시신의 갈비뼈는 휘우듬하게 굽은 부분을 위로 두었을 때 왼쪽 위에서 오른쪽 아래를 향해 비스듬히 잘려나갔다. 한편 단도 자루의 밑바닥은 단도가 휜 부분을 위로 두었을 때 오른쪽 위에서 왼쪽 아래를 향해 비스듬했다. 게다가 절단면의 기울기는 단도가 더 완만했다.

두 절단면은 들어맞지 않는다.

"이거…… 도대체 어떻게 된 건가요?"

"마녀의 단도를 왼쪽 열세 번째 갈비뼈로만 만들 수 있다는 것이 사실이라면 절단면이 서로 들어맞아야 정상이지. 보아하니 나머지 갈비뼈들은 전부 멀쩡하니까 다른 갈비뼈로 만든 것도 아니야."

"그렇다는 말은……."

"이 단도를 만든 마녀와 죽은 마녀는 동일인물이 아니야."

"어, 예?"

"적어도 마녀는 두 명이야. 두 마녀는 저마다 자신의 갈비뼈로 단도를 한 자루씩 만들었어. 즉, 단도는 두 자루였다는 뜻이지."

"설마 정말로 두 자루였다니……."

"아니, 문제는 단도가 두 자루라는 것보다 마녀가 두 명이었다는 사실이야. 우리는 마녀가 한 명밖에 없다고 믿었지만 만약 두 명이라면 여러모로 다시 생각해봐야 할지도 몰라."

마녀가 두 명.

과연 이 사건에 마녀는 어떻게 관련되어 있는 걸까.

"안데르센, 이 사건은 내가 생각한 것보다 훨씬 깊고 어둡고 원대한 모양이야. 그야말로 이 세상의 존립에 영향을 끼칠 만큼……."

그의 말이 거창하다고 지적할 기분은 이제 들지 않았다. 한스는 분명 사건의 배후에 존재하는 모종의 커다란 압력을 느끼고 있었다.

"구출 작전은 내일 자정에 실행한다고 했지. 안데르센, 갈 거니?"

루트비히의 질문에 한스는 바로 대답이 나오지 않았다.

"망설여지거든 나한테 오렴. 내일 자정에 오면 요하네스 집정관을 만나러 갈 때 데려가주마."

"한밤중에요? 그런 시간에 집정관님을 만나러 가면……."

"왕자 살해 사건의 진상을 들려주겠다고 하면 아무리 잠에 취한 노인이라도 눈이 번쩍 뜨일걸."

"사건의 진상을 알아내셨어요?"

"아니, 아직 탐정 노릇을 더 해야 해. 해결하기 위해서는 내일 하루가 더 필요해."

"제가 할 수 있는 일은 없을까요?"

"있지." 루트비히는 미소를 띠고 말했다. "감기에 걸리지 않도록 조심해. 이제 넌 우리 인간에게도 인어들에게도 필요한 존재야. 분명 앞으로의 세상에도."

"루트비히 씨는 과장이 심해요. 제가 그렇게 중요한 사람일 리 없는걸요."

"인생에는 무슨 일이 일어날지 몰라. 어쩌면 장래 역사에 이름을 남기는 위인이 될지도 모르잖니. 그 가능성에 스스로 등을 돌릴 필요는 없어."

한스는 실감이 나지 않아서 고개를 갸웃거릴 뿐이었다.

"자, 벌써 어두워졌군. 오늘은 일찌감치 집에 돌아가렴. 나도 혼자 사건에 대해 좀더 생각해보고 싶어. 다음에 만날 때는 행복한 결말을 맞이하자꾸나."

한스는 루트비히에게 쫓겨나다시피 여관을 나섰다.

할 수 있다면 그와 좀더 이야기를 나누며 자신이 어떤 길을 선택해야 할지 고민하고 싶었다. 하지만 자신의 길은 스스로 선택하라는 것이리라.

비는 그칠 낌새가 없었다. 이렇게나 내리는데도 하늘의 물이 마르지 않는 것은 강과 바다에 내린 비가 사람들의 눈에 띄지 않는 곳에서 바로 하늘로 올라가기 때문 아닐까. 오덴세는 그렇게 순환하는 비의 우리에 갇힌 것 아닐까.

한스는 비가 쏟아지는 어두컴컴한 하늘을 올려다보며 집으로 돌아갔다.

6

월요일, 셀레나의 심장이 고동을 멈추는 날.

이제 생명의 유예기간은 이십사 시간도 남지 않았다.

한스는 학교에 가기로 했다. 평소 같으면 학교에 가도 마음이 편치 않겠지만 오늘만큼은 학교가 한스의 피난처였다. 비현실적인 세계를 너무 많이 접한 탓에 마음이 자연스레 현실을 원했는지도 모른다. 극히 평범하고 아무 일도 없는 하루를.

사실 한스는 밤까지 할 일이 없었기 때문에 학교에라도 가야 정신을 온전하게 유지할 수 있을 것 같았다. 혼자서는 시시각각 다가오는 자정까지 견딜 수 없을 것 같았다.

한스는 자신의 마음을 돌이켜보고 자신이 얼마나 제멋대로인지 깨달았다.

모두와 같이 있어도 외롭고, 혼자 있어도 외롭다. 그 외로움을 자기 편할 대로 달래왔을 뿐이다. 그럴 때마다 주변 사람들이 얼마나 자신에게 휘둘리는지는 생각해보지도 않고…….

전부 다 끝나고 나면 좀더 제대로 살자.

이제 그만 도망치자.

평생 어린아이로 살 수는 없으니까.

한스는 학교에 있는 동안 계속 피리를 바라보았다.

자정에 만나기로 한 약속.

인어들에게 가야 할지 루트비히에게 가야 할지 여전히 망설여졌다. 셀레나를 구해내려는 양쪽의 목적은 일치한다. 방법이 약간 다를 뿐. 하지만 까딱 잘못하면 셀레나를 구하지 못하고 끝을 맞을지도 모른다. 자신의 선택이 양쪽의 가능성을 짓밟을 수도 있다.

못 고르겠다.

한스는 지금까지 선택을 피해서 살아왔다. 결단을 해야만 할 때가 오면 달아났다.

그런데 하필이면 이렇게 중대한 선택이 자신에게 맡겨지다니.

오후에 한스는 학교를 나섰다.

빗발은 더 굵어졌다. 이따금 번개가 쳐서 섬광이 마을을 비추었다. 별다를 것 없는 자연현상에 지나지 않지만, 한스는 오덴세가 분노의 벼락을 내리치는 것 같았다. 마치 시간이 왜곡되어 신들이 살던 시대로 되돌아간 마을을 보고 있는 것 같은 기분이 들었다.

자연스레 루트비히가 머무는 여관으로 발길이 향했다. 하지만 한스는 도중에 걸음을 멈췄다. 루트비히에게 가면 그의 합리성에 기대는 것으로 받아들일지도 모른다. 물론 그의 논리와 추리는 믿는다. 앞으로는 그처럼 과학적으로 사고할 줄 아는 사람이 시대를 이끌어나갈 것이다.

한스는 완벽한 논리주의자는 아니었다. 무엇보다 셀레나를 구하고 싶다는 마음은 논리적인 말로 설명이 될 것 같지 않았다.

집에 돌아온 한스는 밤에 나갈 때를 대비하여 잠시 쉬기로 했다. 어제는 거의 한숨도 자지 못했다. 게다가 요즘은 꿈과 현실

사이를 오가는 듯한 멍멍한 감각에 사로잡혀 지냈다. 피로도 원인일 것이다.

침대에 누운 한스는 어느덧 잠에 빠졌다.

이제 곧 밤이 찾아온다.

마지막 밤이다.

아니면 시작의 밤일까.

한스는 결단을 내렸다.

이제 두 번 다시 돌아오지 못해도 좋다.

도망치지 말고, 등을 돌리지도 말고, 맞서는 거다.

7

한스는 해변 모래밭으로 내려가서 바다를 향해 피리를 불었다.

자정이 되기에는 아직 이른 시각이었다.

물결은 거칠고 멀리서 천둥소리가 들렸다. 번개가 치자 여기저기에 불이 켜진 것처럼 바다가 빛났다.

잠시 후 어두운 바다에 인어 두 명이 나타났다.

빨간 머리 인어는 예전에 셀레나가 여기서 이야기를 나누던 상대였다. 다른 하나는 머리가 신비한 푸른색이었다. 밤바다에서 유일하게 밝은 색이었다.

"네가 한스?" 빨간 머리 인어가 물었다. "셀레나보다 작네. 얘가 도움이 될까?"

"작은 편이 낫잖아. 나르기 편할 테니."

푸른 머리 인어가 대꾸했다.

"저기…… 두 분이 저를 별궁으로 데려가시는 건가요?"

"그래. 네가 나를 거야."

"언니, '네가'가 아니라 '내가'겠지. 그 쉬운 말을 아직도 못 외우냐."

"귀찮아. 대충 알아들으라고."

"아아, 미안해, 인간. 언니가 무슨 말을 하는지 잘 모르겠지?" 빨간 머리 인어가 한스를 보고 말했다. "따로 소개할 필요는 없겠지만 잠깐이나마 운명을 함께할 상대니까 알아둬. 내가 셋째고 이쪽이 둘째."

"처, 처음 뵙겠습니다……."

"셀레나는 예정대로 별궁으로 옮겨졌어. 지금은 성안 어딘가에 있는 것 같아. 우리는 이제 널 별궁 안쪽 해자로 옮길 거야. 넌 성에서 셀레나를 데리고 우리한테 돌아오면 돼."

"알겠어요." 한스는 각오를 다지고 말했다. "어떻게든 해볼게요."

"정말 할 수 있겠어? 말해두겠는데 네가 실패하면 전부 끝이야. 네가 붙잡혀도 우리는 못 구해줘. 알지?"

"알아요."

"나, 알았어?"

푸른 머리 인어가 말했다.

"언니, 그러니까 '나'랑 '너'가 바뀌었다니까. 뭐, 됐어. 자, 한스 이쪽으로 와."

"옷을 입은 채로요?"

"네가 벗은 모습은 보고 싶지 않아. 빨리 바다로 들어오라고. 어차피 이런 빗속에서 뭍에 있든 물속에 있든 다를 바 없잖아."

"아, 예."

한스는 거친 파도가 치는 바다로 들어갔다. 인어들이 없다면 자살행위나 다를 바 없다. 물놀이를 해본 경험이 있기는 하지만 헤엄에 능숙하다고는 할 수 없는 수준이다.

바닷물은 생각보다 따뜻했다. 한스는 옷이 물을 빨아들여 무거워지는 것을 느꼈다.

"말해두겠는데 우리는 빨라. 정기적으로 물 밖으로 얼굴을 내밀어줄 테니까 그때 숨을 쉬어. 물속에 있을 때는 숨을 꼭 참고 눈이라도 감고 있으라고."

"저기…… 저는 어디를 붙들면……."

"뭐라고? 어디서 인간이 내 몸에 손을 대려고 그래. 내가 널 잡을 거야."

"어, 누가 누굴 잡는다고?"

"됐으니까 언니는 그냥 조용히 있어."

빨간 머리 인어는 한스의 목덜미를 잡고 갑자기 바닷속으로 끌고 들어갔다. 한스의 몸이 가볍기도 했지만 바다에 사는 인어의 힘은 상당히 셌다.

잠수해서 잠시 나아간 후에 그녀는 수면으로 떠올랐다.

한스는 재빨리 숨을 쉬었다.

"옳지 그렇게. 그럼 속도를 높인다."

푸른 머리 인어도 한스의 목덜미를 잡고 둘이서 힘을 합쳐 바다를 헤엄쳤다. 꼬리지느러미로 헤엄치는 인어는 역시 인간과는 비교도 되지 않을 만큼 빨랐다. 목덜미를 붙잡힌 한스는 바닷속에서 끌려가며 목을 졸리는 감각을 맛보았다. 어차피 숨을 못 쉬니까 목은 좀 졸려도 상관없지만 너무 빨라서 위아래와 깊이가 분간이 되지 않을 정도였다.

한스는 과감하게 눈을 떠보았다.

생전 처음 보는 광경이었다. 희한하게 생긴 야행성 물고기들이 엄청난 기세로 시야에 나타났다가 사라졌다. 거품이 이는 시커먼 액체 아래쪽에서 사나워 보이는 곰치들이 깔보는 듯한 눈으로 한스 일행을 쳐다보고 있었다. 바다 여기저기에서 번갯불이 빛날 때마다 해파리가 반응하듯이 불빛을 발했다. 마치 바닷속에 무수히 많은 등불이 켜져 있는 것 같았다.

"제때 숨 안 쉬면 죽어."

빨간 머리 인어의 말을 듣고 한스는 숨을 들이마셨다.

이윽고 몸을 어루만지고 있던 물의 느낌이 달라졌다. 하구에 들어온 모양이었다.

점점 숨이 막히는 것을 느끼면서 한스는 여전히 자신의 선택이 옳았는지 고민하고 있었다. 눈을 감자 루트비히의 얼굴이 떠올랐다. 그는 내가 오기를 기다리고 있을까.

"야, 한스!"

목소리를 듣고 한스는 두리번두리번 자신을 부른 사람을 찾았다. 정신을 차리고 보니 머리가 물 밖에 나와 있어서 숨을 쉴 수 있었다.

"넋 놓고 있지 말라고. 이제부터 해자로 이어지는 수로 안으로 들어갈 테니까 너무 발버둥치지 마. 자칫 잘못하면 여기저기 많이 다칠 거야."

"버, 벌써 그렇게 많이 왔나요?"

"빠르지? 이제 바깥 해자부터 안쪽 해자까지 단숨에 나아갈 거야. 숨을 쉬기 위해 떠올랐다가는 들킬 테니까. 일 분쯤 숨 참을 수 있겠어?"

"모르겠어요."

"그럼 해봐. 참을 수 있는지 없는지 이제 알겠네. 하나, 둘, 셋에 숨을 멈춰. 하나, 둘, 셋!"

한스는 시키는 대로 숨을 멈췄다.

눈을 감고 수를 헤아렸다.

주변을 흐르는 물소리가 둔탁하게 변했다. 분명 수로로 들어간 것이리라. 한스는 팔짱을 끼고 가능한 한 움직이지 않으려고 노력했다.

45를 지나고 46까지 헤아렸을 때 다시 얼굴이 물위로 나오는 것이 느껴졌다.

한스는 숨을 헉헉 몰아쉬었다.

"잘했어. 역시 언니랑 함께 오니까 꽤나 빠르네."

"아무렴. 대단하지, 칭찬 좀 해줘라."

한스는 의식이 몽롱한 가운데 두 인어의 대화를 들었다.

아무래도 별궁의 안쪽 해자에 도착한 것 같았다. 하지만 위를 올려다보자 지붕 같은 것이 덮여 있고 비도 얼굴에 떨어지지 않았다.

"한스, 정신 차려."

"예……. 여기는?"

"목적지야. 안쪽 해자에 걸린 다리 아래에 있어. 여기라면 인간의 눈에 잘 안 띄니까."

도개교 바로 아래인가.

한스는 그제야 자신이 어떤 상황에 놓여 있는지 이해가 됐다.

"이제 네가 나설 차례야. 셀레나를 데리고 돌아와."

"알았어요." 한스는 선헤엄을 쳐 해자 가장자리로 향했다. "아, 그러고 보니 셀레나 씨의 심장은 찾았나요?"

"응, 뭐……."

빨간 머리 인어는 애매하게 고개를 끄덕였다.

"그게, 아직이야."

푸른 머리 인어가 끼어들어 말했다.

"어휴, 그걸 왜 말하는 거야, 언니."

"못 찾은 건 사실이잖아."

"찾은 걸로 해두면 이 인간도 의욕이 생길 거 아니야."

"의욕은 있어요. 반드시 셀레나 씨를 데려올 테니 기다리세요."

한스는 다짐하듯이 말했다.

"믿기지는 않지만, 부탁한다."

한스는 고개를 끄덕인 후 주변을 경계하며 해자 벽을 기어올랐다.

며칠 전에 본 곳이지만 몹시 그리운 기분이 들었다. 그때는 셀레나와 함께였다. 그리고 이제는 셀레나와 함께 여기로 돌아와야 한다.

위병의 모습은 보이지 않았다. 시간이 시간이니만큼 당연한가. 세찬 빗소리가 한스의 발소리를 지워주었다. 주변은 컴컴했지만 이따금 번개가 칠 때마다 어둠 속에 떠오르는 풍경을 길잡이 삼아 한스는 성으로 다가갔다.

근처에 뒷문이 있었다.

한스는 문손잡이를 당겨보았다.

잠겨 있었다.

역시 그렇게 쉽게 풀리지는 않는다. 어디로 숨어들면 될까. 창문을 깨고 들어갈까. 막무가내로 들어간다 해도 안에서 헤매면 위험하다. 가능하면 셀레나가 있는 곳에서 가까운 창문으로 침입하고 싶었다.

셀레나는 어디에…….

한스는 무의식중에 호주머니의 피리를 쥐고 있었다. 이걸 불면 셀레나가 자신이 왔음을 알아차릴지도 모르지만, 동시에 위병들에게 들킬 가능성도 있다.

운은 하늘에 맡기고 불어볼까.

이왕 여기까지 왔으니 위험은 감수해야 한다.

한스는 피리에 입을 댔다.

숨을 불어넣으려고 하다가…….

그만두었다.

이것이야말로 무모한 행동이다.

잘 생각해보자.

셀레나는 피리 소리가 들리는 곳에 있을까?

셀레나는 유폐된 몸이다. 평범한 방에 있지는 않을 것이다. 적어도 건물 바깥을 향해 창문을 낸 방에는 갇혀 있지 않다. 그러면 어디에 있을까. 분명 도망치기 어려운 곳일 것이다. 거긴 어딜까?

예를 들면 지하실.

별궁은 낡은 성채를 토대로 만들어졌다. 지하실이라고 부를 만한 방이 있을지도 모른다.

하지만 지하로 가려면 역시 성안의 계단으로 내려가야 할 것이다. 일단 안으로 들어가야…….

한스는 인기척에 신경을 곤두세우며 건물 둘레를 돌았다. 2층과 3층의 창문 한두 개에 등불 불빛이 비칠 뿐 나머지는 캄

캄했다. 예상했던 것보다 행동하기 수월했다. 폭풍우가 휘몰아치는 밤이라서 침입하기에 제격이었다.

뒷문에서 백 보쯤 걸어와서 건물 모퉁이를 돌았을 때 한스는 기묘한 것을 발견했다. 건물 기초 부분에 작은 직사각형 모양의 구멍이 뚫려 있었다. 격자 쇠창살이 끼워진 구멍으로 바람이 불어드는 소리가 울려 퍼졌다.

한스는 왠지 찜찜하여 구멍을 들여다보았다.

너무 어두워서 아무것도 보이지 않았다.

그런데 그때 한스 머리 위로 번개가 치더니 섬광이 한순간 쇠창살 안쪽을 비추었다.

깊은 구덩이 같은 방이 보였다. 한스가 본 것은 반 지하의 토굴 같은 곳에 내놓은 작은 채광창이었다. 안쪽에서 보면 천장 근처에 이 채광창이 있는 셈이다.

다시 번개가 쳤다.

방바닥이 비치자 눈에 익은 형체가 보였다. 언젠가 해변에 쓰러져 있었을 때처럼 엎드린 모습의 셀레나였다.

셀레나다.

"셀레나 씨! 저예요! 한스예요!"

한스는 기쁜 나머지 쇠창살에 달라붙어 안에 대고 소리를 쳤다.

구덩이 바닥에서 셀레나가 몸을 움찔움찔했다.

무사한 것 같았다.

"셀레나 씨."

"……한스?"

구덩이 바닥에서 셀레나가 창문을 올려다보았다.

"예. 한스예요. 셀레나 씨를 구하러 왔어요."

"도대체 어떻게……." 셀레나는 비틀비틀 일어서서 창문을 향해 등을 폈다. "아, 피리를 쓴 거구나. 언니들이 널 받아들여 줬구나……. 다행이다."

"예, 언니 두 분이 여기까지 데려다주셨어요."

"한스……."

셀레나는 몸을 쭉 펴서 손끝을 쇠창살 사이로 내밀었다.

한스는 셀레나의 손가락을 잡았다.

죽은 사람처럼 창백한 손가락에 더러운 흙이 묻어 있었다.

"경비는 소홀해. 어린 여자애한테 어른을 몇 명이나 붙여둘 리 없지. 겉모습이 이래서 다행이야."

"그 방에서 나올 수 있겠어요?"

"아니, 밖에서 빗장을 질러놓아서 불가능해."

셀레나의 목소리가 잠시 멀어졌다.

문 상태를 보러 간 모양이었다.

“한스, 가느다란 철사 같은 거 없어? 빗장이라고 해봤자 받이쇠에 장대를 내려놓았을 뿐이야. 문의 감시용 창으로 뭔가를 통과시켜 장대를 들어올리면 벗겨낼 수 있을 것 같아.”

“철사…….”

문득 생각났다.

분명 아버지가 유품인 인형을 만들어주었을 때 철사를 엮어서 심으로 사용했다는 것이…….

한스는 호주머니를 뒤졌다.

있다. 빼놓지 않고 가져왔다.

한스는 아주 잠깐 망설인 후 인형을 부쉈다. 이윽고 인형 몸체의 심으로 쓴 철사가 보였다.

한스는 인형의 내장이라고도 할 수 있는 심을 끄집어내 길게 펴서 쇠창살 너머로 셀레나에게 건넸다.

“준비성이 좋구나, 한스.”

“아빠 덕분이에요.”

“너무 가늘어서 버틸 수 있으려나…….”

셀레나는 문에 달라붙어 철사를 짤까닥짤까닥 움직이기 시작했다.

“어때요?”

“될 것 같아. 장대가 움직이고 있어.”

잠시 후 무거운 물체가 덜커덕 떨어지는 소리가 들렸다. 밖에 있는 한스에게까지 울려 퍼질 정도였다.

한스와 셀레나는 동시에 목을 움츠리고 아무 일도 없기를 빌었다.

누가 다가오는 기척은 나지 않았다.

"한스, 문이 열렸어."

"바깥으로 나오실 수 있겠어요?"

"1층에 있는 방 창문으로 밖으로 나갈게. 기다리고 있어."

"예!"

셀레나는 방에서 나갔다.

한스는 쇠창살에서 물러나 창문이 줄지어 있는 벽면으로 이동했다. 이 중 어딘가로 셀레나가 나올 것이다.

잠시 기다리자 창문 하나에 해쓱해진 셀레나의 얼굴이 비쳤다. 자물쇠를 푸느라 애를 먹는 것 같았다. 한스는 안절부절못하며 창문 너머로 그 모습을 지켜보았다. 얼마 후 번개가 친 순간 환희하는 셀레나의 표정이 어두운 밤을 수놓았다.

천둥소리가 사방을 진동시킬 때에 맞추어 창문이 활짝 열렸다.

"셀레나 씨!"

한스는 손을 뻗어 셀레나가 내민 손을 붙잡았다.

"한스…… 고마워."

셀레나는 맞잡은 손이 이끄는 대로 밖으로 뛰어나왔다.

"널 믿길 잘했어!"

"다치지는 않으셨어요? 가죠, 언니들이 기다리고 계세요."

한스가 셀레나의 손을 잡아당기며 뛰어가려는 순간이었다.

번개와 비슷한 빛이 셀레나의 등뒤에서 번쩍였다.

방에 등불이 켜졌다.

그곳에는 요하네스가 험상궂은 표정으로 서 있었다.

"너…… 도대체 어떻게 빠져나온 거지? 그쪽 꼬맹이는 그때 그……!"

"피리를 불어! 한스!"

셀레나가 소리쳤다.

한스는 호주머니에서 재빨리 피리를 꺼내 여느 때보다 크게 불었다.

안쪽 해자로 뛰어들면 인어들이 밖으로 데려가줄 것이다.

안쪽 해자까지는 몇 걸음만 더 가면 된다.

달려가려는 한스의 팔을 셀레나가 붙잡아 만류했다.

"한스, 위를 봐."

고개를 들자 창문 안쪽에서 위병이 총을 겨누고 있는 모습이 보였다. 번갯불이 번쩍여서 한순간 하얘졌던 시야가 원래대로 돌아왔을 때는 위병이 세 명으로 늘어나 있었다.

어느덧 요하네스의 뒤에도 위병이 서 있었다. 그들은 마치 번개가 칠 때마다 수가 늘어나는 것 같았다.

해자에 뛰어들기만 하면.

한스는 총에 맞을 각오를 하고 셀레나의 팔을 잡아당겼다.

하지만 의지에 반해 다리는 움직이지 않았다.

"얌전히 있어라, 꼬맹아."

요하네스가 다가왔다.

한스는 자신의 한계를 깨달았다.

무력함.

이것이 무력한 자가 맞이하는 결말일까.

8

"좋아, 이 꼬맹이들을 붙잡아. 왕자님이 암살된 일에 대해 이 녀석들이 뭔가 알고 있는 게 틀림없어."

요하네스가 명령을 내리자 위병들이 한스와 셀레나를 붙잡아서 성의 정면 현관으로 끌고 갔다.

한스는 어금니를 꽉 깨물었다.

이제 날이 샐 때까지 시간이 얼마 안 남았다.

이런 곳에서 발목을 잡힐 때가 아니다. 빨리 셀레나에게 심장을 되돌려주어야 한다.

위병이 정면 현관문을 열어 한스와 셀레나를 홀로 끌고 들어가려고 했다.

그 자리에 있던 모두가 홀의 기묘한 광경을 목격하고 무심코 발을 멈추었다.

“이야, 여러분, 수고 많으십니다.”

어떤 사람이 홀 한복판에다 이젤을 세워놓고 접이식 의자에 앉아 캔버스에 그림을 그리고 있었다.

검정색 모자에 검정색 외투.

“루트비히 씨!”

한스는 저도 모르게 소리를 질렀다.

루트비히는 의자에서 일어나서 모자를 매만지며 천천히 사람들이 있는 쪽으로 다가왔다.

“안데르센. 역시 넌 셀레나를 돕는 길을 골랐구나.”

“죄송해요……. 저…… 그게…….”

“괜찮아, 아무래도 그럴 것 같더라.” 루트비히는 웃으면서 말했다. “덕분에 이렇게 그림을 그릴 시간이 생겼어.”

“야, 이런 곳에서 뭘 하는 거야?”

셀레나가 대드는 듯이 물었다.

“보다시피 그림을 좀…….”

그때 문이 열리고 요하네스 집정관이 나타났다. 그는 성 안쪽을 걸어서 여기로 온 것 같았다.

"뭐, 뭐야, 너희들? 그림 님? 도대체 뭐하시는 겁니까?"

"여러분을 골치 아프게 만들었던 크리스티안 왕자님 살해 사건의 진상을 밝힐 때가 왔습니다."

"뭐라고요? 그게 무슨 말씀입니까?"

"진정하세요. 그렇지, 거기 위병. 총 좀 빌릴게."

루트비히는 눈앞의 위병이 들고 있던 총을 홱 낚아채더니 대뜸 위를 향해 방아쇠를 당겼다.

귀를 찢을 듯한 총소리가 울려 퍼지고 화약 냄새가 주변에 진동했다.

"그림 님, 여기는 왕족의 거처인 별궁입니다. 결례를 범하지 마십시오!"

"지금 총소리는 뭐지?"

계단에서 프레데리크 왕자가 내려왔다. 그는 잠옷 차림이었다. 총소리를 듣고서 무슨 일이 일어난 것을 알고 내려온 모양이었다.

그의 뒤를 이어 루이세 왕자비가 나타났다. 역시 잠옷 차림으로, 방금 전까지 관 속에 있었던 것이 아닐까 싶을 만큼 얼굴에 생기가 없었다.

고용인들도 무슨 일인가 의아해하며 하나둘 홀에 모이기 시작했다.

아무래도 재빨리 사람들을 모으기 위해 총을 쏜 것 같았다.

“자, 여러분. 모여주셔서 감사합니다.” 루트비히는 귀족풍으로 예를 갖추었다. “그럼 지금부터 독일 태생의 여행하는 화가로서 회화의 세계를 자유로이 떠돌아다니는 탐정, 루트비히 에밀 그림이 반년 전에 이 별궁에서 일어난 크리스티안 왕자님 살해 사건의 진상을 말씀드리겠습니다.”

“마침내 알아내셨군요!”

한스는 감격에 벅차 소리를 질렀다. 한스를 붙잡고 있던 위병은 눈앞에서 일어난 일에 어안이 벙벙해졌는지 한스를 통제하는 임무를 완전히 내팽개쳤다. 적어도 홀에 모인 사람들은 모두 그 위병과 비슷한 표정이었다.

“왕자님 살해 사건의 진상이라고요?” 요하네스 집정관이 언성을 높였다. “아무 말씀이나 함부로 하는 거 아닙니다. 그 사건은 저희들이 아직 조사중이라고요. 마침 수상한 꼬맹이들이…….”

“유감스럽게도 그 아이들은 관계없습니다. 아니, 그쪽의 셀레나는 딱 잘라 무관하다고는 할 수 없습니다만. 적어도 왕자님 살해 사건에는 관여하지 않았습니다.”

"그럼 도대체 누가 형님을 죽였다는 겁니까?"

프레데리크 왕자가 루트비히를 닦달했다. 그는 루트비히를 존경하기 때문에 환멸감을 품고 싶지 않은 모양이었다.

"설마 사라진 젊은 시녀가 그랬다는 겁니까?"

"그 시녀가 사건이 발생하기 이틀 전에 배에서 몸을 던졌다는 건 여러분도 알고 계실 겁니다. 시녀에게 죄를 뒤집어씌워 사건의 본질에서 눈을 돌리는 짓은 이제 그만두시지 않겠습니까. 망령은 인간을 칼로 찌르지 않습니다."

"그렇다면 도대체 누가 범인이라는 겁니까?"

"순서대로 이야기하죠. 왕자님 살해 사건이 과연 어떻게 발생했는지."

루트비히는 양손을 펼치고 배우 같은 몸놀림으로 야단스레 홀 한가운데를 돌아다녔다. 모두 그가 만들어낸 독특한 분위기에 푹 빠졌다.

"사건 당일 크리스티안 왕자님은 아침 10시쯤에 외출하셨습니다. 이 중에서 왕자님이 외출하는 모습을 보신 분은 손을 들어주십시오."

어느 틈엔가 홀에 와 있던 정원사 라르센과 고용인 몇 명, 그리고 루이세가 머뭇머뭇 손을 들었다.

"왕자님이 외출하셨던 것은 틀림없는 사실인 것 같군요. 그럼 반대로 왕자님이 돌아오시는 모습을 보신 분이 계시면 손을 들어주십시오."

홀은 정적에 휩싸였다.

아무도 없었다.

"그렇죠. 왕자님이 언제 돌아오셨는지 아무도 모릅니다. 유감스럽게도 당시는 문지기도 배치되어 있지 않아서 왕자님의 귀가 시간을 확인할 수 있는 사람이 전혀 없었어요. 이 사실을 짚어놓고 이야기를 진행하겠습니다."

루트비히는 악수하듯이 자신의 두 손을 맞잡고 천천히 홀을 가로질렀다.

"그날 크리스티안 왕자님이 평소 성에 드나들 때 사용하셨던 뒷문에서 융단 교체 작업을 했습니다. 적어도 5시까지는 감시 아래 있었던 셈이죠. 하지만 융단 업자는 왕자님이 돌아오시는 모습을 못 봤다고 증언했습니다."

"즉 형님은 5시 이후에 돌아왔다, 그거죠?"

프레데리크 왕자가 말했다.

"하지만 뒷문은 5시 이후에 잠겨 있었다. 그렇지 않습니까?"

루트비히의 질문에 위병 몇 명이 고개를 끄덕였다.

"그럼 형님은 도대체 언제 그 방에 돌아온 거야……."

"예, 바로 그게 첫 번째 문제이자 이 사건의 가장 중요한 점입니다. 일단 이야기를 진행시킬 테니 이 문제는 머릿속에 넣어두시기 바랍니다." 루트비히는 집게손가락을 세우고 말했다. "자, 문제는 그 밖에도 있습니다. 범인은 언제 왕자님께 접근하여 칼로 찔렀을까."

"당연히 크리스티안 왕자님이 돌아오신 후겠죠?"

요하네스가 물어보듯이 말을 꺼냈다.

"구체적으로 몇 시쯤에요? 가령 5시 이후라고 할까요. 범인은 어디로 들어와서 왕자님이 계신 방에 침입했을까요? 뒷문일까요? 뒷문은 잠겨 있었으니 그건 불가능합니다. 정면 현관? 위병이 경비하고 있었으니 그럴 가능성도 낮고요……."

"처음부터 성안에 있던 사람이 범인이라면 성에 들어올 수 있는지 없는지를 따질 필요 없겠죠."

프레데리크 왕자가 말했다.

"옳으신 말씀입니다. 그럼 범인은 내부에 있던 사람이라고 봐도 될까요?"

몇 명이 마른침을 삼킨 것 같았지만 반론하는 사람은 없었다.

"당시 상황으로 보건대 왕자님이 자살하셨을 가능성은 낮습니다. 왕자님을 살해한 자가 이 별궁에 분명히 있어요."

"이거야, 원." 요하네스가 웃어넘기듯이 말했다. "그렇게 뜬

금없는 말씀만 하시면 아무리 그림 님이라 할지라도 더이상 별궁의 손님으로 대접해드리기 힘든데요."

"안 해주셔도 됩니다. 이야기를 마치면 얌전하게 물러가겠습니다." 루트비히는 어깨를 으쓱했다.

"그럼 간단하게 끝내기 위해서 문제를 두 가지로 정리해볼까요.

첫 번째, 피해자인 크리스티안 왕자님은 언제 별궁에 돌아왔는가.

두 번째, 범인은 언제 살인을 저질렀을까."

"그래서요? 뜸들이지 말고 빨리 말씀하시죠."

요하네스가 답답하다는 듯이 재촉했다.

"두 번째 문제부터 먼저 검토해볼까요. 범인은 언제 살인을 저질렀을까. 이 문제의 답은 명확합니다. '왕자님이 돌아오시고 나서'죠. 왕자님은 혼자 외출하셨으니까 범인이 함께 가서 죽였거나 쫓아가서 죽이지는 않았다고 봐도 되겠죠. 실제로 왕자님을 쫓아서 밖에 나간 사람은 안 계시죠? 이 말은 곧 왕자님이 돌아오시지 않으면 왕자님을 죽일 수 없다는 겁니다."

"어쩐지 당연한 말씀밖에 하지 않으시는 것처럼 들리는데요."

요하네스가 비아냥거리듯이 말했다.

루트비히는 그 말을 무시하고 이야기를 계속했다.

"여기서 첫 번째 문제로 돌아갑니다. 과연 왕자님은 언제 돌아오셨을까."

"그러니까 아까도 말했다시피 융단 업자가 물러간 다음 아니겠습니까? 뒷문으로 들어오셨다면 그렇게 생각해야 타당하죠. 뒷문이 잠겨 있어도 사람을 불러 열어달라고 하면 될 테고요."

"문을 열어드린 분 계시면 손을 들어주십시오."

루트비히가 물었다.

홀은 여전히 조용했다.

"으음……. 그럼 왕자님은 도대체 언제 돌아오신 거지?"

"그래서 저는 또 당연한 답을 도출했습니다. 즉, '왕자님은 돌아오시지 않았다'."

"뭐라고요?" 요하네스가 마침내 이마에 핏대를 세우고 화를 냈다. "무슨 말씀인지 모르겠군요, 그림 님. 왕자님은 분명 발코니가 있는 방에서 돌아가셨습니다. 별궁으로 돌아오셨으니까 그 방에서 변을 당하신 거죠. 그림 님은 방금 전에 '왕자님이 돌아오시고 나서' 범행이 발생했다고 하셨습니다. 이건 명백한 모순 아닙니까?"

"아니요. 왕자님은 분명 돌다리를 건너 궐문을 통과해 별궁 안으로 돌아오셨겠죠. 나갔으니 돌아오시는 게 당연합니다. 다만 그러고는 '왕자님은 돌아오시지 않았습니다'. 왜냐하면 아무도 왕자님이 성으로 돌아오시는 모습을 못 봤으니까요. 당시 상황으로 판단컨대 왕자님이 돌아오셨다면 누군가가 알아차렸을 겁니다. 그러나 융단 업자, 뒷문의 문단속을 한 위병, 정면 현관의 경비실에 있던 위병……. 누구 하나 왕자님을 못 봤습니다. 그러니까 왕자님은 성에는 돌아오시지 않았다고 봐야 논리적이죠."

"어허, 이것 참! 암만 생각해도 그림 님의 말은 엉터립니다. 그렇다면 왜 왕자님의 시신이 그 방에 있었던 겁니까?"

"앗." 한스는 드디어 짐작이 갔다. "설마…… 시신을 밖에서 안으로 옮겼다?"

"바로 그거야, 안데르센!" 루트비히는 기쁜 듯이 손가락으로 한스를 가리켰다. "모든 사실을 종합해볼 때, 크리스티안 왕자님은 별궁 안에서 살해당한 후 성으로 옮겨진 겁니다."

"그럴 리 없습니다!" 프레데리크 왕자가 바로 반론했다. "생각해보세요. 발코니가 있는 방까지 형님의 시신을 옮기다니 우리 같은 남자의 힘으로도 힘든 일입니다. 아니, 누가 언제 어디를 통해 시신을 옮겼다는 말씀입니까? 뒷문은 오후 5시까지 지나갈 수 없습니다. 5시 이후에는 제각각 뭘 하고 있었는지 파악된 상태고요. 수상한 행동을 한 사람은 없어요. 그렇죠? 절대 불가능하지 않습니까."

"그렇습니다. 그리고 바로 그것이 세 번째 문제이자 진상에 다가가기 위한 마지막 질문입니다. 그 질문이란, 왕자님의 시신은 어떻게 옮겨졌는가."

"속 터져라……. 빨리 답을 말씀해주시죠."

요하네스의 눈썹이 기묘한 모양으로 일그러졌다.

"알겠습니다. 그러려면 우선 왕자님이 어디서 살해당했는지 확실히 해둘 필요가 있습니다. 왕자님은 별궁에는 돌아오셨지만 성에는 돌아오시지 않았어요. 그러니까 궐문과 성 사이에서 살해당한 겁니다. 그리고 라르센 씨, 당신은 말 매어두는 곳에 왕자님의 말이 매여 있는 걸 목격했죠?"

"아, 예. 5시가 지났을 때였나……."

정원사 라르센이 고개를 끄덕였다.

"요컨대 왕자님은 말을 매어둔 후에 살해당했다고 봐도 되겠죠. 범인도 말을 타고 계신 왕자님의 등을 노리기는 어려울 테니까요. 살해 현장은 말 매어두는 곳 부근이라고 단정해도 될 겁니다."

"말 매어두는 곳이라……. 하지만 말 매어두는 곳은 뒷문 바깥의 다리를 건너면 바로 나옵니다. 형님은 성 코앞까지 와서 범인과 마주친 걸까요?"

"아니요, 이렇게 생각해야겠죠. 범인은 왕자님이 돌아오기를 기다리고 있었다."

"돌아오기를 기다리고 있었다? 왜요? 죽이려고 숨어서 기다리고 있었다는 뜻입니까?"

"아니요, 아마도 처음에는 순수하게 왕자님을 마중하기 위해서였을 겁니다. 실제로 만나서 이야기를 하다 보니 살의가 싹튼 것 아닐까요. 그리고 왕자님이 도개교로 걸어가실 때 뒤에서 푹……."

루트비히는 마치 보고 오기라도 한 것처럼 설명했다. 사실 그는 남에게 전해들은 이야기와 상상을 토대로 상당히 현실에 가까운 그림을 그릴 수 있다.

"잠깐만요. 형님을 마중하다니……. 그건 마치……."

프레데리크 왕자는 당황한 기색을 감추지 못하고 시선을 움직였다.

그리고 그의 시선은 마침내 어느 인물에게 꽂혔다.

프레데리크 왕자의 시선을 좇듯이 홀에 모인 사람들도 그녀에게 시선을 집중했다.

한스 역시 그녀가 병에 걸린 것처럼 몸을 부들부들 떠는 모습을 보았다.

루이세 왕자비.

“왕자비님, 당신은 오후 4시쯤에 뒷문을 빠져나가 말 매어두는 곳을 보러 가셨습니다. 융단 업자가 그렇게 증언했어요. 당신은 늦도록 돌아오지 않는 왕자님이 걱정되어 보러 갔다고 주장했습니다.”

“예…….”

루이세는 창백한 얼굴로 입술만 달싹거려서 대답했다.

“당신은 왕자님이 아직 돌아오지 않으셨다고 주장하신 모양이더군요. 사실은 왕자님이 그때 마침 돌아오셨던 것 아닙니까?”

“아, 아니요……. 그런…….”

“그곳에서 만나 이야기를 하다가 왕자님을 죽인 것 아닙니까?”

“아니요…….”

“왕자비님, 당신이 크리스티안 왕자님을 살해한 범인이죠?”

“그림 님, 왕자비님께 이 무슨 무례한 짓입니까!”

요하네스가 더는 못 보고 있겠다는 듯이 끼어들었다.

“아니요, 여기서 추궁을 멈추는 것이야말로 돌아가신 크리스티안 왕자님에 대한 무례가 아닐까 싶은데요. 어떻습니까.”

요하네스 집정관은 입을 다물었다.

“그림 씨, 당신 이야기에는 이상한 점이 너무 많습니다.” 프레데리크 왕자가 말했다. "형수님이 4시쯤에 말 매어두는 곳에서 형님과 만났다고 칩시다. 하지만 형수님은 범인이 아닙니다. 범인일 리가 없어요."

"어째서요?"

"설령 거기서 형수님이 형님을 살해했다고 쳐도…… 형님의 시신은 어떻게 합니까? 형님의 시신은 2층 발코니가 있는 방에서 발견됐어요. 그림 씨는 범인이 시신을 거기까지 옮겼다고 말씀하셨는데, 과연 형수님에게 가능한 일이겠습니까?"

"그, 그렇죠." 요하네스가 동의했다. "루이세 왕자비님이 뒷문으로 돌아오셨을 때 당연히 시신 같은 건 없었습니다. 시신을 옮겼다면 업자에게 대번에 들켰겠죠. 무엇보다 이 연약한 팔로 왕자님의 시신을 짊어질 수 있겠습니까!"

"시신을 짊어지고 2층까지 옮기기는 무리겠죠. 하지만 어떤 도구를 사용하면 가능합니다."

"어떤 도구……?"

"그것은……." 루트비히는 외투 호주머니에서 종이 한 장을 꺼냈다. "이겁니다."

거기에는 안쪽 해자에 걸린 다리 그림이 그려져 있었다.

"도개교……?"

"왕자비님은 도개교를 사용해 발코니가 있는 방으로 시신을

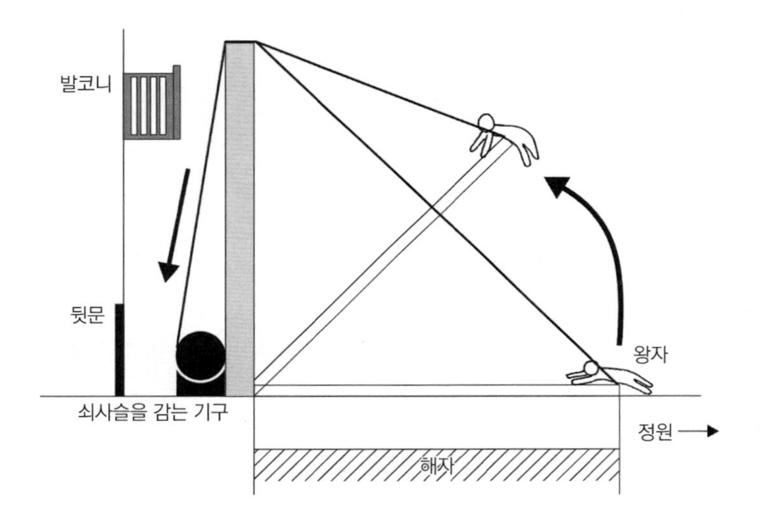
발코니
뒷문
쇠사슬을 감는 기구
왕자
정원
해자

옮긴 겁니다."

루트비히는 그렇게 말하며 다른 종이를 꺼냈다.

"잘 들으세요. 일단 왕자님의 시신을 도개교 끄트머리, 그러니까 다리가 올라가는 부분에 눕힙니다. 다만 시신이 미끄러져 떨어지지 않도록 시신의 중심점이 다리 끝부분에 위치하도록 눕힐 필요가 있습니다. 자, 이 도개교를 조작해서 서서히 끌어올리면 시신은 다리 상단에 걸린 형태로 공중으로 올라갑니다. 도개교를 90도 위치까지 끌어올리면 시신은 발코니 바로 앞에 도달하죠. 다리 길이와 발코니의 높이가 거의 비슷하니까요. 그다음에 발코니로 나가 시신을 끌고 들어오면 됩니다."

루트비히의 설명을 듣고 한스는 감탄했다. 설마 도개교를 이용해 시신을 이동시키다니.

"그런 일이 가능합니까?"

요하네스는 몹시 당황한 것 같았다.

"도개교의 쇠사슬을 감는 기구는 힘이 별로 없어도 다룰 수 있습니다. 어린아이도 다룰 수 있을 정도인걸요. 틀림없이 왕자비님도 다룰 수 있을 겁니다."

"하지만…… 시신을 방으로 끌어들이는 동안 도개교는 올라와 있는 상태일 텐데요? 누가 목격할지도 모르지 않습니까. 특히나 도개교는 뒷문 바로 밖에 있습니다. 융단 업자와 위병들이 드나들면 바로 들통날 겁니다."

요하네스가 물고 늘어졌다.

"예, 그래서 반대로 그들을 이용한 겁니다."

"무슨 뜻입니까?"

"새 융단에 문제가 없는지 확인해달라고 지시해서 업자와 위병을 뒷문 홀에 묶어두는 겁니다. 융단이 잘 깔렸는지 특별히 신경써서 봐달라고 하면 시간을 벌 수 있겠죠. 실제로 그들은 융단을 깔고 나서 점검에 삼십 분쯤 시간을 쓴 모양이더군요."

"이봐, 위병. 누가 너희에게 융단을 점검하라고 지시했지?"

요하네스가 묻자 위병 한 명이 머뭇머뭇 입을 열었다.

"루이세 왕자비님이십니다."

치명적인 증언이었다.

홀에 있던 사람들의 눈이 의혹으로 가득찬 순간이기도 했다.

"겨우 그 정도로 범인이라고 단정지을 수는 없습니다. 새 융단을 점검시키는 것 쯤은 흔한 일 아닙니까." 프레데리크 왕자가 말했다. "게다가…… 분명 4시 반쯤에 고용인이 발코니가 있는 방의 침대 시트를 갈았습니다. 그때는 아무 일도 없었다고 증언했어요. 이 시점에서 아무 일도 없었다면 형의 시신은 그다음에 옮겨졌다는 뜻이겠죠. 그때 형수님은 시녀와 함께 뜨개질을 하고 있었다는 증언이 있었습니다."

"그럼 왕자비님의 행동을 순서대로 설명해보겠습니다."

루트비히는 손에 든 종이를 차례차례 바닥에 늘어놓았다. 거기에는 가냘픈 여성이 범죄를 저지르는 일련의 모습이 그려져 있었다.

"왕자비님은 아침 10시쯤에 침실을 나서는 크리스티안 왕자님을 배웅했습니다. 과연 왕자님이 행선지와 목적을 왕자비님께 들려주었는지는 모르겠군요. 오후 4시쯤에 왕자비님은 늦도록 돌아오지 않는 왕자님이 걱정되어 뒷문을 빠져나가 말 매어두는 곳으로 갔습니다. 거기서 왕자님과 마주쳤죠."

루트비히는 안색을 살피듯이 루이세를 흘끔 보았다. 루이세는 당장 쓰러져도 이상하지 않을 만큼 새파랗게 질려 있었다.

"거기서 무슨 이야기를 나누었는지는 모르겠습니다만 왕자비님은 왕자님을 죽이고 말았습니다. 왕자님의 시신을 그대로 내버려둘 수는 없죠. 아까 뒷문을 나서는 모습을 융단 업자가 봤으니까요. 왕자님의 시신이 말 매어두는 곳 부근에서 발견되면 틀림없이 의심을 받겠죠. 그래서 왕자비님은 도개교를 이용해 시신을 옮기기로 한 겁니다."

루트비히가 아까 설명한 그림을 곁들여서 말했다.

"왕자비님은 도개교를 올린 후 뒷문으로 들어와서 융단 업자와 위병에게 세세히 지시를 내립니다. 그들이 밖으로 나가지 않도록 그곳에 묶어두기 위해서죠. 그리고 왕자비님은 서둘러 2층 방으로 가서 시신을 발코니로 끌어들였습니다. 그다음에 방으로 들어와 창문을 닫고 커튼을 친 후 근처에 있던 고용인에게 그 방의 침대 시트를 갈아달라고 부탁했습니다."

"시신이 발코니에 있는데 시트를 갈아달라고 했다고요?"

프레데리크 왕자가 새된 목소리로 말했다.

"시트만 갈면 되니까 발코니를 내다보지는 않으리라고 예상했겠죠. 그 후에 왕자비님은 1층으로 돌아와 적당한 방의 창문을 열고 밖으로 나가서 도개교를 원래대로 내렸습니다. 뒷문으로 드나들면 융단 업자에게 들통날 테니 창문으로 나간 거죠. 그리고 다시 창문으로 들어와서 침대 시트를 갈고 난 방으로 돌아갔습니다. 그리고 시트에 사람이 누워 있었던 것 같은 흔적을 남긴 후 시신을 방으로 옮겼습니다. 왕자비님의 힘으로는 창가까지 옮기는 게 고작이었겠죠. 그 일을 마치고 바로 시녀를 자기 방으로 불러서 뜨개질을 시작합니다. 시신이 발견될 때까지 누군가와 함께 있으면 의심받지 않을 거라고 생각했겠죠."

루트비히의 추리는 끝났다.

모두가 루이세를 쳐다보았다.

루이세의 첫마디에 모두 주목하고 있었다.

그런데 그녀가 별안간 몸을 날려 위병의 총을 빼앗더니 홀 밖으로 뛰쳐나갔다.

"형수님!"

프레데리크 왕자가 제일 먼저 반응했다.

나머지 사람들이 그 뒤를 이었다.

비가 내리는 가운데 새카만 어둠 속을 달려가는 루이세의 모습은 마치 망령 같았다.

루이세는 안쪽 해자에 걸린 다리 가장자리에 서서 부싯돌식 단총을 자기 관자놀이에 댔다.

"그만두세요! 그만둬요! 형수님!"

프레데리크 왕자가 외치는 소리가 울려 퍼졌다.

루이세는 이쪽으로 돌아서서 입만 웃어 보였다.

그리고 방아쇠를 당기려는 순간.

안쪽 해자의 수면에서 가느다란 팔 네 개가 튀어나와서 루이세의 다리를 잡고 순식간에 물속으로 잡아당겼다.

총소리 대신 총이 다리 위에 떨어지는 소리가 거센 빗소리에 섞여 사람들의 귓속에 남았다. 눈 깜짝할 사이에 벌어진 일이라 도대체 무슨 영문인지 알 수가 없었다.

별궁 사람들은 그저 멍하니 그 광경을 바라보고 있을 뿐이었다.

9

한스와 셀레나, 루트비히 세 명은 별궁을 나서서 강을 따라 달렸다. 얼마 지나지 않아 그들이 찾던 것이 강기슭에 밀려 올라와 있는 것이 보였다.

"왕자비님!"

루이세는 비에 젖은 풀숲에 누워 있었다. 그 모습은 물에 빠져 죽은 미인을 연상시켰다. 하얀 잠옷 자락이 강에 잠겨 있어 금방이라도 물에 떠내려갈 것만 같았다.

"언니들, 있어?"

셀레나가 새카만 석탄 가루를 탄 것 같은 밤의 강을 향해 말을 걸었다. 하지만 셀레나의 언니들은 모습을 드러내지 않았다.

"아직 숨이 붙어 있어. 무사해."

루트비히가 루이세를 안아 일으켰다.

루이세가 신음했다. 겨우 정신을 차린 듯했다.

"왕자비님, 왜 이런 짓을……."

한스는 루이세 옆에 쪼그리고 앉아 말했다.

"부디…… 죽게 내버려둬요……."

"그러면 안 돼요. 사셔야죠. 죗값을 치르고 나면 언젠가 용

서받을 수 있어요. 저는 그렇게 배웠다고요. 저처럼 어린아이도 아는 사실인걸요. 왕자비님이라면…….”

“난…… 난 가장 사랑하는 사람을 죽이고 말았어요……. 내 손으로…….”

루이세는 부르르 떨리는 자신의 손을 쳐다보았다.

“내가 어쩌다…… 그런 짓을…….”

“크리스티안 왕자님하고 도대체 무슨 일이 있었던 겁니까?”

루트비히가 물었다.

“그이는…… 그 여자를…… 사랑했어요. 그…… 말 못하는 시녀…… 그날도 내내 아무데도 없는 그 여자를 찾아다녔다며…… 마치 나는 이 세상에 없는 것처럼…… 그 여자를 계속…….”

그 여자란 셀레나의 동생이리라.

루이세는 왕자의 마음속에 자신이 없다고 믿고서 범행을 저지른 듯하다. 그것을 질투라고 불러야 할지 한스는 모른다. 좀 더 복잡한 감정이 얽혀 있는지도 모른다.

과연 정말로 왕자는 셀레나의 동생을, 인어공주를 사랑했을까.

결혼이라는 의식으로 왕자의 사랑을 쟁취한 사람은 루이세 아니었던가? 그들 각자의 사랑을 두고 비난할 수 있는 사람은 아무도 없을 것이다. 그런데 왜 이런 비극이 일어났을까.

인어공주는 물거품이 되었다.

왕자는 살해당했다.

그리고 가녀린 왕자비는 마음에 죄책감이라는 족쇄를 채우고 살아왔다.

"결국 그 여자를 두고 말다툼을 벌였겠지. 살인은 용납될 수 없는 짓이지만 이렇게 수척해진 걸 보니 반년 전의 일로 지금까지 괴로워해왔나 봐."

루트비히는 루이세를 안아 올렸다. 루트비히는 그다지 힘이 세어 보이지 않았지만 루이세를 가볍게 안아들었다.

"왕자비를 별궁으로 데려가자. 조금 쉬게 한 다음에……."

"이제 그곳으로는 돌아가고 싶지 않아요……. 제발…… 제발……."

루이세는 힘을 주어 애원했다.

"하는 수 없지. 여관으로 옮길까."

"감사……합니다……."

천둥소리는 어느덧 머나먼 하늘에서 들려오고 있었다. 밤의 비구름이 걷힐 기미는 아직 없었지만 지독한 폭풍우는 지나간 것처럼 보였다.

"어이, 이봐." 셀레나가 루이세에게 얼굴을 가까이 대고 말을 걸었다. "왕자를 찌른 흉기는 어쨌어?"

"해자에 버렸어요……. 무서워서……."

"어디서 손에 넣었지?"

"마을을 걷고 있는데…… 모르는 할머니가 오더니…… 소원을 이루어주는 마법 도구라고 해서 그만 사고 말았어요……. 몸에 늘 지니고 다니면 좋은 일이 있을 거라고……."

루이세는 치마 속에 주머니를 달아서 늘 단도를 지니고 다닌 모양이었다. 반년 전에는 그것이 화를 불러일으켜 돌발적인 범행으로 이어지고 말았다.

"언제 샀는데?"

"크리스티안과 결혼하기로 결정된 무렵에요. 그 후로도 몇 번인가…… 마을에서 할머니를 봤어요. 그때마다 힘든 일이 있으면 양손으로 마법 도구를 쥐고…… 소원이 이루어지기를 빌라고…… 그래서 그렇게 했을 뿐인데……."

마녀는 루이세에게 흉기를 팔고 암시를 거는 방법으로 단도를 사용하도록 부추긴 듯했다.

뭘 위해서?

왕자를 죽이는 것이 마녀의 목적이라고 루트비히는 추리했다. 만약 그렇다면 루이세가 왕자를 죽였으므로 마녀의 목적은 달성된 셈이다.

그리하여 마녀에게 어떤 이득이 생겼을까.

“그런데 셀레나, 심장은 찾았니?”

루트비히가 물었다.

맞다, 이제 시간이 없다!

날이 새면 셀레나의 심장은 멎는다.

“셀레나 씨의 언니들이 최선을 다해 찾고 있대요.”

“그래, 하지만 이제 심장에 더이상 연연하지 않기로 했어. 왕자 살해 사건의 진상을 밝히는 데 성공했으니 내 사명은 끝났어. 이제 여한이 없다고.”

“포기하지 마세요! 셀레나 씨는 분명히 살 거예요. 언니들을 믿으세요.”

“한스, 구하러 와줘서 기뻤어. 이제 인간을 좋아할 수 있을 것 같아. 인간을 싫어하면서 죽는 것보다는 좀더 깨끗한 영혼으로 남을지도 모르겠네.”

“그런 말씀 마세요……. 아직 시간이 있으니까…….”

한스는 터져 나오려는 울음을 참으면서 말했다.

“셀레나, 네가 인간이 되는 약을 받으러 갔을 때 마녀에 대해 뭔가 알아차린 것 없어?”

루트비히가 물었다.

“마녀? 알아차린 것? 특별히 없는데.”

"너, 반년 전에 단도를 빌리러 자매들과 함께 마녀를 만나러 갔었잖아. 그때의 마녀와 이번에 네가 만난 마녀, 어딘가 다른 점은 없었어?"

"무슨 의미로 그런 질문을 하는 거야? 전에도 말했지만 마녀를 흥미롭게 관찰한 적 없다고. 다른 점이라니……." 셀레나는 문득 생각난 것처럼 말을 이었다. "그러고 보니 왼쪽 눈……. 반년 전에 만났을 때는 마녀에게 왼쪽 눈이 없었어. 그런데 이번에 만났을 때는 왼쪽 눈이 나아 있었어……. 마녀니까 그럴 수도 있겠다 싶어서 그냥 넘어갔는데."

"나은 게 아니야." 루트비히가 말했다. "그건 분명 다른 마녀야."

"뭐……? 다른 마녀?"

루트비히는 마녀가 적어도 두 명 이상 있다고 설명했다.

"그럼 시신이 되어 해변으로 떠내려온 마녀는?"

"시신이 탄화돼서 세심하게 조사하기는 불가능한 상태였지만 오른쪽 눈과 비교해 왼쪽 눈이 푹 들어가 있는 것처럼 보였어. 어쩌면 너희 자매가 반년 전에 만난 건 시신이 되어 떠내려온 마녀일지도 몰라."

"그 마녀가 죽은 거야? 그렇다면 일주일 전에 내게 약을 준 마녀는?"

"다른 마녀라니까."

"같은 데 살고 있었단 말이야. 그 마녀는 내가 반년 전에 왔던 것도 알고 있었어. 내가 뭘 하러 갈 작정인지도 알고 있었다고."

"이전의 마녀인 양 행세했다는 건가……. 과연."

"무슨 소리야?"

"마녀란 계승되는 운명인지도 모르겠어. 이전 마녀가 역할을 포기하면 다른 누가 새로운 마녀가 되지. 아니면…… 마녀가 죽을 때마다 새 마녀가 탄생하는지도 모르고."

"마녀가 죽을 때마다 새 마녀가……."

셀레나는 중얼거렸다.

"셀레나, 들어봐. 크리스티안 왕자를 죽이는 게 어떤 마녀의 목적이었다고 하자. 마녀는 자신의 목적을 달성하기 위해서는 마법을 쓸 수 없으니까 누군가를 꼭두각시처럼 부려서 왕자를 죽이려고 하겠지. 그래서 마녀는 여기저기에 함정을 팠어. 마녀에게는 소원을 이루고자 하는 자들이 모여들지. 그들의 욕망을 교묘하게 이용해 최종적으로 왕자의 죽음에 다다르는 계획을 세운 거야. 그래, 모든 것은 왕자를 살해하기 위한 계획이었어."

"그게 루이세가 만난 마녀?"

셀레나가 물었다.

"응. 그리고 네 동생이 만난 마녀이기도 하고 너희 자매가 단도를 빌리러 간 마녀이기도 해. 왼쪽 눈이 없는 마녀야."

"그 녀석은 처음부터 왕자를 죽이는 게 목적이었다는 거야? 동생의 순수한 연심을 가지고 놀면서 루이세의 불안감을 자극해 왕자의 목숨을 빼앗는 게 목적이었다고? 어째서 왕자를 죽이는 데 그렇게 집착하는 건데?"

"이유는 모르겠어."

"이 이야기는 무엇 때문에 하는 거야?"

"널 위해서야, 셀레나. 잘 들어, 만약 마녀의 꼭두각시 중 하나가 자신이 조종당하고 있다는 사실을 알아차렸다면?"

"마녀 좋을 대로는 움직이지 않겠지."

"그렇지. 그리고 그 꼭두각시가 만약 무슨 조건이 달린 마녀의 마법에 걸려 있다면 그 마법을 풀기 위해 무슨 수단을 쓰겠지."

"마녀의 마법을 푸는 수단? 그런 게 있으면 나도 알고 싶다. 나도 비슷한 처지니까."

"아마도 방법은 딱 하나 있을 거야."

"그게 뭔데?"

"마법을 건 상대, 즉 마녀를 없애는 거."

“없애다니……. 죽인다는 말이야?”

셀레나가 묻자 루트비히는 심각한 표정으로 고개를 끄덕였다.

“추천하지는 않겠어. 마녀를 죽이면 분명 지독한 보복을 당할 거야. 예를 들어 온몸에 마녀의 저주를 받는다거나……. 내 생각에는 그런 식으로 새로운 마녀가 탄생하는 게 아닐까 싶어.”

마녀의 목적, 그리고 그에 대항하는 수단.

마녀의 시신.

새로운 마녀의 존재.

이것들이 무엇을 의미하는지 셀레나도 어렴풋이 짐작한 모양이었다.

“설마…….”

셀레나는 길을 걷다 말고 갑자기 뒤를 돌아보았다.

셀레나의 표정이 얼어붙었다.

한스는 셀레나의 시선을 좇아 어둠 속을 뚫어져라 바라보았다.

아무것도 보이지 않았다.

셀레나에게는 뭔가가 보이는 듯했다. 셀레나는 어둠에 겁을 먹은 어린아이처럼 몸을 떨었다.

“마녀다.” 셀레나는 어둠을 향해 비스듬히 서서 자세를 가다듬었다. “한스, 저건…….”

“셀레나 씨, 저는 아무것도 안 보이는데요.”

“잘 봐, 있잖아, 저기에!”

“셀레나 씨?”

셀레나는 마치 어둠이 부르기라도 하는 것처럼 강변길을 되돌아가기 시작했다. 비의 장막 저편으로 셀레나의 모습이 순식간에 사라졌다.

“루트비히 씨, 셀레나 씨가!”

“안데르센, 셀레나를 쫓아가. 이대로라면 되풀이될 거야! 난 왕자비를 안전한 곳에 맡기고 돌아올게.”

“예!”

한스는 어둠을 향해 달려갔다.

period Ⅳ

1814년 – 지중해

인어공주는 사랑하는 청년을 위해 바다와 강에서 가능한 한 많은 것을 정찰하려 애썼습니다만 이제 혼자서 알아내는 정보만으로는 전황을 좌우할 수 없을 만큼 인간들이 벌이는 전쟁의 규모가 커졌음을 실감했습니다.

대륙 내부에서 전쟁을 치를 때는 아무리 인어공주라도 강을 오랫동안 거슬러 올라가야 자기 역할을 다할 수 있었습니다. 목적지가 바다에서 멀면 멀수록 인어공주가 견뎌야 하는 고통은 커졌습니다.

더군다나 대륙에 겨울이 찾아오면 강이 반쯤 얼어붙어 인어공주는 오갈 수조차 없는 상황에 처합니다. 그래서는 그 사람을 도울 수 없습니다. 그러한 걱정에도 아랑곳없이 군대는 점점 더 내륙 안쪽으로 침공해 들어갔고, 인어공주는 따라갈 수 없을 때가 많았습니다.

인어공주는 스스로의 한계를 깨달았습니다.

일찍이 지중해와 대서양이 연결되는 해역에서 대규모 해전이 벌어졌을 때도 인어공주는 아무 힘도 되지 못했습니다. 거대한 전함과 전함이 부딪치는 전투에서 인어공주가 할 수 있는 일은 아무것도 없었습니다. 결과적으로 그 사람의 군대는 괴멸되는 상황에 몰렸습니다.

인어공주는 처음으로 무력감을 느꼈습니다.

인어공주가 청년에게 수많은 공적을 안겨준 덕분에 군대에서 그의 지위는 높아졌습니다. 하지만 오히려 그러한 지위가 그를 파멸로 몰아넣는 것 같았습니다.

겨울이 찾아온 대륙에서 대패를 당한 그 사람의 군대는 그야말로 비참한 몰골로 모국으로 돌아갔습니다.

얼마 지나지 않아 그 사람의 자리는 조금씩 사라져갔습니다.

인어공주의 손이 미치지 않는 곳에서 전쟁은 계속되었고 그 사람은 순식간에 궁지에 몰렸습니다. 아직 그를 칭송하는 사람들도 많았지만 방해물로 여기는 사람들은 더 많았습니다.

그이를 구하려면 어떻게 해야 할까.

그이를 위해서 뭘 할 수 있을까.

인어공주는 매일매일 그런 생각을 하며 시간을 보냈습니다. 바닷속에 있는 그녀의 집은 점차 더러워졌고, 몸차림과 용모에도 그다지 신경쓰지 않게 되었습니다.

오직 그이만을 위하여.

그러한 생각은 광기라고 불러도 될 지경에 이르렀습니다. 인어공주는 그 사람에게 도움이 될 법한 일이라면 어떤 사소한 일이라도 그냥 지나치지 않았습니다. 그를 적대하는 나라의 배에 구멍을 내며 돌아다녔습니다. 그를 적대할 것 같은 인간이 있는 곳에는 내분이 일어나도록 가짜 정보를 흘렸습니다. 그와 사이가 좋았던 인간이 그를 버리려고 할 때는 만류할 방법이나 아예 그 인간을 죽일 방법을 궁리했습니다.

그녀는 틀림없이 광기에 사로잡혀 있었지만, 이렇게 바꿔 말할 수도 있었습니다.

끝이 정해진 사랑에 눈이 멀었노라고.

어느 날 그 사람은 패전의 책임을 지고 나라에서 쫓겨나다시피 지중해의 작은 섬으로 옮겨갔습니다. 한편으로는 그 사람이 나라를 위해 세운 공적을 기려 충분한 돈과 명예가 주어졌지만 그 사람은 수긍하지 못하는 것 같았습니다.

그는 낡은 사고방식을 버리고 새로운 자유를 위해 싸울 수 있는 인간이었습니다. 세상을 바꿀 만한 힘을 지닌 그에게 그 섬은 너무나 작았습니다.

그해에 그는 자신의 나라로 돌아가기로 결심했습니다. 나라를 바꾸기 위해서. 그리고 또 한 번 싸우기 위해서. 지금 그의 나라에는 그를 적대시하는 세력의 병사들이 총을 들고 기다리고 있습니다. 또한 바다 여기저기에 적국들의 전함이 떠 있어서 무사히 수도까지 도착할 수 있다는 보장은 어디에도 없었습니다.

그를 칭송하는 주민들이 그를 배웅하기 위해 섬의 항구에다 화톳불을 피웠습니다. 주민들이 모두 몰려나와서 떠나는 그를 축복했습니다.

그렇게 그 사람은 생명을 건 항해에 나섰습니다.

인어공주는 적의 전함이 어디 있는지 알고 있었습니다. 그래서 그녀는 자진하여 횃불을 들고 그 사람이 탄 배를 유도하듯이 수면을 헤엄쳐 나아갔습니다.

횃불을 따라오면 안전하다는 뜻이 선원들에게 통했는지 그 사람을 태운 배는 포탄을 한 방도 맞지 않고 항구에 도착했습니다.

항구에는 그 사람을 적대시하는 세력의 병사들밖에 없었습니다. 그 사람은 전투가 벌어질 것을 각오했습니다. 하지만 항구를 걸어가는 그의 모습을 보자 젊은 병사들은 눈물을 흘리며 그가 돌아온 것을 반겼습니다. 젊은 병사들에게 그는 전설상의 영웅이나 마찬가지였습니다.

"나폴레옹 황제 폐하, 만세!"

인어공주는 자랑스러운 기분으로 그들의 목소리를 들었습니다.

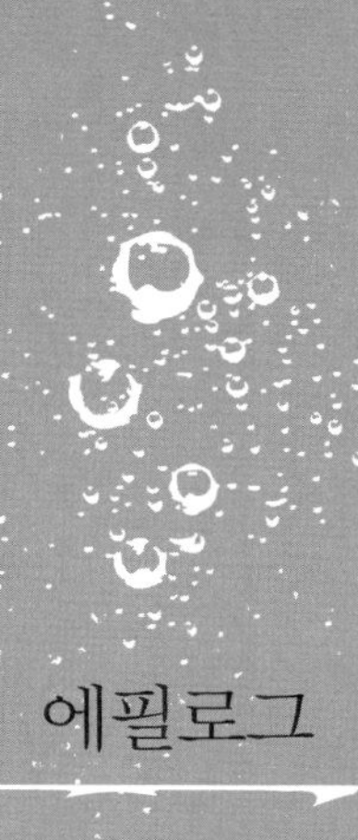

에필로그

1816년 – 덴마크 오덴세

어느덧 한스는 해변 모래밭에 내려와 있었다. 빗발은 가늘어졌고 동쪽 하늘은 희미하게 밝았다. 하늘에 별은 보이지 않았지만 아침노을이 지려는지 구름 여기저기가 보랏빛으로 변했다. 세상의 종말 같던 풍경이 천천히 제 모습을 되찾으려 하고 있었다.

한없이 평탄한 모래밭에 작은 사람 형체가 보였다.

셀레나다.

셀레나는 바다를 향해 서 있었다. 앞뒤로 살짝 벌리고 선 그녀의 발은 모래 속 깊이 파묻혀 있었다.

셀레나의 정면에는 하얀 시트를 푹 뒤집어써서 마치 '유령'처럼 보이는 누군가가 서 있었다. 발아래까지 펼쳐진 시트 자락이 파도에 젖었다.

한스가 온 것을 알아챈 셀레나가 뒤를 돌아보았다.

"한스, 이번에는 보여?"

"예……. 이상한 게 있네요."

"이상한 거라니 무례하기는."

이번에는 하얀 '유령'이 이쪽으로 몸을 돌렸다. 얼굴은 시트에 가려져 입가밖에 보이지 않았다. 시트 아래로 드러난 입술은 노파처럼 주름투성이었다.

"저…… 어, 그러니까, 죄송해요……."

한스는 이상한 그것에게 사과했다.

"이게 마녀야, 한스."

"마녀……."

"그래, 지금은 말이지."

마녀가 말했다.

"지금은?"

한스가 고개를 갸웃거리자 셀레나는 어깨를 움츠리고 한손을 펼쳤다.

"충격적인 사실인데…… 아무래도 이 마녀는 내 동생인 것 같아."

"어, 동생이라고요? 동생이라면……."

인간 왕자를 사랑하여 바다를 떠난 인어공주.

그녀는 왕자를 찌르지 못해 바다의 물거품이 되어 사라진 게 아니었나.

"그날 밤, 도대체 무슨 일이 있었지?" 셀레나는 마녀에게 물었다. "난 분명 네가 바다에 뛰어들어 물거품이 되는 걸 봤어. 그런데 왜 여기 있지?"

마녀는 고개를 숙였다 다른 쪽을 향했다 하면서 잠시 대답하기를 망설였다. 아니면 그저 뜸을 들이고 있을 뿐일까. 얼굴이 시트에 가려져 있어서 마녀의 기분을 추측하기가 힘들었다.

"난 깨달았어, 언니."

드디어 마녀가 입을 열어 말하더니 희미하게 웃었다.

"깨달았다고?"

"왕자님을 찌르려고 하는 내 모습……. 그게 마치 괴물 같다는 사실을."

"그래서?"

셀레나는 평소와 다름없이 무뚝뚝한 투로 물었다.

"있지, 셀레나 언니. 그때 왜 내가 왕자님을 찌르지 않았는지 알아? 내가 그때 어떤 기분으로 단념했는지 알겠어?"

"그건……."

셀레나는 대답하지 못했다.

셀레나에게는 그 질문이야말로 사건보다 이해하기 어려운 수수께끼임이 틀림없었다.

“모르겠어?”

“그건…… 사랑했기 때문에?” 셀레나는 망설이다가 대답했다. “네가 왕자를 사랑해서…….”

“후후후, 그게 아니야, 셀레나 언니. 역시 생각했던 대로네. 언니는 우리 자매 중에서 제일 영리하고 총명하지만, 뭐든 그냥 머리로만 알고 있을 뿐이야. 사랑이라고? 셀레나 언니는 그게 뭔지 모르잖아. 머리로는 이해해도 마음으로는 공감 못 해. 언니는 늘 그랬는걸.”

마녀의 말에 셀레나는 입술을 깨물고 고개를 숙였다.

“왕자님을 찌르지 않은 건 내가 이용당하고 있다는 걸 알아차렸기 때문이야.”

“그게 무슨 소리야?”

“적어도 그날 밤, 난 물거품이 되어 사라질 작정이었어. 이루어지지 않을 사랑에 언제까지고 목매고 있다니 꼴사납게 느껴졌거든. 언니들이 나를 구해내려고 계획하고 있는 걸 알았지만 전혀 기쁘지 않았어. 어차피 바닷속에 내가 있을 곳은 더이상 없으니까. 하지만 언니들에게 마녀의 단도를 받았을 때 마음이 변했지.”

"무슨 일이 있었기에?"

"그 단도를 보고 전부 다 이해했어. 우리는 마녀에게 놀아났을 뿐이라는 걸. 왕자님을 죽이는 것만이 목적이었던 마녀에게 우리 사랑은 노리개에 불과했다는 걸."

"어떻게? 어떻게 마녀의 계획을 알아차렸지?"

"언니가 가져다준 마녀의 단도와 똑같은 단도를 루이세가 가지고 있다는 걸 난 알고 있었어. 루이세가 그걸 부적 삼아 지니고 있다는 사실도."

마녀의 단도는 두 자루였다.

한 자루는 인어공주가, 다른 한 자루는 루이세가 가지고 있었다.

"아무리 생각해도 이상하지? 마녀에게 빌린 단도와 똑같은 걸 어째서인지 왕자의 결혼 상대도 가지고 있었어. 단도 같은 위험한 물건을……. 용도는 뻔하잖아. 왕자님을 둘러싼 두 여자가 같은 단도를 가지고 있어. 내가 왕자님에게 무슨 짓을 해야 하는지 언니들에게 들었을 때 마녀의 계획을 간파했지."

"그때 그런 생각을 했던 거야?"

"그래." 마녀는 가볍게 톡 쏘듯이 말했다. "그다음엔 어떻게 해야 내가 살 수 있을지 생각했지. 날은 거의 다 샜어. 이대로 가면 물거품이 되어 사라지지. 앞뒤를 따지고 있을 겨를이 없었어.”

마녀의 등뒤에서 하늘이 서서히 희붐해져갔다.

여기도 날이 밝을 때가 되어가는 모양이었다.

“왕자님을 살해하는 것이 마녀의 목적이라면 마녀가 근처에서 보고 있을지도 몰라. 내가 왕자님을 죽이는 순간을 확인하기 위해서 말이지. 그래서 난 마녀를 꾀어내려고 바다에 단도를 던졌어.”

“그냥 버린 게 아니었구나.”

“그래, 마녀에게 그 단도가 소중한 물건이라면 반드시 그걸 주우려 할 것이라 생각했지.”

그녀는 단도를 던진 후에 뒤쫓듯이 바다에 몸을 던졌다.

“가라앉는 단도를 향해 잠수하자 얼마 후 단도에 손을 뻗으려고 하는 추한 생물의 모습이 눈에 들어왔어. 난 서둘러 그것보다 더 빨리 잠수해서 단도를 잡고 배를 찔렀어. 그게 마녀였어.”

“너…… 마녀를 죽였어?”

“응. 동이 트면 난 물거품이 되잖아. 그렇다고 왕자님을 죽일 생각은 없었어. 그러면 마녀가 바라는 대로 되는 거니까.”

“그래서 넌 그런 꼴이…….”

“마녀를 죽이면 마녀가 돼. 설마 그럴 줄은 몰랐지. 덕분에

지금은 이렇게 추악해지고 말았어. 목소리는 되찾았지만 예전
처럼 예쁜 목소리는 이제 안 나와."

그제야 마녀는 목소리를 떨며 감정을 표출했다.

"이 모래밭에 밀려 올라온 건 네가 죽인 마녀의 시신이야?"

"응, 언니한테 단서를 좀 줘야 할 것 같아서. 선물은 도움이
됐어?"

"하지만 마녀는 반년 전에 죽였잖아?"

"그렇지. 그래서 시신이 바다 아래에서 완전히 뜬숯처럼 변
해버렸어. 인간의 시신하고는 아예 달라서 반년이나 바다 아래
에 잠겨 있었는 줄은 몰랐지?"

"너, 일부러 그 마녀의 로브를 입고 그 녀석인 척 날 맞이한
거야? 도대체 무슨 생각으로 내게 인간이 되는 약을 먹인 거
야?"

"내 생각이 무슨 상관이야? 언니 스스로 약을 마시기로 결정
했잖아. 난 언니가 시키는 대로 약을 줬을 뿐이라고."

"그때 네가 털어놓았다면 난 인간이 될 필요 없었어."

"나 혼자 이 모양 이 꼴로 살라고? 나 혼자!"

마녀의 음색이 달라졌다.

그것은 일찍이 가장 아름다웠다는, 인어공주의 목소리가 아
니라 틀림없이 음침한 마녀의 목소리였다.

"우리는 네 명예를 지키기 위해……."

"거짓말하지 마! 자신들의 명예를 지키기 위해 아니야? 결국 제 한몸 지키려고 했던 거잖아. 그저 가족과 나라의 체면을 지키기 위해 면죄부가 필요했던 것 아니냐고. 스스로를 구하고 싶었을 뿐인 거지. 아니야? 그렇지, 셀레나 언니?"

마녀는 흥분한 듯이 외쳤다.

그녀가 돌변하는 모습은 너무나 극단적이고 무서웠지만, 한편으로 어쩐지 인간과 비슷한 듯한 느낌도 들었다. 그것이 원래 그녀의 성격인지 마녀가 된 탓인지는 알 수 없었다.

"알았어, 진정해." 셀레나는 마녀를 달래듯이 오른손을 흔들었다. "아직 모르는 게 몇 가지 있어. 가르쳐줄래?"

"어떻게 할까……. 그래, 알았어. 셀레나 언니는 늘 상냥하게 대해줬으니까. 이거 특별 대우다?"

"일단 동기부터 물을게. 네가 죽인 마녀는 왜 그렇게 크리스티안 왕자를 죽이려고 애를 썼지? 왕자에게 무슨 원한이라도 있었어?"

"그건 마녀가 되고 나서야 비로소 알았지." 마녀는 즐거운 듯이 말했다. "내가 마녀를 찌른 순간 상처에서 마녀의 피가 뱀처럼 꿈틀꿈틀 흘러나와서 내 몸을 감쌌어. 그렇게 해서 내가 다음 마녀가 되는 순간, 이전 마녀가 어떤 일을 해왔는지 기억을 돌이키듯이 머릿속에 떠오르더라고."

"그렇구나……. 딱하게도."

"아니, 그 감각은 정말…… 따스하고 자랑스러움으로 가득했어. 내가 죽인 마녀는 나처럼 원래는 인어공주였던 모양이야. 여기보다 훨씬 남쪽의 따뜻한 바다에 살았어. 그녀 역시 인간 남자를 사랑해서 인간 세상으로 나가고자 했지. 인간이 되려면 마녀의 힘을 빌리는 수밖에 없었어."

"또 마녀야?"

"거슬러 올라가면 내 이전의 이전 마녀에 해당해. 그녀는 마녀에게 인간이 되는 약을 받으려고 했지만 거절당했어. 그래도 그녀는 포기하지 못하고 방에 있던 단도로 마녀를 찔러 죽였지. 죽이는 한이 있어도 인간이 되기를 바란 거야. 하지만 그녀는 인간이 되기는커녕 마녀가 되고 말았어."

꼬리에 꼬리를 무는 마녀 죽이기다.

마녀를 죽인 자는 마녀가 되어 이 세상에 얽매인다.

"그때 마녀를 찌른 단도는 루이세가 부적으로 지니고 다녔던 단도야. 크리스티안 왕자를 죽일 때 흉기로 쓰였지. 그건 이전의 이전 마녀의 갈비뼈로 만들었으니까 언니와 저 애가 발견한 시신의 갈비뼈에는 들어맞지 않아. 눈치챘어?"

그런 거였구나.

마녀는 자신의 존재를 드러내기라도 하듯이 일부러 이전 마녀의 시신을 해변으로 옮겼으리라. 시신을 단서라고 표현한 마녀의 말처럼 루트비히는 그 덕분에 마녀가 여러 명이라는 사실을 알아차렸다. 하기야 크리스티안 왕자 살해 사건과는 별로 상관없는 일이었지만.

"마녀를 죽여서 그녀는 아주 추한 모습으로 변했지만 짝사랑하던 인간 남자를 잊지 못했어. 그래서 음지에서 그를 위해 헌신하는 삶을 살기로 결심했지."

마녀의 가슴께에 물방울이 뚝뚝 떨어져서 하얀 시트에 동그란 자국이 생겼다.

비?

아니다, 비는 이미 그쳤다.

우는 건가?

이야기를 하는 그녀는 전혀 슬퍼 보이지 않았다. 마녀의 피가 그녀를 울린 걸까.

"마녀가 된 그녀는 갖가지 수단을 동원해 전쟁을 하러 나간 남자를 도왔어. 물속 깊은 곳으로 침입해서 정찰할 줄은 적도 몰랐겠지. 그녀는 그렇게 적지의 정보를 모아서 사랑하는 남자를 위해 활용했어."

"인간의 전쟁에 마녀가 가담했다는 거야?"

"그래. 그 덕분인지 아니면 남자가 전쟁의 천재였는지, 그녀가 사랑한 남자는 대번에 전쟁에서 크게 활약했어. 남프랑스의 툴롱, 이탈리아 원정, 이집트 원정……. 아, 그리워라."

"네가 갔던 건 아니잖아?"

"하지만 어쩐지 무슨 기분이었는지 알겠어."

"크리스티안 왕자는 언제 나와?"

"아직 멀었어. 셀레나 언니는 성격이 급하다니까. 말해두는데 크리스티안 왕자는 말 가운데 하나에 지나지 않아."

"말 가운데 하나? 왕자를 죽이는 데 그만큼이나 집착해놓고 말 가운데 하나에 지나지 않는다고?"

"그래. 뭔가 착각하는 모양인데 왕자를 죽이는 게 목적이 아니야. 그건 어디까지나 수단 중 하나지."

"무슨 뜻이야?"

"아무튼 그녀가 사랑하는 남자는 전쟁에서 쌓은 공을 인정받아 마침내 황제의 자리에 올랐어."

황제라는 말을 듣고 한스가 떠오르는 사람은 한 명밖에 없었다. 혼자서 세계를 바꾼 남자, 프랑스 황제 나폴레옹이다. 한스의 아버지가 나폴레옹 숭배자였으므로 한스는 잘 알고 있었다.

"요 몇 년간 황제는 전쟁에서 계속 패배했지. 그를 위험하게 여기는 각국의 입김도 작용한 끝에 결국 그는 지중해에 있는 어떤 작은 섬에 유배됐어. 하지만 황제는 거기서 끝나지 않았지. 섬을 탈출하여 파리로 돌아와 다시 황제의 자리를 되찾았어! 프랑스 국민은 그를 환영했어. 인간들이 환희하는 목소리를 듣고 마녀는 아주 자랑스러운 기분이 들었어."

마녀는 자신이 직접 체험하기라도 한 것처럼 이야기했다.

분명 나폴레옹은 실각했다가 복위했지만 그 후에 다시 몰락했다. 그를 역사의 뒤안길로 밀어넣은 것은 워털루 전투다. 프랑스군은 압도적인 수의 적군에게 완패했다. 나폴레옹은 고작 몇 달 만에 황제의 자리에서 쫓겨났고, 다시는 파리로 돌아오지 못하도록 남대서양의 외딴섬인 세인트헬레나 섬에 유배당했다.

그는 지금도 외딴섬에 갇혀 있다.

"그를 구해내지 못해서 마녀는 절망에 사로잡혔어. 그래도 그녀는 포기하지 않았지. 그를 다시 한번 파리로 돌려보내 황제로 만드는 게 그녀의 목적이었어. 목적을 이루기 위해서라면 어떤 짓이라도 하기로 각오했지. 그것이 바로 그녀의 사랑이었어."

황제를 사랑한 인어공주.

그녀의 사랑이 이루어낸 결과가 한스와 셀레나, 그리고 루트비히에게는 기묘한 사건으로 다가왔다.

그것이 진상이리라.

"크리스티안 왕자님을 살해하는 게 나폴레옹을 위한 복수로 이어지나요?"

한스가 물었다.

"그럼. 크리스티안 왕자는 스웨덴 왕가의 여식 루이세와 결혼하기로 정해진 시점에 없애야 할 대상으로 확정됐어. 마녀는 늘 이 나라의 동향을 주시하고 있었지."

"결혼한 두 사람을 파멸로 이끄는 게 목적이었어?"

셀레나가 물었다.

"응. 두 사람이 결혼해서 스웨덴과 덴마크가 손을 잡으면 번거로워지잖아? 원래 이 나라는 프랑스에 가장 우호적인 동맹국이었다고. 그러니까 일찍이 적국이었던 스웨덴과 사이좋게 지내면 안 돼. 안 그래도 스웨덴은 북유럽 통일에 의욕적이라 빈 체제 아래 새로운 세상을 만들고자 했어. 그게 실현되면 틀림없이 프랑스와 반목하겠지. 요컨대 두 사람이 결혼하면 황제의 눈에 거슬리는 존재가 될 것 같았어."

"그래서 미리 싹을 잘라버리려고?"

"그래, 황제가 다시 복권했을 때를 위해서."

크리스티안 왕자가 죽으면 결혼은 없었던 일이 된다. 북유럽 통일을 위한 발판은 사라지고, 북유럽 각국은 현재 상태를 유지할 것이다.

또한 왕자를 살해한 범인이 루이세라면 두 나라의 관계를 수복하여 통일로 나아가기는 아주 힘들 것이다. 앞으로 그런 결과가 나올지도 모른다.

“이번에 그랬던 것처럼 마녀는 유럽 각지에서 차근차근 싹을 잘라내고 있었어. 황제에게 방해가 되는 인간은 없애고, 황제에게 도움이 되는 인간을 모았지. 그건 황제에게 보내는 선물이야. 크리스티안 왕자 살해 사건은 선물 중 하나에 불과해. 아주 많은 선물 중 하나. 언니랑 두 인간은 우연히 이번 사건과 맞닥뜨렸을 뿐이야.”

마녀가 다른 어디서 뭘 했는지는 모른다.

마녀가 황제에게 얼마나 헌신했는지도 모른다.

만약 마녀의 힘이 나폴레옹의 성공에 적지 않게 영향을 주었다면 그는 이제 다시는 복권하지 못하리라.

왜냐하면 마녀는 죽었으니까.

크리스티안 왕자를 죽이기 위해 이용하려 한 인어공주에게 반격당해 죽었다.

“마녀의 기억을 더듬어보니 처음부터 왕자님을 죽일 목적으로 날 육지로 보내준 건 아닌 모양이야. 내가 왕자님 곁으로 갔을 때는 아직 루이세와 결혼한다는 이야기가 나오기 전이었거든. 아마도 쓸 만한 꼭두각시를 별궁에 심어둘 작정이었겠지.”

그녀는 자신을 '쓸 만한 꼭두각시'라고 불렀다.

하얀 시트를 뒤집어쓴 마녀는 이미 셀레나의 동생이라는 자아를 잃은 것 같았다. 윤회하는 마녀의 피와 기억으로 혼탁해져, 한스 눈에는 이제 마녀라고밖에 부를 길이 없는 생물이 된 것처럼 보였다.

문득 수평선 저편을 바라보자 어느덧 밝아졌다.

동틀 녘이 바로 코앞까지 다가왔다.

"셀레나 씨의 심장은 어디 있나요?"

한스는 마녀에게 물었다.

마녀는 시트 사이로 한스를 찬찬히 뜯어보았다.

"그러고 보니 이제 시간이 별로 없네." 마녀는 이제야 알았다는 듯이 하늘을 올려다보았다. "셀레나 언니의 심장은 여기 있어. 내가 잘 가지고 있다고."

마녀는 가슴 앞으로 여미고 있던 시트를 조금 벌리고 목에 건 병을 가리켰다. 병에는 거대한 루비 같은 진홍색 결정체가 들어 있었다.

"셀레나 언니는 역시 우수해. 물거품도 되지 않았고 심장도 되찾았어. 셀레나 언니가 아니었으면 불가능한 일이었겠지."

"아니, 나 혼자서는 어림도 없었어. 한스 덕분에 사건의 진상을 알았지. 그리고…… 어쨌거나 루트비히도 힘이 되었고."

"바다에서는 늘 외톨이였던 셀레나 언니가 인간과 이렇게 사이좋게 지낼 줄은 몰랐네. 셀레나 언니한테는 오히려 이쪽 세상이 더 잘 어울리는 것 아니야?"

"그런 이야기는 됐어. 심장을 돌려줘."

셀레나는 재촉하듯이 한손을 내밀었다.

마녀가 어깨를 바르르 떨었다.

우는 걸까.

아니, 웃는 건가?

"심장을 되찾으면 언니는 인어 나라로 돌아갈 텐데, 그걸로 된 거지?"

셀레나는 고개를 끄덕였다.

그렇구나. 셀레나는 돌아간다.

한스는 셀레나를 구하는 데 정신이 팔려서 심장을 되찾은 후의 일은 전혀 머릿속에 없었다. 셀레나가 인어의 심장을 되찾는다는 것은 그녀와 이별해야 함을 의미한다.

동이 트면 겹쳐진 두 세상은 다시 멀어진다. 그야말로 바라던 바였지만 한스는 시간을 멈추어서라도 이대로 있고 싶었다.

셀레나와 헤어지려니 괴로웠다.

하지만 셀레나에게는 돌아갈 곳이 있다.

"그럼 날이 새기 전에 언니를 인어로 되돌려놔야지."

마녀는 하얀 품안에서 불길한 느낌이 드는 단도를 꺼냈다. 그것은 왕자 살해 사건에 사용된 흉기와 똑같이 생겼다.

마녀가 던진 단도가 모래밭에 서 있는 셀레나 바로 앞에 꽂혔다.

멀리서 바닷새들이 울었다.

갈기갈기 찢어져 나간 것처럼 드문드문 떠다니는 구름이 붉은빛을 띤 자주색으로 물들었다. 바다는 이미 암흑의 세계에서 벗어나 푸르디푸른 망망대해의 모습을 되찾았다. 수평선 너머에서 생명의 근원이 비치는 것이 이제 피부로 확실하게 느껴졌다.

"셀레나 언니, 한번 꺼낸 인어의 심장을 원래대로 되돌려놓으려면 피가 아주 많이 필요해. 몸에서 떨어져 있던 시간이 길면 길수록 더 많이."

"피가 필요하다고? 그런 이야기는 못 들었는데."

"이렇게 오래 심장을 방치해둔 언니가 잘못이야. 하루 만에 되찾았으면 피는 필요 없었는데 말이야. 이제는 일주일 치 피가 필요해."

"일주일 치? 그건 어느 정도 양인데?"

"보자, 인간으로 치면 어린아이 한 명분 정도일까."

한스는 시트 틈새로 보이는 마녀의 눈이 자신을 향했음을 알아차렸다. 그 눈은 몹시 탁하여 다른 어떤 생물의 눈과도 다른 인상이었다.

"그렇구나, 그렇단 말이지."

셀레나는 모래밭을 힘껏 디디며 마녀에게 한 걸음 다가섰다.

"나보고 단도를 쥐라는 거야?"

마녀의 머리가 살짝 흔들렸다.

"잘됐다, 언니. 그날 밤을 재연하는 거야. 내 기분을 모르겠다고? 그럼 그날 밤 나처럼 단도를 쥐어보면 되겠네. 자, 심장이 멎기 전에. 이제 시간이 없어! 자, 빨리 단도를 쥐는 게 어때?"

셀레나는 마녀에게 복종하듯이 발치의 단도를 주워 들었다.

"그거야, 언니. 셀레나 언니는 냉정하니까 지금 뭘 해야 할지 잘 알겠지. 잘 생각해봐. 인간을 찌르는 건 꽃을 꺾는 것과 별반 다를 바 없어! 인어와 인간은 상생할 수 없는 법이야. 종류도 종족도 완전히 다르다고. 머뭇거릴 필요 없어. 어차피 그 인간과 그렇게 잘 아는 사이도 아니잖아!"

동쪽 하늘이 점점 더 밝아졌다.

시간이 없다.

이러다가는 심장이 멎는다.

셀레나에게는 피가 필요하다.

"뭘 망설이는 거야, 언니. 자, 빨리!"

고함을 지르듯이 말하는 마녀의 말을 자르고 한스는 소리를 쳤다.

"셀레나 씨!" 용기를 내서 이름을 불렀다. "시간이 없어요. 제 피를 쓰세요."

"바보 같은 소리 하지 마, 한스."

"셀레나 씨에게는 피가 필요해요! 제 피로 셀레나 씨를 구할 수 있다면……."

"한스! 내가 어떻게 널 찌르겠어."

"어머, 어째서? 언니, 왜? 왜 그 인간을 못 찌르는데?"

"모르겠어."

"모른다고? 나랑 똑같은 상황에 처했는데도 아직 모르겠어? 왜 언니가 모르는지 가르쳐줄까? 언니한테는 마음이 없거든. 언니는 인간과 똑같은 마음이 없어. 인간과 인어는 달라. 마음의 구조 자체가 달라서 그래. 난 아니야. 난 인간의 마음을 이해해. 그래서 인간을 사랑하게 됐지. 어때, 모르겠지? 언니한테는 마음이 없는걸. 지금 가슴속이 텅 빈 것처럼!"

햇빛이 수평선 너머에서 뿜어져 나왔다.

"그래, 네 말이 맞을지도 모르겠다."

셀레나는 단도를 쥔 채로 마녀에게 다가섰다.

그리고 느닷없이 마녀를 밀쳤다.

뒤로 밀려난 마녀는 시트를 뒤집어쓴 상태로 물가에 쓰러졌다.

"어린아이 한 명분의 피라고 했지?" 셀레나는 마녀에게 바짝 다가갔다. "내게는 피가 흐르지 않지만 네게는 흐르겠지. 어린아이 한 명분이라고 했으니 네 몸의 피로도 충분할 거야."

셀레나는 발아래에 쓰러진 마녀 위에 올라타고 단도를 치켜들었다.

"눈치챘어?" 마녀는 웃은 것 같았다. "그래, 그래야 셀레나 언니지. 내가 좋아하는 언니."

"안 돼요! 셀레나 씨!"

한스는 목소리를 쥐어짰다.

셀레나는 마녀를 덮쳤다.

시간은 멈추지 않았다.

마침내 햇빛 한줄기가 모래밭을 비추었다.

병속에서 인어의 심장이 소리를 내며 증발했다.

얼마 지나지 않아 심장은 작은 석탄 덩어리처럼 변했다.

마녀는 물가에 누운 채 꼼짝도 하지 않았다.

마녀의 시트를 흔드는 파도만이 변함없이 밀려왔다가 되돌아갔다.

마녀 위에 엎드린 셀레나.

셀레나는 마녀를 안고 있었다.

손에 단도는 없었다.

셀레나는 살아 있는 것 같았다.

"유감스럽게도 난 역시 네 기분을 모르겠어. 하지만 이런 식으로 시험할 필요는 없어."

셀레나는 마녀를 꼭 끌어안았다.

마녀의 몸이 희미하게 떨렸다.

"지금까지 혼자서 힘들었지? 우리가 네게 너무 무심했어. 미안하다."

"어째서…… 어째서 찌르지 않은 거야, 언니." 마녀는 어린아이처럼 울면서 말했다. "찌르지 않으면 못 죽잖아! 왜…… 왜 안 찔렀어!"

"말했잖아. 난 모르겠어." 셀레나는 마녀에게서 몸을 뗐다. "네가 그날 밤 그 남자를 찌르지 못했던 이유와 똑같을지도 모르지."

마녀는 제자리에서 몸을 웅크리고 하염없이 어깨를 떨었다.

"심장이 없는 몸으로 얼마나 더 살 수 있을지는 모르겠지만 앞으로 네가 끌어안은 어둠을 내가 절반 짊어지고 살아갈게."

셀레나는 그렇게 말하고 마녀에게 등을 돌렸다.

"한스, 가자."

한스는 셀레나를 쫓아 동이 튼 모래밭을 달렸다.

여관으로 돌아가는 한스의 정면에서 검정색 차림의 사람이 손을 흔들며 달려왔다.

루트비히였다.

짐을 잔뜩 들고 있었다.

"늦었잖아요, 루트비히 씨! 지금까지 뭘 하신 거예요?" 한스는 책망하듯이 말했다. "그건 그렇고 짐이 엄청 많네요. 도대체 무슨 일이기에."

"아아, 다행이다, 둘 다 무사했구나. 이제 다 끝났군." 루트비히는 숨을 헉헉대며 말했다. "마침 잘됐다. 난 다시 여행을 떠나야 해. 그 이유는 너희가 다음에 만나는 사람에게 물어보렴. 분명 대답해줄 거야."

"예? 무, 무슨 말씀이세요? 마을을 떠나시는 거예요? 이렇게 느닷없이……."

"작별 인사를 할 수 있어서 다행이야. 안데르센, 일주일 동안 넌 정말 어른스러워졌어. 셀레나, 넌 별로 변하지 않았구나."

"시끄러, 이 인간아."

"그래, 그래. 이래야 셀레나답지."

루트비히는 바쁘게 모자를 벗고 정중하게 인사했다.

"잘 있어. 너희를 만나서 기뻤어. 또 어디선가 다시 만나기를 바랄게!"

루트비히는 소리 높여 말하고 달려갔다.

하지만 금세 되돌아와서 한스와 셀레나에게 각각 종이를 주었다.

"깜빡했네. 작별 기념 선물이야."

"감사합니다."

"비장의 선물이 하나 더 있어. 아주 멋진 그림이지. 내가 직접 주지는 못하겠지만. 너희가 그걸 받는 모습을 상상하면서 난 다음 마을로 갈게. 잘 있어!"

루트비히는 다시 달려갔다.

그의 모습은 순식간에 시야에서 사라졌다.

어쩐지 이상한 사람이다. 처음에는 사신이라고 착각할 만큼 으스스한 인상이었지만 그의 관대하고 총명한 모습에 한스는 점차 매료되었다. 루트비히가 없었다면 왕자 살해 사건은 해결되지 않았을 것이다.

한스와 셀레나가 다시 걸음을 옮기려는데 앞에서 본 적 있는 사람이 달려왔다.

"애들아, 잠깐만!"

여관 여주인이었다.

"그림인가 뭔가 하는 남자가 이쪽으로 지나가지 않았니?"

"어, 방금 전에 이 길로 뛰어갔는데요……."

"그래, 고맙다. 내가 이놈을 그냥……."

다시 달려가려는 여주인을 한스가 바로 불러 세웠다.

"그분이 뭘 어쨌는데요?"

"그 자식, 독일의 대단한 화가라고 해서 방을 내줬는데 방값을 몽땅 떼어먹었어. 처음에 선금을 척 내놓더니만 아무리 기다려도 추가 요금을 줘야 말이지. 그림을 팔아서 돈을 마련하겠다고 했는데, 돈이 별로 안 되었는지 그다음부터는 방값의 방자도 입 밖에 꺼내지 않더라고."

"루트비히 씨는 그런 사람이었나……."

한스는 새삼스레 친구의 비밀을 안 것 같은 기분이 들었다.

"너희들 그 녀석한테 돈이 될 만한 것 좀 못 받았니? 그걸로라도 방값을 때워야겠다."

"어……." 한스는 방금 전에 호주머니에 넣은 종이가 생각났지만 고개를 저었다. "아니요, 아무것도."

"그러니. 혹시 다음에 그 녀석을 만나면 숙박비를 내라고 전해다오."

"알겠어요."

한스가 고개를 끄덕이자 여주인은 큰 소리로 뭐라고 고함을 지르면서 루트비히를 쫓아갔다.

"루트비히 씨는 어쩐지 마지막까지 이상한 사람이라는 느낌이네요."

한스는 길 앞쪽에 그의 잔상을 떠올리며 말했다.

"이거, 뭘까?"

루트비히가 "작별 기념"이라고 말하며 준 종이를 셀레나가 무덤덤하게 펼쳤다.

종이에는 각각 한스와 셀레나의 초상화가 그려져 있었다. 그림 자체는 꽤나 잘 그렸지만 양쪽 다 진지한 표정을 과장하여 그린 것 같은 느낌이었다.

한스와 셀레나는 서로의 그림을 들여다보았다.

그리고 서로 얼굴을 마주보았다.

그림과 똑같다.

그게 어쩐지 우스워서 두 사람은 함께 웃음을 터뜨렸다.

비가 개어 맑은 바람이 불어오는 이른 아침의 강변길에 그런 멋진 그림이 완성되었다는 사실을 두 사람 말고는 아무도 알지 못했다.

김은모
경북대학교 행정학과를 졸업했다. 일본어를 공부하던 도중에 일본 미스터리의 깊은 바다에 빠져들어 헤어나지 못하고 있다. 아직 국내에 소개되지 않은 다양한 작가의 작품을 소개하고자 노력하고 있다. 옮긴 작품으로 마리 유키코의 『여자 친구』, 누쿠이 도쿠로의 『미소 짓는 사람』을 비롯하여 우타노 쇼고의 '밀실살인게임' 시리즈, 미쓰다 신조의 '작가' 시리즈, 『애꾸눈 소녀』, 『모즈가 울부짖는 밤』, 『살인귀 후지코의 충동』, 『달과 게』, 『외침과 기도』 등이 있다.

인어공주 – 탐정 그림의 수기

1판 1쇄 2015년 12월 21일
1판 2쇄 2016년 3월 11일

지은이 기타야마 다케쿠니
옮긴이 김은모
펴낸이 염현숙

책임편집 지혜림
편집 임지호
디자인 이경란 이정민
저작권 한문숙 박혜연 김지영
마케팅 정민호 나해진 박보람 이동엽
홍보 김희숙 김상만 이천희
제작 강신은 김동욱 임현식

펴낸곳 (주)문학동네
출판등록 1993년 10월 22일 제406-2003-000045호
임프린트 엘릭시르

주소 10881 경기도 파주시 회동길 210
문의 031-955-1901(편집) 031-955-3576(마케팅) 031-955-8855(팩스)
전자우편 editor@elmys.co.kr **홈페이지** www.elmys.co.kr

ISBN 978-89-546-3869-2 (03830)

엘릭시르는 출판그룹 문학동네의 임프린트입니다.